BLEU BALLERINE

DE LA MÊME AUTEURE

La Chronique du périnée, Le Passeur, 2018
Écrire, c'est aimer, Éditions Voix Tissées, 2018

Catherine Coq

Bleu ballerine

roman

LE PASSEUR
ÉDITEUR

12 rue du Dragon – 75006 Paris
www.le-passeur-editeur.com

ISBN : 978-2-38521-004-5

À Anastasie, Marianne, Marie, Claire et Lucie ;
à Ernest, Guillaume, Guy et Jean-Pierre.

Toujours pour Christine
et la Compagnie de tous les POSSibles.

« Mais la forme que cela prend doit rester libre. »
PINA BAUSCH

« Parce que la femme est elle-même mouvement. »
VIRGINIA WOOLF

« L'intime se nourrit de l'esprit du temps. »
ANNE-CLAIRE REBREYEND

« Tâchons d'entrer dans la mort les yeux ouverts… »
MARGUERITE YOURCENAR

Que le lecteur ne se méprenne pas sur la place des citations dans le texte. Le travail de recherche autour du roman fut long, il l'imprègne aujourd'hui. La recherche et le roman ne peuvent pas exister l'un sans l'autre. Ils vous ouvrent ma nouvelle bibliothèque, celle dont l'histoire de Perle est venue combler les lacunes. Servez-vous. Tout est bon.

1

Jour après jour,

Depuis votre départ s'effacent en ma mémoire vos rides une à une. À quelle heure de votre jeunesse comptez-vous me revenir ? Je vous vois sortir du bocage, vous réapparaissez, passez par la barrière du fond de mon jardin. C'était hier, n'est-ce pas ! Vous changez de point de vue : vous faites demi-tour, vous avancez vers moi. Je vous observe d'un œil, comme d'une longue vue, vif : votre allure et votre beauté. Vous n'avez pas bougé ! Vous prenez votre temps. Derrière vous, la barrière du fond de mon jardin se ferme. Votre pas vous porte à ma rencontre. Comment y croire ? Pourquoi aujourd'hui déclarer votre amour ? Jadis, cet élan nous aurait libérés. Qu'y pouvais-je ? Voler vers vous ? Le cœur déchiré face à votre dos tourné comme une partie de moi-même, je suis restée figée, écrasée par l'immense tableau noir. À quai, le corps bleu crêpe du paquebot immobile vous avait englouti. Je n'existais plus.

À l'heure de mourir, que m'est-il arrivé ? Où en suis-je restée ? Le pas assuré, vous avancez vers moi. Une affaire importante occupe votre esprit, votre regard incertain erre dans l'herbe. S'agit-il de moi ? Ne m'oubliez pas, je vous attends. Dites-moi, aujourd'hui seulement, oui, pour aujourd'hui seulement – mes tablées, vous savez, ne sont plus aussi grandes qu'autrefois, où un couvert ne changeait pas la corvée de pommes de terre, ni même le menu – oui, aujourd'hui, dites-moi seulement l'heure de votre venue. À moins que… Ma vue se trouble… À moins que vous ne marchiez ainsi éternellement dans mon paysage ? S'il vous plaît, pensez simplement à me dire l'heure de notre rencontre, oui… à quelle heure comptez-vous me revenir ?

La main quitte la feuille mauve. La plume est levée, l'âme apaisée plane. La prochaine phrase s'annonce-t-elle ? Écrire fut instinctif : qu'il vienne maintenant. Aurait dû suivre une lettre d'amour à l'écriture fluide, à l'attente éternelle. La main est suspendue au-dessus de la page, un coussin d'air semble retenir son élan. À quoi bon écrire à l'heure de mourir ? Est-ce cela la vie au bord de la mort ? Cette lettre existe-t-elle ? Il suffit ! Revenant trop vite du feuillage alentour, la vue floue ne lit plus les mots, d'abord s'accommode lentement, se met à la bonne distance du texte. Il faut écrire cette lettre avant qu'il ne soit trop tard. Pourtant, la main hésite encore, maintiendra son effort ; il n'est plus l'heure de douter. Elle se laissera faire, devra lutter contre la lassitude des derniers jours et jusqu'à la fin de l'écrit. S'obstiner contre l'évidence d'une destinée est peine perdue. Écrire. Que la feuille et l'encre apprivoisées s'envolent vers l'amour. Se déclarer enfin ! Était-ce il y a longtemps ? La première lettre prendra son temps, s'achèvera comme elle peut. Elle ouvre déjà la porte à toutes les suivantes. Est-ce bien ainsi, écrire ?

La main se repose, l'âme souple sur la page ne résiste plus. La page, la main, l'âme patientent. Attendre l'heure du départ. Elles chercheraient presque à déchiffrer la lettre. La pulpe des doigts délicats frotte, caresse la page, gratte en tous sens les mots qui creusent la paume comme un enfant le sable. Extraits de la feuille, déposés sur le bord arrondi, au bord des ongles et dessous, les mots reviennent vers le centre de la main qui écrit, il faut les mieux placer dans la phrase, les mieux offrir à la personne, l'élu, à laquelle ils sont promis. Tout cela cliquette. La main joue-t-elle aux billes ? Il faut recommencer la lettre, la page. Travailler. Travailler. Qui aurait pu voir la main prendre la plume ? Ce qui glisse sur la feuille s'est passé bien avant que le regard échappé ne s'attarde un instant de plus dans le bocage qui s'embrume, ne plonge dans une multitude de pensées, bien avant que l'âme ne l'y rejoigne et ne s'abandonne à l'amour.

C'est la fin d'un après-midi, une journée de septembre. Tous un peu les mêmes, les verts très sombres des feuillages laissent voir qu'ils ont vécu tout un été, plus long que l'année passée, de plus en plus long chaque année, il est temps pour eux que l'automne, toutes ses flamboyances, annonce leur terme, les éclaire pour mieux mourir.

Jour après jour,

C'est une certitude : je vous vois rajeunir. Vous ne pouvez pas savoir comme c'est agaçant ! Vous ne cessez de marcher à ma rencontre, joyeux en plus. Ne prendrez-vous aucun repos ? Oh non, ne cessez surtout pas d'avancer ! Dites-moi pour aujourd'hui seulement : à quel âge de votre jeunesse comptez-vous me revenir ?

L'âme et la main suspendent ensemble leur pas de danse. La feuille soulagée du poids de la main récupère, dans son ascension frôle le bois du bureau, le quitte comme terre, volette. C'est un soupir qui se reprend le temps d'une pause, d'un point de côté dans le flanc du danseur à bout de souffle. L'encre couleur cacao sèche, traverse le papier pelure à la légèreté réglementaire : être écrite sur une seule face est une obligation pour une expédition aéropostale, être lisible impérieux pour qui s'adresse à l'être aimé. Mais quelle humeur a l'instant ? Crie-t-il de douleur, de regret ou de peur ? Est-il piégé dans les faux-semblants d'une vie qu'on a laissée paraître au risque de n'avoir jamais été tout à fait soi ? Est-il le même depuis toujours, craché à l'heure de rendre tous ses mensonges et puis mourir ? Mentir, n'est-ce pas sauver sa peau, aimer la vie ?

Un sourire apaisé, presque invisible déplisse les lèvres rajeunies qui dévoilent leur espièglerie. Au plus profond de sa chair endormie par la mort qui arrive, une âme heureuse, une jeunesse sans faille réclame le bonheur, une dernière extase. Une main à peine tremblante pose la plume, étire ses doigts qui restent courbes. L'âme s'allonge. Le corps au dos voûté est assis face au bureau, à bonne hauteur, dans un vieux fauteuil. Une voix feutrée se fait entendre, marmonne :

— Il est bien dommage que j'aie perdu mon embonpoint de jeunesse… je n'aurais pas les ischions qui saillent et me blessent les fesses. Bah ! Il faudra que je m'en accommode. Madeleine me trouvera bien un petit coussin plat.

Dans la pièce s'envole un soupir à l'aise. *Combien de temps, combien de temps me faudra-t-il pour le convaincre ?* Le regard clair à l'iris auréolé de soleil retourne vers le bocage immobile – *Pleut-il ?* –, s'y perd là où la brume de fin de journée trouble les lignes de fuite, pendant que sa main – *Pourquoi attendre ?* – reprend la plume, entame la troisième version de la première lettre. Il n'est pas encore l'heure de mourir pour l'amour, l'attente s'annonce.

Mon bien cher Meng,

Jour après jour depuis votre départ s'effacent en ma mémoire vos rides une à une. À quel âge de votre jeunesse comptez-vous me revenir ? À l'heure de mourir, que m'est-il arrivé ? Et notre amour ? Mon désir le plus ardent n'est-il pas assez clair ? Vous revoir. Dites-moi seulement pour aujourd'hui l'heure de votre retour. Votre éternelle jeunesse vous rend-elle moins pressé ? Tout m'est compté, le temps dès à présent, viendrez-vous ? Mon très cher Meng, je vous attends depuis toujours... Ardemment. Je vous espère auprès de... Ayez la gentillesse de sortir de votre bocage ! Cessez votre promenade ! J'attends votre visite. Le dîner est servi à 20 h 30 comme d'habitude.

Vôtre depuis le premier jour premier amour,
votre Perle.

P.-S. : N'oubliez pas qu'ôter ses souliers avant d'entrer dans une maison, chez nous, ne se fait pas. Essuyez-les sur le paillasson prévu à cet effet, après les marches du perron, avant d'entrer dans le grand hall. Une salade de pommes de terre persillées vous convient-elle encore ?

2

Le stylo-plume en plastique très léger bleu turquoise brille neuf, cesse d'écrire. La main le retient encore le long de ses deux phalanges principales au bord de la feuille de papier pelure sans la toucher. Le stylo-plume, le pouce, l'index et le majeur se confondent, un fagot de bois en dérive à la surface d'une eau douce, calme et décidée. Ou bien : survolent ensemble la page écrite, une rivière où il serait encore temps de pêcher une carpe d'or pour le repas du soir, une histoire du soir pour l'enfant. La main très claire s'est allongée avec la plume au bord de la page écrite sans une rature où la signature est à l'étale d'une humeur simple. Très longue et robuste, elle est parée d'une grande noblesse. D'une classe féminine depuis toujours entretenue, elle gît sur le bois noir et lustré. La nuée de taches marron clair de toutes les tailles signe l'âge très avancé de la femme qui les porte ; elles sont comme un voile qui enveloppe le dos de chaque main au bord de la vie qui l'épuise. Elles disent le charme sans faille qu'on devine par-delà les manchettes boutonnées de nacre d'un chemisier rose pâle en crêpe, par-delà l'encolure aux boutons dégrafés loin du torse, sur l'avancée naissante d'une poitrine portée fière qui respire avec grand calme, laisse voir la beauté d'une peau irisée d'écailles sèches et coquettes. L'âge – attente au vent – impatience d'antan – se lit serein et l'âme aussi. Sur les bras frêles, les manches amples et bouffantes retenues par leurs fronces serrées au-dessus des poignets frissonnent comme chair, une brise y coquine la peau. Il est l'heure d'aérer la chambre, où il fut impossible cette nuit de trouver le sommeil.

Ce matin, les doigts délicats et conquis s'attardent, s'étalent au-dessus de la signature dans la marge de la page. D'un coup, ils se crispent dans un spasme voûtant les phalanges sur le papier qu'elles froissent. La voix aurait dû être reconnue, tout en rondeur elle vocalise dans les graves. Par surprise, elle a brisé net le calme de la lettre :

— Bonjour ! Vous écrivez quoi ? Lire, ça vous suffit pas ?

— Qu'êtes-vous donc en train d'écrire ? Lire ne vous suffit-il pas ? Cela ne vous suffit-il pas ? Cela ne vous suffit-il pas ? Répétez !

— Cela ne vous suffit pas ?

— Peut mieux faire ! Avez-vous oublié votre politesse ? Dites-moi : « Bonjour madame. » Après tout, c'est moi qui vous paie. Vous aurez donc la politesse que j'exige de vous. Est-ce un mal pour vous d'apprendre un certain savoir-vivre avec moi ?

— Bonjour madame ! Désolée !

— Veuillez m'excuser ! Veuillez m'excuser ! Répétez !

— Veuillez m'ex...

— Pour présenter leurs excuses, les Français ne se désolent pas comme les Américains ! Et puis conjuguez, mon p'tit ! Croyez-moi, conjuguer en français est un vrai plaisir !

— …

— Mais vous êtes tout excusée. Vos progrès sont manifestes. À quelle heure vous êtes-vous donc couchée ?

— Beaucoup trop tard, madame, vous savez bien.

— Tiens donc…

— J'ai un nouveau contact. J'ai chatté toute la nuit !

— Chatté… avec une souris, je suppose ! Décidément, il n'y a même plus de sexe qui tienne. Mais vous faites attention à vous, n'est-ce pas ?

— C'est bon, faites pas la voyeuse. Ouais ! Bien sûr j'fais gaffe. Bientôt, je vous dirai s'il caresse comme y faut où y faut.

— Minute papillon ! Moi, une voyeuse ? Et pourquoi pas une cartomancienne ? Prenez votre temps, ma petite Madeleine ! Je ne cesse de vous dire de ne pas brûler les étapes et vous les brûlez quand même.

— C'est vrai, c'est parce que je suis jeune. Une quoi ?

— Est-ce une excuse pour se tromper sans arrêt ?

— Une quoi ?

— Une sorcière, je suis une sorcière !

— Ne dites pas ça, m'dame Perle ! C'est sérieux chez nous les sorciers !

— À quoi servent donc mes leçons d'amour ? Vous et votre jeunesse, vous m'épuisez.

— À apprendre ce qu'est le bonheur ou quequ'chose comm' ça ?

— Quelque chose, quelque chose, quelque chose… Madeleine, quelque chose.

— Madeleine Camara. Vous avez oublié mon nom ?

— Madeleine, vous me fatiguez. Je vous remercie. Je suis lasse. Partez en courses à présent.

— Bien, madame. Vous avez besoin de rien ?

— Madame n'a-t-elle besoin de rien ? Non, je vous remercie. Je n'ai besoin de rien.

— Oui, madame. À tantôt, madame.

À présent, la signature navigue près de l'index qui pointe la mer par temps clair. Puis la main se retourne ouverte, un albatros échoué, s'éloigne enfin de la signature, du prénom, glisse jusqu'à tomber sur la cuisse à peine touchée. Plus rien du corps ne pèse, tout s'envole. La main, un voile de tulle, l'âme quitte la page jusqu'à la prochaine lettre. De nouveau seule dans la chambre, Perle repose son dos sur le fauteuil, s'affaisse, s'enroule sur elle-même, envahie par un profond épuisement. Une pensée lui échappe : *Pourquoi est-ce si difficile de quitter la lettre ?* Le regard se perd de plus belle dans le feuillage de fin d'été, où il cherche la silhouette de Meng, scrute avec une grande attention la barrière au fond de son jardin. *Il était bien là tout à l'heure ? J'ai faim. Me reste-t-il un biscuit ?* Perle sort un paquet de petits-beurre du premier tiroir à gauche du bureau. Elle en choisit un. Ses dents incertaines mais volontaires le croquent. Dans sa bouche se mélangent le fondant et le mouillé, les bords dentelés et la bouillie, le sel, le sucre et le beurre. Perle s'abandonne au délice de la bouchée, ferme les yeux, les avant-bras relâchés sur les accoudoirs. Les lèvres toutes plissées bougent à peine, mais elles hachent le croquant, cachent entre le palais et la langue la lente et douce fonte du biscuit savoureux, un secret, une larme. Un tout petit filet de salive se fixe à leurs commissures. Les paupières tremblantes reposent sur les yeux qui ne savent plus pleurer. Elles préservent de la lumière un souvenir ancré, une visite inattendue, une idée fixe aussi réelle qu'un crayon à papier campé droit dans son pot – un songe familier :

Écoutez-moi ! Écoutez-moi ! Je m'appelle Perle. Et je porte le nom de ma mère qui le souhaitait. À ma naissance, mon père n'avait rien dit. Il aimait tendrement ma mère qu'il soutenait sans réserve entre ses absences besogneuses et répétées d'homme, répétées, un même pas – par saccades – partir sans la rêverie de celui qui fait danser sa belle. Je suis née à Phnom Penh, où j'ai vécu jusqu'à… Quand j'ouvre moi-même la porte du jardin qui donne sur la rue, j'ai vingt et un ans. Derrière moi, la maison un peu en retrait est déserte. Le personnel n'a pas encore pris son service. Le jardin luxuriant, encore frais de la nuit, me protège, un châle sur mes épaules. Face à moi, un jeune homme d'à peu près mon âge me lance :

— Ah ! enfin, vous voilà ! Cela fait trois fois que je sonne !

D'ailleurs, ai-je bien entendu la clochette ? Je suis incapable d'en avoir la certitude. Seule, je m'apprêtais à sortir seule. Et pour la première fois, j'ai ouvert la porte sur la rue. C'est le jour de mes vingt et un ans. Je n'ai pas le temps de lui répondre, le jeune homme inconnu a disparu dans le brouhaha foisonnant de la rue. Indécise sur le pas de la porte du jardin, je tends le cou vers la ville, balaie de gauche à droite – regard lent – le trottoir, la rue, le va-et-vient des piétons, les maisons alignées juste en face de chez nous, elles aussi vont et viennent. Oui, elles se balancent dans leur manège de maisons. Devant mes yeux à peine ouverts, toute la ville tangue. Pourquoi a-t-il regardé comme un voleur par-dessus mon épaule en direction de la maison ? Quelle obligation le pressait à disparaître ? À mes pieds, le long du mur du jardin, je découvre trois bouteilles de lait de soja, trois pains frais sans sel, un pied d'orchidées que j'appelle « mes frisées ». Après avoir mis les victuailles à l'abri de la chaleur qui montera longtemps, j'entre dans la rue seule pour la première fois. J'ai le premier rôle de ma vie. Je m'appelle Perle. Vous m'entendez ? Premier rôle – seule en scène – Perle. Vous m'écoutez ? Personne ne peut savoir où je suis à cet instant. Je suis seule. Je me regarde. Je suis une autre. Une autre Perle. Je suis libre. À chaque pas, je suis un peu plus libre, Perle au-delà de l'interdit : ne pas sortir seule en ville sous aucun prétexte. Je m'appelle Perle. Je suis libre, libre de tous les interdits de tout. J'ai vingt et un ans. Je marche longtemps, enveloppée par la poussière très volatile de la ville. La poussière. Ma sueur. Ma peau. Une seule autre peau au rythme du soleil. Depuis bien avant mon lever, les bruits m'avaient appelée, il est l'heure. La ville s'affaire, m'accepte, m'ignore. Cela dépend des quartiers. Phnom Penh et Perle à pied s'apprivoisent. Nous ne nous gênons pas l'une l'autre, pas à pas un peu plus l'une dans l'autre. Je baisse les yeux, les lève, les tourne dans tous les sens au bout de mon long cou. Je suis à la recherche de je ne sais qui, quelle journée, quelle destinée tout le jour dans la ville. J'ignore qui je suis. Je m'appelle Perle. Dans la ville, je suis humide. Ce que je pense est juste. Je me parle et me tais. En moi-même tout est juste, tout est clair. C'est un silence sur demain, un avenir. Je ne sais rien. Je sais tout. À la tombée du jour, je suis entre mes sandales couvertes de poussière et le ciel d'un bleu si pâle, un ciel blanc effilé. Je me suis tue toute la journée. Silencieuse, je reste hébétée par la puissance de mon corps qui s'est échappé, m'a échappé, a précédé ma pensée, soufflé mon éducation. Oui, aujourd'hui, je me suis sauvée de toutes mes origines. Mes lèvres collées l'une à l'autre, j'ai sillonné la ville en tous sens, j'ai reconnu certaines rues empruntées en pousse-pousse sans avoir pu les relier les unes aux autres. Et ce soir, je rentre chez moi à l'aveugle, muette pour combien de temps ? Le cou douloureux, je peine à me porter quand je passe la porte du jardin dans l'autre sens et que tombe le jour. Il m'a fallu sonner. Et la clochette tinte, c'est sûr. Je ne peux pas répondre aux questions incessantes de Sreï, qui s'est inquiétée pour moi toute la journée. Toute la journée ! Aucun mot ne sort de sa bouche. Elle gesticule en tous sens, s'éveille à une danse précise, khmère, traditionnelle et moderne à la fois. Les déliés délicats de ses doigts si souples annoncent son déplacement libéré du sarong qui l'aurait entravé. Je la regarde déployer sa danse entre les manguiers. Ses cris m'échappent, restent muets. Son corps me parle de toutes ses forces, publie les bans, proclame sa liberté, sa sensuelle liberté de femme, qui n'est pas encore la mienne. Ses lèvres articulent des mots qui s'envolent en silence, quelques bulles de savon soufflées, quelques fleurs égrainées de pissenlits. Ma mère n'est pas encore rentrée. En sa présence, Sreï aurait stoppé net sa danse. Elle se retourne fâchée, s'éloigne de moi les épaules basses, ses bras et ses mains dansent encore comme des lianes, s'articulent depuis son dos musclé et ses épaules. Échappée de liane, marche d'un corps gracieux qui penche. Le jardin et la maison sentent l'absence.

Calme. Après une longue douche tiède dehors à l'abri du balcon de ma chambre, je m'allonge sur mon lit, m'assoupis nue sur le drap blanc tendu, impeccable. Une délicieuse sensation de victoire enveloppe mon corps, passeur de mon âme vers la conquête de la liberté ; y être parvenue est une aventure qui commence bien. Je sais : je m'appelle Perle. Quoi de plus ? Je suis comblée. Corps et âme me réclament le repos. Je m'appelle Perle. J'ai marché toute la journée dans Phnom Penh. J'ai vingt et un ans. Je suis libre, mes lèvres charnues articulent pour moi toute seule :

— J'aimerais... J'aimerais... J'aimerais qu'il m'arrive quelque chose... Quand va-t-il pleuvoir ?

La main de Perle a lâché le morceau de biscuit qui tombe sans bruit dans un pli de sa jupe bleu marine. Sous le crêpe rose, les ridules serrées de la peau de ses avant-bras, deux vieux bouts de tissus froncés, retiennent leur chute des accoudoirs vers le sol. L'esprit de Perle plane, hésite entre le songe et la veille, s'évapore, sa tête dodeline, tombe, dodeline, vagabonde, tombe, tombe. Du rez-de-chaussée de la maison, Perle entend sa mère qui vient de rentrer :

— Sreï !... Sreï ?... Il n'y a ni pain ni lait ! Meng n'est-il pas passé ce matin ?

3

Mon attente,

Nous sommes bien arrivées en bord de mer. Plusieurs jours de suite, Madeleine m'avait suppliée de l'y emmener. Avait-elle déjà vu la mer ? Je n'ai pas osé la troubler avec cette question. Mes filles dont j'ai si peu de nouvelles sont-elles pour quelque chose dans cette entreprise de voyage ? Elles connaissent mon amour pour la Manche et savent quoi faire après ma mort. Mais en ce moment, j'ignore tout d'elles ! Elles baluchonnent sans doute. C'est ainsi. Nous y sommes ! Comme c'est heureux que ma fenêtre n'ait jamais donné sur la mer. Pour vous écrire, face à moi, les arbres prennent des poses, font des manières, imitent notre bocage. L'attention de la nature est tout à fait charmante et précieuse. Pourvu que notre correspondance prenne ses aises en bord de mer. Il était tout à fait inconcevable que je quitte ma table, ma grande chambre aux rideaux de velours crème qui s'ouvrent sur mes arbres, votre campagne, ils sont un peu les vôtres aussi, n'est-ce pas ?

Depuis de longues années, j'ai pris mes habitudes dans cet hôtel. C'est l'hôtel de ma solitude d'après Jean. Vingt-trois ans de venue apaisée de plus en plus calme dans ce lieu où tout le monde m'attend, prépare ma chambre comme je le souhaite. Alain, le majordome, s'occupe de mon prie-Dieu. Au fil du temps, ses cheveux se sont éclaircis sans grisonner. Cet homme dévoué aurait pu être mon amant. C'est aussi lui qui sort des armoires de réserves mon dessus de lit rouge. Suis-je la seule à bénéficier d'un tel traitement de faveur ? Je l'ignore. Je leur offre ma joie de vivre, ma longévité, la certitude que le temps peut s'écouler sans trop de roulis dans la routine de cet établissement. À mon arrivée, tout est toujours prêt, impeccablement. Il me suffit de vous imaginer, mes objets familiers prennent leur place et avec eux les paysages, mes humeurs. Vous êtes là. Pour notre première promenade le long de la grève, sentez-vous le vent de mer caresser votre visage ? Je vous prends le bras pendant que Madeleine nous devance. Mais... Voyez-la flâner loin de nous, son téléphone collé à l'oreille. Ne peut-elle donc pas exister sans lui ? Quels soucis a-t-elle dû laisser en ville ? Que voit-elle du paysage lumineux qui s'offre à nous ? Si pour elle, aujourd'hui, c'est « J'ai vu la mer ! », comment ses yeux peuvent-ils pétiller ? Mais regardez-la ! Elle plie le cou, la tête dans son téléphone – elle y mettrait presque les seins. Y a-t-il quelque coquillage miraculeux à ramasser à deux pouces au fond du petit écran qui lui sert de plage ? Nous sommes si éloignées l'une de l'autre. Elle pourrait être mon arrière-petite-fille. Vous savez qu'il n'y a jamais eu de Noirs dans la famille. Votre présence dans ma vie fit assez de scandale. Meng, vous avez compris que cette jeune fille est indispensable à ma survie jusqu'à vous. Je vous entends : « Prenez soin d'elle ! » Comptez sur moi. Elle m'aide à vivre au mieux jusqu'à ma mort après votre venue. Sans elle, mon placement serait notre tombeau. Je sais que jamais vous ne viendriez vous enfermer entre les quatre murs d'une chambre de maison de retraite, pas même pour une heure de visite. Je le sais bien, mon cher ami. Je ne peux pas vous en vouloir. Madeleine est jeune, elle a beaucoup à apprendre. Mais goûtera-t-elle un jour l'amour, le véritable amour ? Elle me répète souvent :

— Sur Internet, j'fais des rencontres, j'en choisis un, j'le mets dans mon Caddie et j'l'essaie. S'il pue, j'le blackliste.

Elle insiste :

— Madame Perle, j'peux vous montrer ?

Dieu tout-puissant ! Je lui donnais mon bras qui s'est détaché d'elle. Mon écart a été si brusque. Quel mouvement ai-je fait ? Je n'en ai aucune idée. Profitant de mon déséquilibre dans le sable, vous avez quitté notre si délicieuse promenade. Vous avez disparu du paysage de bord de mer. Quand reviendrez-vous ? J'ai jeté un regard par-dessus mon épaule au cas où je vous y verrais. Allant même d'un pas ralenti, mon ombre ne vous toucherait plus. Quel bonheur, mon très cher Meng, de vous avoir rencontré il y a si longtemps. Mon Absence, vous abîmez ce qui me reste de santé. Mon Manque, vous m'étouffez. Mon Attente, vous me donnez le goût de la vie ! Me voici épuisée. Cette fois je ne me perdrai pas en formules de politesse. Nous voilà en fin d'après-midi, notre premier après-midi à la mer, notre premier délice. Dites-moi juste pour aujourd'hui, pour aujourd'hui seulement : comment allez-vous ?

Perlement vôtre.

Ma nuit toute belle,

Un élan puissant que je suis incapable de mesurer me pousse à revenir vers vous en cette nuit de grande marée où le sommeil a décidé de me fuir. Que lisez-vous au juste de ce que je vous écris ? J'ai changé depuis notre jeunesse. Qu'avez-vous gardé en souvenir de moi ? La pleine lune éclaire ma page. Je suis à vous pour toute la vie.

Vous l'avez sans doute remarqué, c'est au sujet de Madeleine. Elle me donne du souci. Lui serais-je plus attachée que je ne puis l'admettre ? Comment se fait-il qu'une si jolie jeune femme se laisse malmener par tant d'hommes irrespectueux ? Où sont-ils passés, les hommes de bonté ? Je sais qu'il en est un pour elle quelque part. Ou même plusieurs. Les connaissez-vous ? Respecter autrui et assumer ses responsabilités ne peuvent pas être devenus l'apanage des femmes, quand certaines se comportent comme les plus mauvais des hommes. Pour Madeleine, il n'y a pas d'amour sans violence, physique ou verbale, les deux. Vous le verrez par vous-même, quand nous nous fréquenterons de nouveau comme deux tourtereaux. Vous connaîtrez Madeleine qui vous rendra service autant qu'à moi. Je suis sûre que vous l'aimerez. Là où l'amour devrait l'envahir, elle ne reçoit que de la haine. Pourquoi ? N'avez-vous pas quelque avis à ce su…

Sursaut de Perle.

Dans un mouvement souple et spontané, elle lève les yeux vers la pleine lune qui tressaute à intervalles réguliers. Perle accuse sa vue qui baisse, ferme les yeux puis les rouvre. Un frisson longe son corps d'un bout à l'autre. Perle craint une nouvelle attaque cardiaque. Apeurée, elle n'a pourtant mal nulle part, elle pivote et son regard fait le tour de la chambre. Trois halos de lumière tamisent l'ambiance de la pièce aux volumes harmonieux : le bureau, la table de nuit, le prie-Dieu. Sur la coiffeuse, la flamme d'une bougie plate dans un photophore vacille à peine dans le calme apparent de la pièce. Perle revient vers son prie-Dieu : comment peut-il vibrer lui aussi ? La branche de buis coincée dans le bois ajouré de l'armoire subit un vent léger. Une menace secoue Perle tout entière. Elle arrive à se dresser du fauteuil grâce à sa canne, regarde la branche de buis bénie – déjà sèche – déposée au même endroit précis que l'année dernière. Perle doute de ce qu'elle voit, bien que sa vue de près soit encore très bonne. Elle approche sa main droite près de la branche qui tout de suite lui chatouille la paume. Ce n'est pas sa main tendue qui tremble. Non, sa main ne tremble pas. Elle se signe d'un *amen* craintif. D'où vient ce souffle insolite ? Elle se retourne vers la lune, cette fois impassible. En observant avec minutie la branche de buis, Perle s'étonne de la soudaine tranquillité des objets à l'instant en transe autour d'elle. Les épaules voûtées, de dos, elle laisse voir une profonde rigole de chair dans le creux fripé de son cou alors qu'elle s'incline face au prie-Dieu. Son corps qui aura toujours soif se raidit d'un coup. Son dos et son cou enroulés à l'instant la tiennent droite, la face penchée et le regard arrêté vers la paille du prie-Dieu. On pourrait la prendre pour un épouvantail dressé sur son piquet, absorbé par ce qui doit être épouvanté. À la croisée du tressage de la paille, le portable de Madeleine à intervalles réguliers renouvelle son appel :

— Prends-moi ! Prends-moi ! Prends-moi !...

Le téléphone lui échappe de la main quand Perle tente de le saisir. La vibration ressentie lui provoque un tel saisissement qu'elle en tremble encore. Elle a mal. C'est une brûlure, une décharge lancée jusqu'à son épaule. Elle serre entre ses lèvres plissées :

— Engin de malheur !

Elle fait face à la lune qui a retrouvé sa rondeur placide et transparente, une lentille de longue vue sur un monde meilleur, son regard souriant calme son inquiétude :

— Mais où va le monde ? Ma tendre aimée, ma lune de toujours, ma fidèle amie, ne te laisse jamais surprendre par la modernité. Éclaire-la ! Et garde l'œil ouvert sur le mystère de la vie. Reste toi-même, s'il te plaît !

Perle a parlé à voix basse, s'apaise. Un nouveau tremblement s'empare de tout son corps, elle serre le téléphone dans sa main droite, elle ne le contrôle plus, le lâche. Le téléphone tombe sur la moquette. Elle doit concentrer toute son attention sur le mouvement nécessaire pour le ramasser avec précaution. Ne pas tomber, ne rien se casser. Elle appuie sur une touche du cadran par hasard, entend de loin :

— Vas-y, qu'est-ce tu fous, tu baises ?

— Bonsoir, jeune homme, répond Perle, l'appareil maintenu à distance de son oreille. Je m'appelle Perle. Qui êtes-vous, je vous prie ?

— T'es qui toi ? Vas-y, pourquoi tu décroches ?

— Écoutez, monsieur, je vous réponds. Permettez-moi de vous dire qu'il est exactement…

— T'es pas encore couchée, la vieille ?

— Deux heures du matin, ce n'est pas une heure pour appeler chez les gens.

— Hé, arrêt' de m'pend' la tête. Vas-y tu m'saoules ! Passe-moi Mado.

— À qui voulez-vous parler ? Ah… à Madeleine, bien sûr. Mais elle dort. Et je ne vais pas la réveiller, tout de même ! Elle s'inquiète facilement pour moi, vous savez.

— È' fout que dalle le jour et elle est morte à deux heures du mat' ? Et mêm' pas besoin d'la torcher la vieille !

— Mais que dit-il ? Hein ? Je ne comprends pas votre langue. Veuillez m'excuser.

— Wesh !

— Mais que me voulez-vous ? Je ne vous comprends pas ! Vous me comprenez, vous ? D'où appelez-vous exactement ? Ce grésillement est-il normal ? Que puis-je vous dire de plus ? C'est ainsi, insiste Perle en haussant les épaules et le ton, du mieux qu'elle peut. Cessons là notre conversation, je vous prie. Bonne nuit, monsieur.

— Hé, parl' français s'te plaît ! Boooonne nuit, mooonsieur ! Hé ho ! Pas si vite la vieille ! Raccroche pas ! T'es pas chez toi là, t'es chez Mado. Faut que j'ui parle ! Allez !

— Oh ! mais c'est insupportable, cette voix hachée menue… Êtes-vous sûr d'être sur terre ?

— Putain, mais è' s'fout d'ma gueule ! Oh, la vieille ! È' s'fout d'ma gueule, là !

Perle éloigne le combiné de son oreille :

— Je ne comprends rien… Hein ? Mais que dit-il ? Je n'en puis plus.

Elle reprend la conversation :

— Écoutez, il fera jour dans quelques heures. Patientez jusqu'à son réveil. Au revoir, monsieur.

— Hé, m'dam' ! M'dam' ! Attendez ! Quand même, dites-lui au moins que Giggi l'a app'lée !

— Giggi l'a app'lée, c'est entendu, je lui dirai. Giggi l'a app'lée, Giggi l'a app'lée.

Perle répète la formule pour ne pas l'oublier.

— Au revoir !

Perle n'espère alors qu'une chose : que le jeune homme raccroche le premier. Elle refuse de lui parler davantage, mais ne sait pas éteindre le téléphone de Madeleine :

— Quel individu insupportable. Il a bien failli me rendre maboule ! Maboule à plus de cent ans à cause d'un petit morveux ? Jamais ! Plutôt devenir sénile et tout de suite même !

Sur la pointe de ses pieds nus très déformés, elle avance sur la moquette – empreintes ciselées et précises, des sabots de biche –, se dirige vers la porte de sa chambre. Elle maintient son bras tendu devant elle, concentrée sur son geste : entre son pouce et son index, le portable est pincé serré, un linge de corps sale qui n'est pas le sien. Un temps, elle va et vient à l'aveugle dans le couloir. Puis elle jette l'objet dans un vase posé sur une petite commode en demi-lune contre le mur. Elle revient sur ses pas, l'eau du vase ondule quand le téléphone immergé continue de vibrer, de plus en plus neutre, puis une dernière fois dans une ultime plainte. Elle s'éloigne de la commode où l'onde s'essouffle, s'asphyxie au fond du vase. Les tiges dodues des tulipes jaunes se sont couvertes de gouttelettes d'oxygène. Perle sourit sur le seuil de la chambre, s'approche de son lit où elle s'allonge avec une lenteur démesurée comme un long soupir. De loin, elle observe la lettre inachevée en attente de sa formule de politesse. Perle ne pourra pas se relever, ne se déshabillera pas ce soir. Mais elle parle, répète, écrit en elle :

— Je m'appelle Perle. Perle tout court. Il faudra vous habituer mon p'tit bonhomme. Oui, c'est bien cela. Apprendre l'amour à Madeleine et puis mourir. Meng, comme vous avez raison ! L'amour et mourir ! Retournez donc vous coucher, à présent !

Pour qui s'approche de la table d'écriture et s'incline sur la page abandonnée, les lignes se troublent. L'émotion de Perle a penché son écriture, elle éveille la mélancolie du lecteur au fil des dernières lignes qui invitent l'âme à toutes les échappées. Malgré les pleurs qui occupent le sommeil de Perle et de quiconque, il suffit de recevoir la lettre pour lire :

> Passerions-nous de nos jours à côté de la beauté ? Pourquoi ? Oh ! Meng, j'espère que vous excusez le caractère désordonné de mon propos ! Comment pourriez-vous me croire si je vous disais que je viens de me battre avec un homme ! Et un jeune, de surcroît ! Oui ! Me battre vous étonnera sans doute, avec un homme vous fera croire à un dérangement mental. Où est passé le temps de notre amour ? Qu'il nous revienne et vite ! Tout nous y presse, je le sens. Le sommeil m'appelle. À présent, tout est calme. Ne vous faites aucun souci pour moi.
>
> Vous êtes ma nuit pleine,
> et je suis votre Lune qui perle à peine et vous plaît.

Il a plu toute la nuit.

4

Ce matin, Madeleine aurait dû ouvrir la porte de la chambre de Perle. Entrer comme d'habitude à pas feutrés dans la pièce, précéder le réveil de Perle, l'accompagner. Or, pendant plusieurs jours, Perle a négocié un accord avec Madeleine toujours réticente à l'idée de s'éloigner de la fonction pour laquelle elle est payée : respecter les contraintes imposées par le contrat signé avec les enfants de Perle. Et un soir, Perle a refusé la présence de Madeleine. Elle ne voulait pas penser à la dernière nuit, souhaitait se préparer seule, s'abandonner à ses rêveries en son ultime et quiète liberté, le sensuel secret de son intimité. Espiègle comme toujours, elle voulait profiter sans réserve de ses gloussements coquins, tout à fait personnels. Perle tenait à son extase de la nuit, son espérance en un lendemain en plein jour. Elle aspirait à une seule chose : chaque veille solitaire serait un partage, une caresse sur le front de chaque être aimé, tous confondus parmi les morts et les vivants, lointains et proches ; une main vierge et ouverte vers la promesse d'une nuit, une lettre au creux du cœur, une faveur avant la lettre. Et Perle a tenu bon, n'a rien cédé à Madeleine qui, à bout d'arguments, a accepté cet avenant au contrat. Puisque l'heure n'était plus au conflit, Madeleine a lâché prise : elle pourrait au moins profiter de ses soirées à bord de son portable face à la mer. Ses matinées s'ouvriraient quant à elles sur une veille silencieuse, bien avant le lever de Perle : la présence insolite de Madeleine qui décalait les rituels du réveil allait d'abord troubler Perle et sa maladresse la réveillerait à plusieurs reprises. Puis l'arrivée de Madeleine avant le réveil de Perle deviendrait un intermède heureux en début de journée, une suspension ouverte sur le jour à venir.

Très vite, Perle et Madeleine prennent leurs nouvelles habitudes. Perle passe ses soirées en solitude recueillie, le matin Madeleine entre dans la chambre avant le réveil de Perle. Ainsi, cette veillée matinale devient le passe-temps luxueux de deux femmes mises hors du monde, hors tension, une réjouissance sensuelle et apaisée. Perle savoure son plaisir, mâche sa salive jusqu'à l'extase dans une saccade dégingandée de mâchoires usées. Un frisson la parcourt jusqu'aux orteils. Tous les matins, elle est attendue : *Car je suis la reine ! Et la reine se lève quand elle veut !* Alors les douleurs et la solitude de la mort s'éloignent. Avant le lever, une grande volupté l'envahit. Sans y parvenir, Perle s'étire plusieurs fois de tout son long corps tordu et voûté. Ses étirements ne ressemblent pas à ceux de sa jeunesse, elle s'y est habituée. Allongé sur le dos, les mains grandes ouvertes, l'une sur l'autre, posées toutes deux sur son ventre creusé, son corps ralenti le jour est resté immobile toute la nuit. Elle ne pense pas, elle ne sait pas qu'elle est en vie. Rien n'a encore eu lieu. Dans la pièce, le regard de Madeleine précède la scène, la danse. Clair et bienveillant, il balaie la pièce d'un mur à l'autre. Vert, large, il laisse l'air le caresser doucement. Pas à pas, muet, il avance, ses mouvements de genoux articulés et souples amplifient le silence. Il hume le bouquet de pivoines sans l'atteindre, oscille d'une hanche sur l'autre, amorce de grandes enjambées qui bandent les muscles des cuisses, chaloupe et comme appréhende d'accoster le lit. Il sera celui qui, la veille, pressent la mort, la danse mortuaire, il s'y entraîne. Pour cela, il prend chair. Sans rien toucher, il annonce sa présence charnelle au bord du lit, s'approche, avance vers l'attente sereine d'un réveil qui ne se hâte plus. Enfin, près de Perle inerte, le regard très calme de Madeleine comme une boucle de cheveux souples se retourne, s'assoit dans une courbe que tous les muscles suspendus de son corps suivent avec lenteur. Madeleine est comme une danseuse : son corps a suivi son regard en une seule ellipse. Le pas de danse existe toujours avant la danse. Avec une grande lenteur, Madeleine allonge, articule son avancée vers Perle. Un mime blanc se déplace dans la pièce. La moquette sur le parquet en étouffe de vieux et timides grincements. Un filet de salive s'arrête au bord d'une lèvre, le thorax vacille dans un souffle invisible, froisse le visage. Seul un regard fin connaisseur, concentré, peut percevoir l'immobile tension qui pousse un corps inanimé vers sa journée quand l'attente se prolonge, que l'inconnu s'installe. Se lèvera-t-elle aujourd'hui ? Madeleine lâche son corps comme après un effort physique. Elle s'assoit et rebondit sur la chaleur molle du lit qui enveloppe ses hanches. Ronde, pleine de vie, d'espérance, elle s'enfonce, pèse légèrement sur les draps qui se tendent, massent le ventre ensommeillé de Perle. Le repos d'un corps vaillant est une présence douce auprès de celui qu'il est temps de rappeler au jour qui frissonne, de hisser malgré lui une fois de plus contre toute attente hors des limbes nocturnes. Cette pause est un point d'orgue à la place de la vivacité d'antan, du lever éclair de sa jeunesse. Les yeux de Perle s'ouvrent alors dans ceux de Madeleine, visage lunaire en plein silence. Perle ne pense pas. Les deux femmes partagent ce premier regard au monde – une éternité –, vert et bleu. Madeleine s'illumine tout entière :

— Madame Perle, il est l'heure de commencer cette belle journée !

Perle ne comprend pas, lutte contre la pesanteur infinie de ses paupières, son corps n'existe pas encore. Pourtant rien ne la retient de plonger dans la brillance des yeux de Madeleine qui la contemple. Elle s'y jette un court instant. Puis ses paupières retombent d'elles-mêmes sur la première pensée du jour : *Quelle heure est-il ?* Perle a les yeux fermés. Sa main tâtonne à la surface du lit, cherche à l'aveugle celle de Madeleine. Perle susurre :

— Ma petite douceur, vous êtes là !

Madeleine se tortille sur le bord du lit, elle rebondit, se ballotte, masse ainsi gentiment le corps frêle de Perle allongée derrière elle. Elle ne dit mot en attendant que Perle tourne son visage vers elle. Elles se regardent. Madeleine pose sa question :

— Madame a-t-elle bien dormi ?

Perle ne répond pas, sourit, attend la question qui suit toujours :

— Racontez-moi une histoire de la nuit !

Les yeux de Perle se ferment, un sourire doux pour répéter, répéter la douceur du bal de la nuit :

— Un rêve, ma petite Madeleine... Un rêve !

Pour elle, chaque réveil est un don de Dieu, un bonbon, une douceur, une larme, chaque lever du jour une nouvelle promesse. Perle n'attend pas la mort. Le jour, elle vit.

— S'il vous plaît, madame Perle ! Une histoire de rêve qui danse. Vous racontez trop bien les histoires.

Harassée, le corps arraché, Perle couchée, immobile et les yeux clos, parle :

— Très bien... Très bien... Très bien... Il était une fois l'histoire de l'homme d'une vie qui revient...

Perle soupire. Rien ne s'entend ni ne se voit. Il n'y a aucun vent. Dans le jardin, un pétale d'aubépine rose pâle se détache et sinue en apesanteur vers le sol. Pour Madeleine, il sera bientôt l'heure de découvrir combien ses mains savent soigner le corps presque mort de Perle. Toutes deux sont pleines du sourire droit dans les yeux l'une de l'autre. Elles pépient joliment, elles se mettent à parler d'amour.

Mais ce matin, Madeleine est absente. Surprise, Perle n'est pas inquiète d'avoir à se lever seule. Elle n'a pas besoin d'aide, s'approche du bureau, ouvre la fenêtre pour entendre au loin le roulis de la mer. Puis elle écarte d'un revers de main – *pas faim* – le plateau du petit déjeuner déposé pendant son sommeil, s'assoit face au bureau, prend la plume :

Mon aimé,

La vie est si douce que j'ai l'intention d'en profiter toute la journée. La moquette de la chambre et du couloir de l'hôtel est si épaisse qu'elle rend ma marche tout à fait incertaine. L'ont-ils changée depuis l'année dernière ? C'est ainsi. Suis-je idiote ? J'ai oublié de vous signaler la disparition de Madeleine. Enfin la liberté ! Nonobstant cette moquette neuve qui veut faire la nantie avec son épaisseur dodue, elle me donne l'impression de marcher sur l'eau. À la bonne heure ! Me réjouirai-je de la disparition de Madeleine quand je devrai rejoindre tout à l'heure la promenade en bord de mer ? Vous avez sans doute compris combien cette petite m'inquiète. Que voulez-vous, je m'y suis attachée. Comme je lui souhaite d'être heureuse ! Pourrait-elle vivre sans son portable dans la poche ? Comment se fait-il qu'elle l'ait oublié dans ma chambre ? Pourriez-vous m'éclairer à ce sujet ? Et ce dès votre première lettre, n'est-ce pas ? Tiens... Quelqu'un ne s'approche-t-il pas de ma chambre ? On traîne du pied sur la moquette du couloir.

Perle se retourne vers la porte close, la plume encore dans la main, suspendue au-dessus du mot « heureuse ». Elle n'a pas le temps d'écrire ce qu'elle pense et qui suit :

Permettez-moi une pause dans cette lettre que j'achèverai dès mon prochain moment de solitude. Recevez une... Perle au creux de votre main si douce, un jade. Chauffez-le bien jusqu'à mon retour !

Cette pensée s'achève au moment où la porte fait son bruit habituel de clenche. Madeleine entre :

— Bonjour, madame. Déjà levée ?

— Votre phrase est tout à fait correcte, quoique expéditive. Le verbe principal est absent. Mais avez-vous vu l'heure qu'il est ?

— Veuillez m'excuser, m'dame, c'est à cause de mon portable.

— J'aurais pu être morte !

— Vous auriez pas fait ça. Vous pouvez pas mourir sans moi. C'est dans l'contrat. J'reviens du commissariat.

— Ah ! Votre portable, parlons-en ! Chère Madeleine, votre portable prend son bain au fond du premier vase dans le couloir, à gauche en sortant de ma chambre.

— Un bain ?

— Mon prie-Dieu n'a pas du tout aimé ces vibrations qui lui sont tout à fait nocives. La prière n'est pas une mise en transe, mais une offrande à la vie. Ils n'ont pas fait bon ménage et votre portable a donc pris un bain de minuit à deux heures. Et vous, avez-vous bien dormi pour une fois ?

— Ouh ! Comm'un bébé comm'on dit ! J'savais pas qu'on pouvait comater comme ça.

— Votre phrase n'est pas correcte.

— Je ne savais que je... pouvais... dormir...

— Bien. J'ai un message pour vous.

— Vous avez quand même pas utilisé mon bigo ?

— Oh ! Madeleine ! Il vibrait... Vibrait ! Une heure, deux heures du matin ! Comment voulez-vous que je dorme ? Et puis, il s'est mis à parler tout seul dans ma main.

— C'est ça, ouais ! Tout seul ! hurle Madeleine. Vous avez fait une mauvaise manip' !

— Fort bien. Peu importe. Mais à la fin, voulez-vous savoir ce qu'a dit votre portable ?

— À votre avis !

— Pardon ?

— Oui, s'il vous plaît.

— Dis-lui-au-moins-que-Gi-ggi-l'a-app'lée.

— …

— Giggi l'a app'lée, t'as compris ?

— Vous me dites « tu », maintenant ?

— Il n'en est pas question. Mais lui avec moi, oui.

— C'est pas vrai ! Mais quel enc…

— Quant à moi avec vous, c'est pour que vous réagissiez. Nous voilà rassurées.

— Ce gadjo, il est taré ! Disons que mon portable, il a été volé, c'est plus prudent. Je change de numéro.

— Et votre famille ?

Madeleine – ses paupières tremblent – ne répond pas à Perle qui reprend la parole après un silence, une éternité pour Madeleine :

— Il y a des petits mensonges dans la vie. Celui-ci vous met sur la voie du bonheur. Va pour le vol… Madeleine, faites-moi une promesse !

— Quoi ?

— Apprenez à écrire le français correctement.

— Ouah ! C'est pas la peine que j'm'y mett' hein !

— Continuez à apprendre la langue ! Vous qui êtes née ici, vous la parlez moins bien que vos aînés restés au pays. Ils parlent le même français que moi. Ils ont même inventé une élégance qui n'a jamais existé chez nous, quelques coquetteries bien à eux, de vrais bijoux aux lèvres !

— Ouais, mais moi, j'suis Française !

— Et alors ? Tête de pioche ! La nationalité française ne vous protège pas de l'homme d'hier qui creuse votre tombe. Que connaît-il du respect, de la politesse, de la galanterie ? Une vraie calamité, votre Giggi ! Et vous, d'ailleurs, que connaissez-vous de ce qui vous revient ? Comment pouvez-vous vous enticher d'un tel énergumène ?

— Antiquoi d'un quoi ?

— Tomber raide d'un gars pareil, compris ?

— Madame Perle ! D'où sortez-vous...

— Mais allez vous promener sur la plage, ma petite Madeleine ! Tout le monde parle à son portable. Il suffit de tendre l'oreille pour enrichir son vocabulaire, pigé ?

Madeleine a tourné la tête vers le bureau.

— Madame Perle, mais vous n'avez rien mangé !

— Comment avoir faim ? Votre portable cette nuit ! Toute la nuit ! Quelle plaie !

— Je vous prie de m'en excuser. Mais vous n'avez pas écrit toute la nuit, quand même !

— Parfaite, votre phrase. Continuez.

— Venez. On va à la salle à manger. C'est l'heure de déjeuner.

— Je vous suis. Vous ne pouvez pas savoir comme cette moquette me donne le mal de mer.

— Enfilons votre gilet. Prenez mon bras.

— Madeleine, promettez-moi. Faisons un marché.

— Encore !

— Oui, cela va devenir notre spécialité. Je vous apprends la langue française, vous savez, celle de l'amour, et vous m'achetez un portable.

— C'est pas vrai !

— Vous m'apprendrez à écrire des messages codés.

— Des SMS ! Madame Perle, répétez après moi : SMS !

— Vous vous moquez !

— C'est vot' fille Camille qui s'ra contente ! Ce n'est pas trop tôt, tête de pioche !

— Vous avez raison.

— Marché conclu !

— Mais pas de SMS entre nous, Madeleine.

— On est tout l'temps ensemble !

— Sauf quand vous fuguez. Ce n'est pas de cela que je veux vous parler : « SMS » n'est pas un mot. C'est laid. C'est comme *jtm* ou *jtb*. Insensé. Appelons ces messages des… « semeuses » !

— Comprends pas.

— Du verbe « semer ». Vos messages sont comme des cartes postales que vous échangez avec vos proches.

— Jusqu'au Mali !

— Je vais vous apprendre à ne semer que des mots tendres. Et vous récolterez des bouquets ! Tout cela vous demandera beaucoup d'efforts, en avez-vous conscience ?

— Hey ! Les roses, ça pique ! Moi, j'aime le flamboyant et je ne suis pas sûre de vouloir que vous vous occupiez de mes affaires de c…

— Madeleine !

— Genre ! Vous allez p't-êt' m'apprendre à surfer aussi ?

— Apprenez la langue tout à fait ! Vous y êtes presque. Et je n'ai jamais aimé la voile, alors le surf, vous pensez.

— Faites pas la maline, hein !

— Ne faites, ne faites, ne faites… Je suis heureuse que vous fassiez des efforts. J'ai moins mal aux oreilles. Tu écorches la langue, alors que tes lèvres sont faites pour parler joliment. Seul mon grand âge me permet de te parler ainsi. Profites-en. Sais-tu que tu es une très belle femme ?

— Perle, vous me draguez là ! Cette fois, c'est sûr, vous avez bu pendant mon absence !

— Et pas seulement ! De l'eau fraîche et de bons vins pendant toute ma vie ! Selon vous, cela ne m'a-t-il pas maintenue en forme ?

— Je préfère quand vous m'dites *vous* !

— Chut ! Que vous me disiez, ma petite Madeleine. Écoutez la mer ! Elle monte, elle monte… Comme le désir ! Bientôt, elle nous léchera les pieds !

La lenteur de Perle guide les deux femmes qui s'éloignent dans le couloir de l'étage. La moquette molle mène leur démarche, elles chaloupent. Leurs hanches rondes, étroites vont et viennent comme de vieilles amies après l'heure du thé, complices à jamais des confidences échangées. Dans la chambre, la fenêtre est restée ouverte le dos tourné au ressac de plus en plus précis de la mer, une petite marée. Perle ne peut pas cacher sa fatigue. Son inquiétude pour Madeleine s'est un peu estompée. À son passage dans le couloir, sans y prêter attention, elle plonge sa main dans le vase, y repêche le portable de Madeleine, coincé entre deux tiges de tulipes dessoiffées. Madeleine cache son sourire, ses dents ivoire, bride son rire ébène dans sa main large, baisse les yeux vers la moquette rouge. Elle ne réclame pas son bien. La main gauche mouillée, Perle pose l'objet qui dégouline sur le bois verni et lustré de la commode, et tout bas s'adresse à Madeleine :

— Madeleine, même dans les couloirs les plus importants du monde et donc de votre vie, ne retenez jamais votre rire. Jamais ! Vous m'entendez ? Riez, Madeleine, riez !

Personne ne lira le dernier message sur le petit écran sorti de l'eau. Tout cela hoquette. Le va-t-en-guerre pousse son dernier râle :

Gaff a ton q si tapel pa.

Malgré la pénombre du couloir, les tulipes d'une blancheur nacrée pointent fièrement leurs fleurs rondes qui s'ouvrent, lentes, au bout de tiges fières qui les présentent. Aucun pétale n'a quitté son sépale.

5

Mon bien cher tendre,

Saurai-je un jour si je vous fus précieuse ? Et quand le saurai-je ? Le temps presse. Comprenez-vous ? Il me tarde de mourir. Je n'en puis plus de vous attendre. Je passe chaque jour en équilibre entre le désir de vous revoir à tout prix et l'envie si douce de mourir. Je suis lasse. Quel est ce supplice ? Recevez-vous mes lettres ? Comment le savoir sans nouvelle de vous depuis combien de temps ? Qu'avez-vous fait de ma pierre précieuse ? Rendez-la-moi tout de suite. Je souhaite vous parler d'elle aujourd'hui. Vous souvenez-vous de vos virées nocturnes à moto ? « Pour réfléchir », me disiez-vous. À chaque fois, j'osais un « Où vas-tu ? » et je recevais un « J'y vais », étouffé dans votre longue écharpe de coton beige à votre cou qui protégeait aussi votre nez et vos lèvres. Vous quittiez la maison. Vous partiez au hasard des routes. Votre tristesse vous prenait tôt le matin. Avant même votre réveil, je sentais votre malaise aux mouvements de votre corps sur le point de sortir du sommeil. Une démangeaison géante s'emparait de vous. Vous bondissiez, écarlate, hors du lit. Vous étiez hors d'atteinte. Toute la journée, cette fébrilité ne vous quittait pas, vous ne sortiez que le soir. Vous partiez sans savoir que vous nous quittiez ni pour combien de temps. Il y a tant de choses que je n'ai jamais sues quant à vos échappées nocturnes. Votre combat avec vous-même était féroce. Pourtant, mon amulette ne vous a jamais quitté, jamais. Encore aujourd'hui, je suis la seule à en connaître l'existence. Par mes soins les plus discrets, un porte-bonheur fut glissé et cousu au fond de votre poche, afin de vous suivre parmi vos humeurs noires : un petit galet ovale, très plat, lisse et brillant. Je l'avais poli comme une sculpteure avec mes doigts volontaires et mes ongles solides, enveloppé de ma salive, léché avec mes lèvres et ma langue amoureuses pour que la brillance gagne sur la porosité. Comment savoir que ce galet vous suivait puisqu'il ne pesait pas dans la doublure intérieure de votre cuir ? Non, jamais vous ne le sûtes. Vous vous croyiez seul. Mais au fond de votre blouson, ma plume, mon âme, mon galet vous suivait. Je l'imaginais fondre en poudre de sable gris, s'échapper de votre poche à vive allure ou broyer – cristaux de larmes qui éclaboussent – crissement strident, un cri – votre souffrance sur la route noire à chacun de vos virages dangereux. C'est un peu de votre malheur qui vous quittait à chaque courbe de votre âme, à chaque détour sous un coup de frein qui annonce la mort. Pourquoi pleuvait-il toujours quand vous sortiez ? Je guettais votre retour. Au plus profond de la nuit, le gravier de l'allée s'écrasait, de lui giclaient des confidences de cailloux éjectés, décousues et éparses – flûtements rassurants de la merlette pour ses merleaux. Sous le poids des deux roues encore chaudes et des pneus gonflés par l'effort, votre engin roulait au ralenti dans la côte, le phare éclairant les gravillons dans l'herbe après leur bond. Sous des semelles épaisses, vos pieds étouffaient les jets, les étincelles de silex. Vous poussiez votre engin avec discrétion, toujours, vous vous taisiez. Tout cela crissait, sifflait et vrombissait comme d'habitude.

Je me faufilais dans la cuisine sans vous croiser. Je faisais ma dernière ronde. J'étais l'ombre nocturne et invisible de votre tristesse dont vous aviez tenté de vous défaire en route. Avant que le jour ne se lève, ma mission était d'apaiser une dernière fois le sommeil du monde, de notre monde : « Tout va bien ! Il est rentré ! Dormez sans crainte ! »

Mais j'arrivais toujours inquiète près du fourneau. Sur le carrelage de la paillasse, votre écharpe détrempée déposait un halo transparent et brillant qui filait vers le sol où il s'irisait encore à la lune. La tempête que vous veniez de traverser était tombée. Votre veste de cuir semblait reprendre son souffle, le vent s'en échapper, votre cuir s'égouttait sur le marbre poreux qui effaçait chaque goutte à peine tombée. Aujourd'hui, j'en suis certaine : sur le dossier de la chaise bleu ciel en Formica, votre cuir me parlait : « Regarde, tendre aimée ! À présent, ma tristesse évaporée, je suis rentré, le sol absorbe mes larmes. »

Je n'aimais pas entendre les objets me causer de la sorte. Pour me rassurer, je glissais ma main agile vers la doublure, je vérifiais la bonne place de mon galet, le seul à connaître la longue suite de toutes vos danses tortueuses sous la pluie. Il vibrait. Je caressais une peau de pierre douce et chaude, alors naissaient les mêmes frissons que ceux que nous nous donnions de moins en moins. Debout et seule dans la cuisine, mon regard en coin vous suivait : marche appuyée dans les escaliers dont je devinais la courbe du mur, là où votre ascension marquait une pause, un pas juste plus long que les autres à cause de la marche d'angle. Je retenais mon souffle. Vous reteniez votre pas. Mon regard à l'arrêt entre les murs et le plafond, un soupir m'échappait : « Merci ! Merci de me l'avoir ramené ! Passez donc une bonne fin de nuit, mon joli monde ! »

La maison haletante s'apaisait, se taisait tout à fait, se rendormait. Prenez soin de vous sur les routes de ce pays de poussière et de pluie ! Qu'avez-vous fait de votre Toute Précieuse ? Je ne sais plus vous embrasser. Revenez-moi au plus vite pour m'apprendre de nouveau le baiser ! Mais osez-vous encore faire de la moto à ton âge, Jean ? Jean ! Mais... Mais qu'ai-je fait ? Qu'ai-je fait, mon Dieu ? Je vous écris au fil de ma pensée qui défaille. Quelle horreur, mon bien cher Meng ! Depuis le début de cette lettre, c'est à Jean que je parlais quand c'est à vous que je m'adresse ! Vous étiez tous les deux des motards. Mais j'ai porté le deuil de Jean le temps qu'il fallait. Dites-moi que vous n'êtes pas encore mort. Promettez-le-moi ! Notre pierre précieuse fut d'abord le jade de votre mère, puis un rubis hasardeux, avant que notre amour impossible ne nous réduise au silence. Comment ai-je pu vous confondre ? Après ma bien triste maladresse, mieux vaudrait cesser d'écrire, mourir sans vous revoir. Me pardonnez-vous ? Mon âme ne pourra plus retrouver la paix du début de soirée. Le silence de ma chambre d'hôtel, les ombres de mes objets les plus familiers les unes sur les autres, les murs qui m'empêchent de me perdre me portaient, apaisée, vers la lettre du soir. Vous traiter ainsi est une injustice qui m'échappe. C'est bien mon malheur, mon cerveau s'en va en promenade sans prévenir. Me faudra-t-il réécrire cette lettre pour vous protéger de ma vieillesse ? Je n'ai pas le temps. Il n'est pas question de renier l'attachement profond et sincère à mon mari. Si vous me rendez la visite que j'attends, vous devrez cohabiter avec lui. Je n'ai pas besoin d'avoir son opinion ni même qu'il fasse semblant de revenir pour avoir son accord quant au plaisir que nous promettent nos retrouvailles. C'est que vous tardez trop, mon ami, mon Meng. Malgré mon attente fervente, votre absence viendra à bout de ma patience. Je vous conjure de rentrer à la maison – à moto s'il le faut – avant que je ne meure. Pourquoi vous accabler de la sorte ? Sinon… Pourquoi m'avoir tant aimée ? Oui, aimer Meng puis mourir. Et que dire à mes enfants qui ne sont pas les vôtres ? Comme je regrette de ne pas avoir porté en mon sein toute votre descendance. C'est cela, porter en mon ventre aimant de femme aimée tous ceux qui vous ressemblent. Dieu sait… Dieu sait combien mes enfants valent bien plus que toutes les pierres précieuses ! Et les vôtres bien entendu. Mais vous avez donné des enfants à une autre femme que moi. Vous avez osé. L'avez-vous aimée ? M'avez-vous blessée au point de lui offrir votre avenir ? Pour l'éternité ? Vous ne deviez appartenir qu'à moi. Que le corps de votre femme plonge tout de suite dans une terre sans nom. Avec moi, n'abordez jamais plus son existence. Mon Perdu de vue, disparaissez de mon âme. Rendez-moi mes enfants, mes bébés, ceux de Jean. Rendez-moi ma jeunesse. Je ne veux pas mourir ! Mes enfants, qu'ils viennent, oh ! oui, qu'ils me reviennent au plus vite avec leurs ongles noirs, le bout pointu de leur langue dans le coin de la lèvre quand ils s'appliquent à écrire, leur gomme percée en son milieu par le crayon à papier et leurs tresses de paille en broussailles. J'entends toujours la question : « Maman, est-ce qu'on peut naître dans un *ôtre* ventre ? »

Mais attendez-vous ma mort pour disparaître tout à fait ? Après l'extinction de mes souvenirs ne resteront plus que les vôtres. Suffiront-ils pour convaincre nos enfants de l'existence de notre amour ?

Perle cesse d'écrire. D'où lui vient cette énergie ? Elle se jette sur la fenêtre qu'elle ouvre d'un seul geste. Elle a vingt et un ans. Les yeux secs et perçants, les pommettes très rouges, elle s'expose au vent marin qui remonte de la côte à laquelle elle tourne le dos. Sa main chaude retient le battant, crispée sur la poignée ronde qui tremble, saccade un bruit de tempête. Puis elle referme la fenêtre sur la nuit mouillée, se rassoit. Obstinée, elle reprend sa lettre sans se soucier de l'épuisement qui l'abat :

> Alors dans la solitude de ma mort, vous pourrez lire les doubles de mes lettres, celles que vous direz sans doute n'avoir jamais reçues. Où sera la vérité ? Selon ma volonté, Madeleine les photocopie toutes, l'une après l'autre. Et vous ne pourrez pas vous taire face à mes enfants touchés par le deuil de leur mère. Pour vivre apaisé jusqu'à la mort, il vous faudra leur répondre. À les lire une à une, vous donnerez le temps à chaque réponse. Vous répondrez à mes enfants ! Je les connais, ils vous écouteront doucement. Ils sont tous faits d'une bonne humanité. Votre silence aujourd'hui vous lâchera bientôt. Oui, au nom de mes enfants dont il faudra porter un peu le chagrin, vous m'écrirez. M'écrire, c'est leur parler de nous. Puissent nos enfants, nos petits et arrière-petits connaître notre histoire. Notre amour les habite tous. La vie est ainsi. Ma colère s'éloigne, elle fut une cape noire et riche sur mes frêles épaules. Votre descendance m'apaise à présent. Ma chance se multiplie ainsi de vous croiser un jour lors d'une rencontre au hasard de la vie entre nos petits, arrière-petits-enfants. Nous renaîtrons à l'amour. Amoureux comme au premier jour, j'en suis certaine. Ne croyez pas que je puisse vous mentir. Mes sentiments n'ont plus le temps de s'échapper de la lettre qui partira sans retouche, elle ressemble à une tenue de danseuse, prête pour la dernière danse après les innombrables entrées en scène. Vous devez tout savoir. C'est ainsi que je suis faite. Ne l'oubliez pas.
>
> Je suis votre toujours dévouée,
>
> Votre première mienne.

N.B. : Ce matin, Madeleine a installé un joli bouquet de pivoines sur mon bureau. J'ai tout de suite pensé au lustre du rubis enchatonné de votre chevalière. Si vous l'avez perdue, retrouvez-la, le jade et l'opale noble aussi. Je les attends. Et je vous en supplie, caressez-les de tout votre cœur. Oui, vous avez bien compris, c'est un ordre. Je les veux chaudes au creux de nos mains réunies lors de notre dernière heure. Leur chaleur nous survivra même sous terre, si tant est que nous y restions.

6

Ce matin, Perle est joyeuse. La journée sera belle, elle l'a décidé. La radio minuscule qui l'accompagne toujours diffuse une musique qui la fait chanter :

Und morgen wird die Sonne wieder scheinen…
Et sur le chemin, sur lequel je marcherai,
Heureux que nous sommes
Uns wird wieder einen
Et vers la plage, lointaine et bleue de houle
Stumm werden wir uns in die Augen schauen
Glückes stummes Schweigen
Le silence muet du bonheur
Morgen wird die Sonne wieder scheinen[1].

---

1. Lieder de Richard Strauss, *Morgen !* (« Demain ! »), opus 27, n° 4. Le voici dans sa totalité :
Und morgen wird die Sonne wieder scheinen / Et demain, le soleil brillera de nouveau
Und auf dem Wege, den ich gehen werde / Et sur le chemin sur lequel je marcherai
Wird uns, die Glücklichen sie, wieder einen / Il nous unira une nouvelle fois, heureux que nous sommes
Inmitten dieser sonnenatmenden Erde… / Au milieu de cette terre qui respire le soleil…

Perle soupire et se souvient :

— Ah ! Strauss ! Je ne pourrai plus jamais valser ! Valser, mon cher Meng ! Vous n'y pensez pas. Quel âge avez-vous donc ? Meng le valseur interdit de mes vingt ans. Phnom Penh, reviens-moi ! Une fois en rêve. Juste une fois...

Perle porte une robe longue de soie de première qualité, orange et très brillante. Pour renforcer les fronces de la robe prise dans un élastique très fin à la taille, elle a serré une ceinture large. Elle entame une ronde, tourne sur elle-même. Sait-elle qu'elle danse ? Les yeux fermés, la tête rejetée en arrière, le visage au ciel, elle rayonne, attend une dernière félicité, les bras invisibles du danseur de ses rêves l'enlacent. Perle valse, son pas marque les trois temps au rythme de son cavalier. Elle ne mène pas la danse. Qui s'inquiéterait ? Elle ne touche plus le moelleux de la moquette, le sol. Ses pieds ont disparu sous le bas de la robe trop longue. Cette tenue n'est plus à sa taille. Les manches laissent voir ses épaules enroulées à la peau desséchée. Le joli froncé de la taille n'est plus retenu par le maintien assuré d'une femme qui sait comment s'y prendre pour garder son cavalier toute la soirée, toute la vie ou lui plaire le temps de la ritournelle qui offre aux danseurs le goût de l'éternité. La robe taillée dans un même pan de tissu semble ne pas avoir réussi à passer les années

---

Und zu dem Strand, dem weiten, wogenblauen / Et vers la plage, lointaine et bleue de houle
Werden wir still und langsam niedersteigen / Nous descendrons en silence et lentement
Stumm werden wir uns in die Augen schauen / Muets, nous nous regarderons dans les yeux
Und auf uns sinkt des Glückes stummes Schweigen... / Et sur nous descendra le silence muet du bonheur.

sans porter son âge. Pourtant, ce n'est pas une robe de jeunesse. Elle fut achetée il y a peu d'années, quand Perle se souciait encore de plaire tout à fait. Tout cela fronce mal, bâille de fatigue, tombe de guingois. Perle vole, frétille et sa robe fagotée de travers tremblote, vibre autour de sa taille comme une vieillarde, elle la porte vers les bals de sa jeunesse :

— *Morgen wird die Sonne wieder scheinen*[1].

Perle stoppe sa valse solitaire puis, déstabilisée, les yeux écarquillés :

— À vingt ans, je ne parlais pas encore allemand. Je perds le temps. Je perds le temps, c'est évident.

Elle toussote dans le creux de sa main :

— *Und heute doch scheint die Sonne*[2] *!*

La radio s'est tue. Perle s'avance vers l'armoire, l'ouvre, en sort son manteau qu'elle enfile le plus vite possible. Il n'est pas question d'attendre Madeleine pour sa promenade en bord de mer. Elle passe sa dernière paire de ballerines mauves qu'elle a fini de déformer.

— *Na ja ! Heute auch scheint die Sonne* ! D'ailleurs, à mon grand malheur, je n'ai jamais pu parler le khmer ! Mis à part *tik tik... Sôk sabbay*[3]...

D'un pas décidé, elle avance dans le couloir, elle se retourne sur elle-même :

— Oui, j'ai aimé parler allemand.

Puis dans le couloir, une pensée plus loin :

— Merci, mon Jean, de m'avoir appris la langue de Mozart, Brahms, Beethoven, Schumann et Schubert. Notre vie fut belle, si belle. Tu aurais aimé Meng !

1. « Demain, le soleil brillera de nouveau. »
2. « Et aujourd'hui pourtant le soleil brille ! »
3. « Un peu... Ça va bien. »

Perle allonge le pas pour franchir le seuil de l'ascenseur. Arrivée au rez-de-chaussée dans le hall d'entrée, elle s'élance dans le monde aux allées et venues jeunes et vives : arriver, s'en aller, s'affairer, s'éclipser vite, s'installer enfin, faire l'amour tout de suite, puis sortir le rose aux joues les yeux brillants. Elle a repris sa démarche de jeune femme. Dans le courant d'air qui s'engouffre à chaque mouvement de porte au passage d'un nouveau résident, la robe orange et légère poursuit la valse autour de la taille de Perle vivante et fière de sa jeunesse. Aux bras de ses deux valseurs préférés, elle s'approche de l'estran. En contrebas de la promenade, elle choisit une chaise longue à l'abri d'un parasol, hésite, puis se baisse avec prudence pour attraper une couverture sur le transat d'à côté. Le vent léger soulève ses mèches de cheveux très blanches, fines, aucune barrette ne peut plus les retenir. Il fait doux, mais Perle allongée sur la chaise longue couvre ses mollets et ses pieds, ses yeux s'évadent vers le bleu du ciel, s'échappent vers un champ de nuages inconstants qui filent à leur gré, s'effilent à toute allure. Perle si légère s'envole, les rejoint. La traîne gazeuse, une trace nappée de soie la mène vers le sommeil :

— Mes enfants, où êtes-vous donc ? Phnom Penh, reviens-moi ! Mais où sont les enfants ?

Elle a remonté la couverture jusqu'à son menton, enfoncé son chapeau de toile mauve jusqu'au-dessous de ses oreilles. Le souffle presque immobile jusqu'au premier rêve, elle s'endort. Une rafale éblouissante de lumière blanche la fait sursauter. Le parasol s'est envolé, s'éloigne de travers sur le sable, un Don Quichotte sans cheval. Le vent à grandes bourrasques se moque des promeneurs soumis au passage dégingandé d'un parasol sans terre ni ombre, aux voilettes en transe. Perle redressée, une équerre dans sa chaise longue, est excédée :

— Mais pourquoi ! Mais pourquoi donc toujours ce rêve ? Cette sensualité que j'ai perdue, pourquoi m'en donner l'eau à la bouche alors que j'ai la gorge sèche et qu'à chaque réveil, ma peau est dure, un vrai caillou ? Oh ! j'ai mal aux fesses. Il faut que j'arrive à me lever. Tiens... Oh ! ma bouche. Je manque toujours d'eau où que j'aille. Rentrons maintenant.

Après s'être hissée à grand-peine de la chaise longue et avoir replié à peu près la couverture, Perle ne s'attarde pas au vent sur la plage. Elle a froid :

— Écrire le rêve est peut-être la solution. Mais qu'en pensera Meng ? M'a-t-il connue aussi libre ?

Elle remonte de la plage vers l'hôtel, vers la promenade en lattes de bois où Madeleine, qui s'apprête à la sermonner, fait les cent pas. Mais de loin, Madeleine devine la fatigue de Perle à son visage fermé, elle se tait, lui attrape le bras dès son arrivée, la guide jusqu'à la salle à manger. À table, elles sont assises en tête à tête. Perle ose :

— Cela ne se dit pas, mais je vous souhaite un bon appétit.

— Vous auriez pu me prévenir. Et cette fois, ma phrase est tout à fait correcte.

Le déjeuner se passe dans le silence feutré de la salle à manger, à peine troublé par quelques lointains bruits de couverts. Perle prétexte une envie de sieste pour rejoindre seule sa chambre. Madeleine accepte d'être la complice d'un petit mensonge, ne pose aucune question, elle profitera de son après-midi libéré. Perle s'enferme à clé, se rafraîchit le visage au lavabo, tapote la peau de ses avant-bras avec l'essuie-mains. Elle atteint lentement son bureau. Bien qu'elle se soit habituée à la souplesse de la moquette, elle reste attentive à son pas, soulève le bas de sa robe de bal, pouces et index pincés sur la soie, petits doigts relevés. Les bras pliés à angle droit, elle tangue, maintient son équilibre, un pantin :

— Ce n'est pas le moment d'un col du fémur ! À mon âge ce n'est jamais le moment d'un fémur. Ce serait une *cata*. Oui, une *cata* !

Elle refuse d'écrire à Meng. Elle étale devant elle quelques feuilles de papier pelure, ferme les yeux, les ouvre. Cela tombe bien : il n'y a aujourd'hui aucun bocage d'antan ni prince charmant. Face à elle, la page blanche n'attend plus qu'elle, elle se présente seule, parle :

— Je m'appelle Perle. Si ce n'est pas une misère d'en arriver là, à mon âge... Pourquoi manger le *strophe* ? Je ne comprends pas : cela pourrait être *clysme* ! Comme leur langue est imprécise !

Les deux ischions bien calés dans le coussin sous ses fesses avec un stylo-plume plus lourd que celui réservé à Meng, Perle sourit d'aise, commence ainsi :

> Tous les matins...

Elle suspend son geste, chante :

> *Die Sonne scheint, scheint die Sonne*[1] *!*

Elle reprend pour ne plus s'arrêter :

> Tous les matins, je me lève de bonne heure. Il fait encore nuit. À cette heure, Phnom Penh s'anime déjà.

1. « Le soleil brille, brille le soleil ! »

Au loin, on entend quelques bruits de motocyclettes qui ne tarderont pas à se rapprocher. Lentement, je descends les marches qui me séparent de mon jardin invisible de la rue. Je prends mon seau en plastique, m'approche de la jarre en ciment. J'y puise l'eau pour ma toilette. Je penche ma tête en avant, mouille mes cheveux et le haut de mes épaules. Me laver à l'eau froide me saisit de plaisir. Puis, je savonne mes bras, mes aisselles et mes seins qui pointent, me pincent, me pincent de désir, désir. Je les essuie dans un pagne multicolore acheté au marché central, j'y enveloppe mes cheveux, passe un chemisier blanc qui apaise mes frissons. Je plonge de nouveau mon seau dans la jarre d'eau. J'ai appris à marcher à petits pas, mes hanches enveloppées serrées dans mon sarong. Je m'approche de mon jardin. Mes orchidées me demandent beaucoup de soins. Une à une, je les arrose, plonge ma main dans mon seau. L'ondoiement de mon bras puis de mes doigts forme une pluie de grosses gouttes qui animent les fleurs. Peu à peu, le soleil se lève. Les fleurs que je vois translucides dans la nuit me révèlent leurs couleurs rose nacré, blanc rosé, jaune paille irisé de points rouges ou tirant en son centre vers l'orangé, violet transparent tracé de rouge, rouge litchi effilé de jaune. Je surveille les racines qui passent à travers les trous des pots ; les feuilles, je les caresse. Il faudra que je retourne à la campagne chercher des écorces pour mes prochaines boutures. À petits pas je m'éloigne à regret. Tout est prêt pour affronter la chaleur de la journée. Il fait jour. Au-dehors, j'entends : « *Pane ! Pane !* »

Pour le petit déjeuner, j'achète deux pains. J'ai du mal à en toucher la croûte. Sur les doigts, j'ai la peau de velours des feuilles, la douceur lisse des racines de mes orchidées. La maison semble dormir encore, alors que tout le monde est parti pour sa journée. Et personne ne sait ni ne saura, sauf Meng, mon intrus qui dort encore caché. Pour la première fois de ma vie, un homme m'a fait jouir. Trois fois. À présent, j'ai le cerveau d'une femme. Je ne caresserai plus jamais mes orchidées comme hier.

Le stylo-plume tombe de la main éteinte de Perle dont le corps tressaille, un pétale que le vent soulève doucement une fois. Si elle n'était pas si vieille, des larmes viendraient mouiller le bord de ses yeux. Faire l'amour à son amant tout de suite, qu'y a-t-il de meilleur ? *Comme cela me manque !* Perle se tord au-dessus de la page, se met de travers sur son fauteuil dans lequel elle ne repose plus que sur une seule fesse. *Le corps !* Elle se redresse face au bureau, se tord de douleur. Elle manque d'un homme en elle. *Ton corps, mon p'tit, est sur sa route de poussière ! Vas-tu cesser tes jérémiades et te contenter de sucer tes biscuits, ma p'tite Perle ?*

— Vous avez parlé toute seule ? Tout le monde va vous croire gâteuse !

— Comment êtes-vous entrée ?

— Il ne vous est plus permis de vous enfermer à clé, vous n'avez plus l'âge de faire des cachoteries !

— Reprenez-vous, Madeleine ! Vous ne respectez pas mon intimité ! Je vous ordonne de me dire ce que vous avez entendu, sinon je vous chasse !

— Pas question. C'est votre fille qui m'emploie – avec votre argent, bien sûr. Et puis je parle mal, peut-être, mais vous, vous parlez dur avec moi.

— Comment ? Pourquoi faut-il toujours reprendre la leçon de la veille avec vous ? Obéissez !

— Je suis payée pour une tâche bien précise. Pas pour écouter aux portes !

Madeleine se met à danser autour du fauteuil de Perle qui en a le tournis.

— Quelle est cette danse ? Vous ne savez pas valser ! J'en étais sûre !

— Et vous, savez-vous danser le soninké ?

— Je n'ai pas appris cette danse. J'ai connu les apsaras des rois et des dieux. De vraies beautés. Je veux bien mourir dans leurs bras. Mais cela est réservé aux hommes, rois de surcroît.

Perle détourne la tête de tristesse, cache ses yeux secs, exorbités, elle crie vers Madeleine :

— Voulez-vous que je me casse le col du fémur ? Ce serait la fin de votre service !

— Le corps... Le corps, mon p'tit !

Madeleine ne se laisse pas impressionner, se moque avec gentillesse de Perle, imite sa voix, se tord la cheville :

— La danse soninké est même apprise aux seniors pour assouplir les articulations. Vous pourriez vous y mettre !

— Oui, Madeleine, le corps... Nous parlions du corps qui fait jouir, connaissez-vous le vôtre ?

— Ah, un nouveau SMS, dit Madeleine en fondant sur son portable.

— Un nouveau contact à distance, bien sûr. Trop fastoche ! Et le vrai corps-à-corps, Madeleine ?

— Ça vous regarde pas. Vous faites exprès d'me gêner. Moi, j'aime la danse. Et puis forcément, vous avez plus d'expérience que oim...

— Oim... Je peux vous apprendre la langue française, la langue de l'amour, le corps se dresse tout seul quand on sait lui parler. Savez-vous que votre corps se dresse ?

— Lâchez-moi. Ça suffit là. Je vous rejoins pour le thé.

— *Morgen, die Sonne wird wieder scheinen*[1]. Le corps se dresse, c'est un réflexe !

— Z'êtes ouf vous ! J'peux même pas vous parler bambara !

— Allez, filez au soleil de votre petit écran, je vous sens… tout excitée !

— Ouais c'est ça vas-y. À tout' !

Madeleine n'est pas fâchée contre Perle. Sur ses lèvres, un sourire trahit sa gêne. Elle quitte la chambre, claque la porte derrière elle. D'un coup, le regard de Perle s'évade vers un paysage de neige loin du bocage. Sous le soufflet de la porte claquée, les feuillets de sa lettre laissée sur le bureau se sont envolés, planent puis atterrissent, effleurent la silhouette vacillante de Perle. Prise d'une fatigue extrême, elle n'essaie même pas de les rattraper, les observe pêle-mêle sur la moquette, les froisse avec ses pieds nus, elle n'a pas numéroté les pages. Elle s'avance vers son lit, s'y allonge, se couvre d'un épais et large plaid de coton crème cousu de fils brillants de soie bleu turquoise, cinq fils parallèles comme une immense portée de musique en attente de clés qui guideraient les notes et les accords, un nocturne, un quatuor, *La Jeune Fille et la Mort*[2]. Il n'y a ni vent ni soleil. S'ouvre juste le silence noir et profond, un sommeil qui sera court, que le bout de la baguette du chef retient en haleine pour un *Voyage en Italie*[3]. Il est l'heure de partir.

Un flocon de neige tombe avant la première note de l'orchestre.

---

1. « Demain, le soleil brillera de nouveau. »
2. *La Jeune Fille et la mort*, Franz Schubert.
3. *Voyage en Italie*, Berlioz.

7

Ma très douce,

Il m'est tout à fait impossible de vous rejoindre ce soir. Mes pieds me font souffrir plus qu'à l'ordinaire. Il me semble que je ne pourrai plus jamais vous porter comme jadis à travers nos champs de lotus. Gardez-moi au plus précieux des fronces de votre mémoire amoureuse, votre grâce éternelle. Je resterai fidèle, démodé sans doute. Mon corps usé ne peut plus vous témoigner la marque de mon attachement. Mais mon désir est intact. Croyez-moi sur parole : mon âme vous appartient. Entretenons notre élan, qu'il soit fécond et préserve notre extase. Veillez au soin de votre tenue. Dès demain, je m'enquiers d'un porteur et de sa chaise pour vous rejoindre au plus vite au-delà du village de pêcheurs, au bord de notre champ. Vous m'attendrez, ma mie de tous les jours, ma Perle des grands soirs, vous m'attendrez là où aucun prince ne vient, là où aucune kyrielle de bougies de palais lointain n'éclaire plus de sa lumière diffuse. Je vous ferai porter mon ballot d'étudiant du roi et à mon retour le soir, nous le partagerons : huit noix d'arec, quatre cure-dents, une portion de riz décortiqué, soixante feuilles de bétel et un fagot de bois. Je volerai quelques feuilles de latanier pour votre écriture qui déboutonne le cœur. Demain soir, je vous le promets, je vous ferai oublier votre fatigue dans mes bras raides et légers. Je vous couvrirai de caresses. À vos pieds glissera votre lourde parure, le plissé de votre jupe de jeune fille de pierre. Vous êtes mon apsara aux seins brillants de convoitise. Ce n'est pas la vieillesse – ma belle à la toque d'or et d'argent, vous le savez bien –, mais l'insistante caresse de la masse de badauds insouciants qui vous fait mourir lentement à la surface du temple. Que cessent toutes ces caresses égoïstes, elles vous effacent ! Qu'on ferme les accès à toutes les allées. C'est un ordre. Alors votre présence de reliefs et d'ombres sera mienne. Ne plus vous prendre que des yeux, quelle injustice. Je rêve comme jadis quand éveillé je vous voyais parée de votre nudité neuve et offerte. Ce sont les rêves qui manquent dès lors qu'on ne fête plus. M'attendrez-vous demain ? Et le soir, nous honorerons l'arrivée du roi dans toute sa magnificence, debout et fier sur son éléphant à la peau luisante d'huile de beauté. Vous m'attendrez. Votre force est notre seule et unique voie, notre souffle éternel, corps et âme, l'un en l'autre, mon apsara. Laissez-vous atteindre par le parfum de lotus, un baiser sur le duvet de vos lèvres qui s'ouvrent, une rosée naissante…

Perle bondit, pousse un cri de douleur atroce qui lui monte du bas du dos jusqu'à la nuque, qu'elle tente d'étouffer à deux mains osseuses et sèches sur sa bouche.

Tout cela fait des bruits de fuite. Lui reste-t-il un bout d'intime étanche ? La tête lui tourne, elle chancelle. Pas un mot ni un cri ne franchit ses lèvres rafraîchies par le baiser qui l'effleure encore, entré en elle, le ventre touché par une goutte d'eau claire, *ploc*, pour l'onde irrésistible du bonheur. Un souffle a sifflé, une seconde s'échappe. Le rideau ondule. Le corps la voûte, la guide, la tire vers la marche, lui évite la chute avant d'atteindre la table. À l'aveugle, Perle dégage le fauteuil pour s'y asseoir. Sur le bord de la table, ses doigts tapotent de tous les ongles en désordre.

Tout cela tremble, déchaîne une série de messages de l'autre côté du désert où parler est possible, morse qui annonce l'arrivée du train postal, puisque se voir est une chimère. La main gauche retient l'ensemble du corps sur le fauteuil. Qui fait chanceler la nuit ? Tout le monde dort. Perle appartient à l'instant. Elle se redresse, la main en voûte sur la table s'empare du stylo-plume bouchon fermé, code un message sans se soucier de qui écrit à qui. La feuille de pelure transmet sans feutre la saccade précise et frappée au bois de chêne qui code en morse. Perle confie la dépêche au désert comme une bouteille à la mer : on vit bien aussi de l'autre côté de l'océan. Elle n'a pas crié assez fort. Les lèvres serrées sur la tristesse qui les fendille, Perle lâche un râle - rien ne souffle - qui s'étale sur la feuille, la main pousse un cri immense :

— Taisez-vous ! Au nom du Ciel, Meng, taisez-vous !

La main se tord sur le stylo-plume léger, tremblant, difficile à tenir entre ses doigts, il hoquette d'infimes jets d'encre, une écriture que zèbre la colère. Tout est silence. Qui peut lire ? Perle se tourne vers son prie-Dieu. Prier. Une prière de poussière en bouteille ou en morse par-delà le désert. Mais le cri est là plus fort que la prière.

> Mon Dieu ! Dites-moi que je suis folle ! De quel droit me parlez-vous ainsi ? Nous étions convenus de nous voir ! Votre voix est une torture. S'agit-il d'une divagation ? Mon esprit vous cherche, s'évade si souvent pour mieux vous attendre ! On a craint pour moi la maladie d'Alzheimer. Mon cerveau ne

pouvait pas en être atteint, je pensais trop. Mais alors, allez-vous me faire passer pour une illuminée ? Suis-je sur le point de devenir une apsara ? Et alors recevoir vos caresses éternelles sur ma peau de pierre tombale ? Être la première reine apsara du monde. Oui. Je vous dirai même : « À ce soir, mon roi ! » Que cela reste entre nous, bien entendu. Sinon sachez-le : c'est la maison de retraite assurée. Est-ce le parfum que vous souhaitez pour nos retrouvailles ? N'en parlons plus. De fait, je vous réclame. Votre voix ne me quitte pas. Elle me guide vers le jardinier de l'hôtel, le maître-nageur sur la plage. Bientôt, vous m'apparaîtrez sous l'enveloppe charnelle du vendeur de chouchous. Cessez là votre plaisanterie, je vous prie. J'ai assez d'ordres à donner à Madeleine qui n'en fait qu'à sa tête. J'espère que votre douleur aux pieds s'est atténuée. Il m'arrive aussi de souffrir au point de ne plus pouvoir marcher. Rarement, quelle chance, je dois vous le dire. Comme je vous plains. Mais quel âge avez-vous donc ? Est-ce possible : le temps n'a pas eu de prise sur votre beauté ? Gardez intact votre désir. Protégez votre fantasme d'apsara, je l'accepte, bien que je n'aie jamais eu la chance d'une telle beauté. Nous préserverons ainsi le goût de nos retrouvailles. Il ne peut en être autrement : votre désir bandera tous les muscles de votre corps dès demain. Sans porteur ni chaise, vous viendrez à moi. Je vous accueillerai ici en mon lit apprêté. Après ce voyage harassant qui nous aura si longtemps séparés, je masserai vos muscles endoloris mais vaillants du bout de mes doigts impatients de vous toucher, certes, mais qui ne sont plus que de très osseux crochets. Puis il n'y aura plus d'autre voyage, n'est-ce pas ? Meng, dès ce soir, soyez raisonnable. Trouvez-vous dans un premier temps une podologue aimante aux doigts chauds et compétents, puis une masseuse, une sreï de la dernière génération, afin que votre corps se laisse envelopper par la chaude sagesse de ses mains jeunes et sensuelles qui ne toucheront que vos pieds. Et pourquoi pas ? Grâce à elles, vous marcherez de nouveau. N'ayez crainte d'avancer jusqu'à demain. S'il vous plaît, ne me parlez plus si c'est pour m'annoncer un retard imprévu à votre venue. C'est un supplice. Je préfère le silence. Mon imagerie brode en moi des histoires foisonnantes qui défient toutes les lois du temps. Et si l'envie vous revenait de me parler, pourrais-je vous prier de vous éloigner de moi ? Votre voix devient plus réelle que la mienne. Votre main se pose sur moi. Pour l'heure, il vous reste à vous taire. Ou bien surprenez-moi. Oui, parlons de nous revoir. Du moins, c'est ce que j'exige de vous. Venez à moi, je le veux, je le mérite par-delà la mort qui menace. À l'heure de notre jeunesse, poser votre main chaude et mouillée sur ma hanche saillante annonçait les fiançailles. Pensez aussi à faire masser votre hanche gauche, elle ne peut pas m'avoir oubliée. Que ma main à la mémoire vive y retrouve sa place de jeune fille et partage avec vous l'innocence, nous la perdîmes ensemble. Notre vie depuis votre départ se résume en un jour. Le temps a-t-il eu prise sur vous ? Je vous remercie de vous taire. Il est l'heure que la plume quitte ma main, que ma lettre vous soit encore lisible – le sera-t-elle ? Peu importe. Recopier une lettre m'est impossible. Un jour viendront les ratures. Mon temps est-il plus compté que le vôtre ? Votre journée a-t-elle été un enfer ou une joie ? Venez enfin ! Nous causerons sous le tilleul dont l'ombre sera la nôtre. Mais j'ai abandonné la maison depuis que je ne suis plus tout à fait autonome. Vous me trouverez en bord de mer à mon hôtel habituel. Vous savez tout. Je suis sûre que vous vous plairez sous mon pin parasol. Je vous y attends jusqu'au printemps. Mais tâchez de ne plus trop tarder. La fatigue, ma fatigue… Mon tendre roseau, venez !

Votre emperlée aux seins rebondis,
votre apsara grise les joues roses.

8

Mon aimant bleu,

Si vous pouviez sentir sur votre peau la caresse du temps qu'il fait. Les lumières sont claires, limpides, ma page d'un mauve parme lumineux, une lavande. À présent que mes habitudes ont pris leurs aises en bord de mer, je ne souhaite plus en repartir. Je m'y sens bien. Ce fut ainsi à chacun de mes voyages, j'emportais juste ce qu'il me fallait pour ne pas me perdre : une lampe de poche, un couteau suisse, une coquille d'huître maintes fois polie par le ressac, une serviette de toilette très fine aux franges usées et aux initiales M.A.D. Je pouvais alors m'ouvrir au monde. Partir à la découverte de tous les pays où je suivais mon tendre époux. Je m'épanouissais : chaque nouvelle sensation s'offrait à la mémoire de ma terre natale, à la mémoire de ma vie. L'odeur de l'ail poêlé dès le matin, adoucie par le temps passé et les distances, où que je sois, me ramène aux rues de Phnom Penh. Une brindille d'où qu'elle vienne, prise dans les cheveux, échappée des moissons de mes aïeux, me fait traverser les décennies. À chaque décoiffage par la tempête en bord de mer, je porte les tresses en broussailles de Suzanne et Camille. Il dut y avoir aussi il y a longtemps une blanchisseuse parmi les anciennes ; elle a vécu en moi, a fait bleuir mon sang, quand je m'efforçais de faire sécher les draps au grand air, tirer au cordeau les rangées de linge dans les multiples armoires du monde entier, toujours les mêmes armoires. Entre l'odeur de lavande en sachets et le bleu de Bâle dans les chaudrons bouillants, il ne put y avoir qu'une ancêtre pour me donner le goût de cette exigence que j'imposais au personnel. Vous savez bien que beaucoup de générations furent pauvres. Il est bon de s'en souvenir. Et passer à travers le temps met plus à l'aise, quand les êtres aimés et disparus ne froissent pas les plis d'une mémoire usée qui se frange. Tout mon monde partait avec moi en voyage. Il en est encore ainsi à l'heure où l'espace rétrécit. Je ne peux plus courir vers les vagues, m'y jeter à perdre haleine, lâcher un cri de sauvage écervelée sans savoir qu'il sort de ma gorge. La jeunesse a tous les droits, à commencer par celui de ne pas avoir de cervelle, je ne peux plus m'allonger sur le sable par un seul mouvement de hanche dansante ni y construire de châteaux. Mais il me suffit d'une seule couleur : un bleu très clair, un ciel d'Italie où que je sois, toujours bleuté Botticelli, un ciel blanc diapré de toutes les nuances de bleu pâle, un ciel bleuté très clair toujours, un blanc bleu turban, coiffe bleu de La Haye plus tard et où que je sois, une perle portée à l'oreille sous la coiffe. À l'heure où je vous parle, cette lettre est celle de l'amour, l'écrire est un calvaire. L'amour, est-ce si compliqué de s'y laisser naître ? Le plus grand risque n'est-il pas d'apaiser sa peur d'aimer ? Mon écharpe, mon châle, mon krama – le vôtre était en soie bleu turquoise très pâle, pure et patinée. Vous souvenez-vous, Meng, de la nuance turquoise du krama long de trois mètres ? C'était une rareté, n'est-ce pas ? La soie était d'une telle finesse qu'il fallait de nombreux tours pour y cacher la masse de ma chevelure, y sertir mon visage rond et bronzé. Il me semblait être coiffée d'un seul drapé, la légèreté de la soie donnait tout son plissé à ma coiffe. Pourtant, j'étais ainsi protégée du vent et de la chaleur. Je pouvais bien aller nue. Un soir, ce bleu-là, n'est-ce pas, il n'y eut plus que lui sur moi : ma peau pain d'épice, ma gorge fraîche et votre soie turquoise ou la mienne enturbannée dès lors que vous m'en coiffâtes. Aucune mèche de mon épaisse chevelure ne dépassait la limite du bleu. Mon front bombé saillait même de face, il luisait. On y lisait ma candeur appliquée et curieuse. Ma coiffure en chignon ne fut plus jamais brune, mais bleu turquoise très clair, une grande pâleur, un ciel blanc diapré de bleu, une coiffe bleu de La Haye plus tard – à l'époque, pas de perle à porter à l'oreille sous la coiffe –, oui, pas une seule mèche brune ne s'échappait du krama spiralé court, ovale parfait de mon visage. Un soir, ce bleu-là, sur moi, n'est-ce pas ? Une couronne de turquoise et d'ardoise enveloppait ma face quand mon corps pain d'épice à bonne distance vous faisait face. Avant de m'enturbanner, vous m'aviez mise nue. Je n'ai eu que le temps de vous dire… *Non, Perle !* Permettez-moi de me parler à moi-même. Mon écriture frotte la page. Je la voudrais légère. Je m'y applique : éviter toute rature facilite votre lecture. La lettre ou le turban, quelle différence ? Vous me faisiez tourner, tourner, tourner pour me déshabiller. Le turban flottait en une multitude de vagues bleues. Pour me mettre tout à fait nue, une suite de vagues bleues planait entre vos mains, ciel et terre, elles quittaient votre rivage par habitude. Mon corps, un brin d'herbe très vertical, une toupie, se dénudait tour à tour par les mille et une rondes que lui imposait votre bras ferme de danseur. Ma longue chevelure aux fesses signait ma liberté : précise, une vapeur, un envol. Mon esprit tournait encore au son mécanique du manège, le brin d'herbe fraîche vacillait sur son pied. Tout était calme, même la rue. Une chaleur. Que dites-vous, Meng ? *Et après… Et après…* Vous voudriez savoir après. N'étiez-vous pas présent ? Permettez-moi plutôt de me poser la question suivante : que s'est-il donc passé avant que je ne sois nue ? Oui. Pouvez-vous vous souvenir : que s'est-il passé pour moi avant que je ne sois nue face à vous ? Car nous n'avons pas vécu la même minute où nos vies ne seraient plus jamais les mêmes. Un homme et une femme qui se dénudent, est-ce la même chose ? *Et après... Et après...* Mais après, vous le savez comme moi ! Je n'avais plus qu'à m'avancer vers vous. Sans me toucher ni me parler, vous m'attirez. Est-ce la même chose : la femme attire l'homme ? Me mouvoir vers vous avec ce même petit pas serré. Cette marche-là me déplaçait dans l'instant d'avant, à l'heure où le pli khmer de ma jupe longue et cintrée imposait cette saccade à mon entrée sur scène. Après la jupe qui jonche le sol, pourquoi mon corps libéré ne s'est-il pas défait tout de suite de cette tradition ? Je marchais à petits pas vers vous : nue, à petits pas tout à fait décalés et le turban. Le turban bleu, le bleu de Bâle ou de La Haye sans la perle. *Et après... Et après...* Que s'est-il passé avant que je ne sois nue ? C'est cela : vous ne voulez pas que je vous parle d'avant. Vous avez peur de votre peur. Je dois vous parler d'elle, souvenez-vous de la nôtre. Était-ce la même ? Elle aurait dû l'être : il suffit qu'un homme nu marche à petits pas décalés vers une femme habillée – peur de ce qui nous attendait, de ce que nous attendions. Tous les deux, nous désirions danser, n'est-ce pas ? Revenir à l'enfance n'était plus possible, sauf que *J'ai peur !* surgit, vous reculâtes d'un pas franc. Je stoppai ma petite saccade. Je fus surprise, indécise. Cessez de me lanciner avec votre *Et après... Et après...* Votre pas en arrière fut un pas en avant vers notre bonheur. Avant de nous offrir l'un à l'autre, pourquoi moi la première ? Avant que vous ne fussiez nu, vous me dîtes :

— D'abord... D'abord ! Viens. Viens !

Je restai silencieuse, gênée d'être nue face à vous habillé. Vous gesticuliez d'un pied sur l'autre, une danse qui cherche son rythme sur une musique complexe qui ne prévoit pas le pas. Pourtant, une mélodie installait en vous une cadence inhabituelle, celle de l'homme habillé face à la femme qu'il a déshabillée. Cette agitation faisait trembler votre chemise, les plis de votre pantalon en coton léger gris et très soigné ondulaient le long de vos jambes droites. Vous poursuivîtes, la voix qui tressaute :

— N'as-tu pas envie de voir la mer ?

Je restai immobile. Vous osiez détourner mon attention du désir, du premier désir d'une femme pour un homme. Cet homme, c'était vous tout habillé, et votre peur plus forte que la mienne apprivoisée par le turban. J'ai serré mes genoux l'un contre l'autre, caché mon sexe à deux poings dans le creux de mes cuisses refermées comme *Rideau !* à la fin de la pièce. Coiffée de votre élan bleu pâle et suspendu, j'étais plus nue que nue. J'ai dit :

— La mer ?

Silence
Aujourd'hui, je sais
Le bonheur

Vous reculiez encore d'un pas face à la première femme nue de votre vie, face à votre premier désir vrai d'une étreinte vraie. *Et après... Et après...* Je ne vous écoute plus. Face au bonheur, vous reculiez.

— La mer ? insistai-je.

— Viens ! Viens, je te dis ! Il est encore temps d'arriver pour la marée du soir !

Les deux plis de votre pantalon avaient retrouvé leur tenue et votre chemise son pli repassé :

— Il y a toujours une marée le soir !

— M'emmènes-tu voir la mer de Chine à cette heure ?

Bien que née ici, je n'étais pas du pays. Pour moi, il n'y avait pas de plage assez proche pour atteindre la marée du soir avant la nuit et une si petite marée. Pour vous, elle existait. Mes parents m'avaient appris l'Atlantique à distance. Comment ne pas vous suivre ? J'étais encore une enfant dont en un clin d'œil on détourne l'attention d'une trop grande gourmandise : « Viens voir le petit crabe ! » Et l'enfant lâche le bonbon dans le sable.

— Dépêche-toi ! Regarde le ciel ! Il va faire nuit !

Vous étiez tout à votre surprise, soulagé de nous éloigner pour un temps de notre désir. Je me précipitai dans mes vêtements légers. Quel peut être le sentiment d'une jeune femme nue qui s'apprête à faire l'amour pour la première fois avec un homme qui l'invite à voir la mer ? Ma jupe à élastique fut enfilée comme un gant, je n'avais ouvert qu'un bouton de mon chemisier à manches courtes. Je vous suivais sans réfléchir. Nous remontions le temps du désir. Pour vous, c'était vital. Il fallut quitter le village des pêcheurs. La barque navigua sans bruit entre l'école municipale et le commissariat sur pilotis. Elle nous déposa au bord de la terre ferme. Nous marchâmes très vite, en silence pour rejoindre votre vélomoteur. Puis la liberté mena l'aventure, la nôtre, la vie. Assise en amazone, calée dans votre dos, je m'accrochais à votre taille d'un seul bras, mon autre main tranquillement posée sur mon genou. Ce jour-là, je n'avais aucun chapeau à retenir. J'étais votre seule et unique, votre première passagère, la femme au turban bleu. Le bruit de votre pétrolette nous abrutissait. Nous avancions dans un paysage de rizières à perte de vue. Vous ralentissiez sans me prévenir. Je distinguais mieux les pousses de riz encore très jeunes. Je ne pouvais pas vous parler. Vous vous taisiez. Comme tant d'autres, c'est ainsi que vous aviez appris à devenir un homme : se taire, ne jamais pleurer. Quoi de neuf depuis notre jeunesse ? Je vous devinais. Le regard fixé sur la route de terre, vous m'imaginiez, vous me souriiez. C'était tout. Après que vous avez coupé le moteur, déposé l'engin muet au bord du talus, nous avons emprunté un passage boueux. Nos peaux se sont teintées au fur et à mesure de notre avancée, nos genoux à la rondeur grise toute nouvelle se mirent à luire. Pourquoi me faut-il donner autant de détails ? Me lire vous ennuie-t-il ? Écrire pour qui au juste ? Vous étiez là, Meng ! Pourquoi être aujourd'hui si loin de mon bleu pâle... Une pureté, votre... parole...

La main se retourne vers la feuille paume ouverte, la lettre abandonnée, tente de reprendre son souffle. Apparition en coup de vent de Madeleine, courant d'air qui impose un sursaut : pour Perle, c'en est trop. Les doigts agrippent le stylo alourdi. De toutes ses forces, l'âme empoigne le bras presque mort. Contre vents et marées, la main et l'âme reprennent la promenade en bord de page, là où le tracas quotidien l'a stoppée net. Par temps clair, Perle suit la mer à l'horizon et la lettre :

Mon amour,

Laissez-moi... Laissez-moi reprendre mon souffle à l'instant coupé par la colère. Laissez-moi le temps de revenir à ma lettre d'amour pour mieux m'abandonner à vous, puis mourir. Porter de nouveau mon krama bleu turquoise très clair et coucher la mer. Oui, déroulons la mer une première fois. C'était un passage plus à sec à travers les marécages qui nous entouraient à perte de vue au-delà des rizières. Ces monticules de terre aride n'étaient pas prévus pour la promenade, mais nous permettaient de nous éloigner de la piste. Nous quittions à pied, vers la campagne, la vie trépidante de la ville et des temples, le bruit du négoce incessant en ce pays. Notre vie habituelle s'éloignait de nous, elle disparut tout à fait. Nous n'avions pas besoin de nous le dire. Nous l'étions. Uniques. C'est tout. À force de raser les plaines, le vent avait fabriqué des butées hasardeuses de boue, d'innombrables petits barrages inutiles qui facilitaient la traversée des marécages. Nos pieds nus se perdaient à se suivre, tentaient de marquer le retour qui se ferait de nuit. Nous n'en étions qu'à partir. De quel retour suis-je en train de vous parler ? Vous vous taisez et j'entends toujours votre *Et après… Et après ?*

« Perlélotus ! » entendis-je, chuchoté dans mon oreille. Mes yeux se baissèrent à l'instant où *Perle ! Les lotus !* me toucha. Nos regards se fondirent, nos cerveaux et nos âmes en une vague douce et infinie de nuances : rose presque jaune, jaune nacré mauve, rosé brillant, mauve bleu, bleu gris cendré, cendre rosée, nacre nacre toujours nacré partout le creux poli d'un coquillage hersé par la mer, des milliers de coquillages hersés sur cette terre gorgée des marécages. En moins d'une minute, votre long corps derrière moi collé au mien, ma tête à peine renversée sur votre torse, notre regard, un seul et unique, se mua en une même teinte qui passe de la nacre à l'ardoise très pâle parmi les lotus. À cet instant, oui, nous n'étions qu'un : le même iris bleu moiré de mauve du lotus ensommeillé, opalescent pour la nuit, le même iris qui ne serait plus jamais le même. Ce soir-là, la peau peinte de terre grise, l'iris bleu armoisé, nous laissions ce que nous pouvions abandonner de nous-mêmes. Au plus proche l'un de l'autre, nous touchions notre avenir, immobiles, à la surface de nos yeux, à l'horizon d'un même regard. Nous ne verrions jamais plus le monde comme avant. Muets, lèvres entrouvertes, les bras ballants, le corps tout entier offert à l'imprévu de la vie. Inondés par le paysage, ébahis, naissants, nous étions le bonheur. Qu'en savions-nous ? Le bonheur ne se parle pas. Le silence était une opale bleue. Nous étions des danseurs de haute volée, oui, la danse d'avant le spectacle, d'avant le travail, la danse d'avant la danse. Nous étions immobiles. *Et après… Et après ?* Auriez-vous souhaité vous aussi revenir en arrière à cet instant ? Je ne l'ai jamais su. Juste quelques minutes avant la marée des lotus, une seconde avant. Vous souvenez-vous de la couleur des lotus avant la danse, l'amour, nos corps immobiles au bord du champ ? Nous n'étions plus des enfants. Il n'était plus question de jeter des cailloux pour effrayer les oiseaux bleus qui en plaines entières s'apprêtaient à la nuit. Il n'était plus l'heure de chanter. Il y eut une danse, une vague. Une révérence de lotus à l'unisson. Un iris rose nacré de jaune vert bleu ardoisé en une seconde juste avant le bonheur. Nous étions immobiles en l'instant qui dure, doit durer c'est sûr. Dans la lumière du jour en fuite, j'ai vu votre main dorée, nacre opalescente, éclairer la mienne, approcher ma tiédeur. Prendre ma main vous demanda un temps infini. Me frôler ne cessa de vous appeler à l'abord de ma chair. Combien de jours ? Combien de promenades muettes et sans but jusqu'aux fleurs de lotus ? Vous aviez consacré une saison à oser prendre ma main, le secret reflet d'un couchant de lotus au creux de nos paumes. Un soupir long et souple s'échappa de votre bouche, une nappe, une étendue de coton clair fleuri lâchée sur l'herbe pour le repas familial en été. Votre bonheur se lisait en silence : le reflet armoisé sur votre chemise de soie blanche – col droit et boutons ronds, même reflet –, boutons et regard jouaient ensemble à répondre au sommeil des lotus gris, fermés. Qui veillerait sur eux ? Lentement, vous lâchâtes ma main. J'eus froid. Vous auriez dû la reprendre. *Et après… Et après ?* S'il vous plaît, reprenez-moi pour la première fois. Lentement, vos mains chaudes enveloppèrent mes épaules. Vous vous taisiez : il était l'heure de rentrer. Vous me guidiez vers l'avenir qu'il ne fallait pas fuir. Nous n'aurions plus jamais peur, même vous nu face à moi habillée. Je résistais encore :

— Je veux revoir encore la mer pour la première fois, s'il te plaît !

— C'est fini. Il faudra revenir une prochaine fois. Viens !

Ai-je parlé ? Juste encore une fois, pour la première fois, l'histoire du soir. Non. Plus jamais une enfant. De talus en talus, le vent s'était levé. Pas à pas, de trace grise de pas terreux en empreinte déjà presque sèche – tantôt la vôtre, tantôt la mienne –, nous nous rapprochions de votre vélomoteur. Il n'y avait plus rien à dire, qu'avions-nous dit ? Vous vous êtes tu bien au-delà du vrombissement du vélomoteur qui imposait le silence. Je n'attendais rien de vous, vous étiez mon bonheur. Le champ de lotus au coucher serait notre parole d'amour. Où en étais-je ? Me suis-je tant éloignée de votre turban bleu ? Mon pauvre amour, je vais vous faire attendre demain. Ma main épuisée ne tient plus le stylo, mon dos s'enroule sur lui-même et mon menton touche la table. S'il y a des ratures aujourd'hui, c'est ma main, elle me fait mal, pèse sur la plume. Je ne recopierai rien, vous le savez. Je me répète. Vous ai-je écrit si longtemps ? Pourquoi ma main ralentit-elle de jour en jour quand mon esprit me presse de tout vous dire avant l'oubli, m'excite et maintient ma veille ? Sa lassitude deviendra un véritable handicap avant que j'achève ma confidence. Quitter votre page est périlleux. Où est passé le temps où mes mains accrochaient la peau de votre dos dont la sueur lissait mon massage ? Puis vous dormiez. Le turban bleu de soie pure vous manque, je le sais – et le plaisir qui vient avec –, à moi aussi. Mais ce soir, ma main rend l'âme, quitte la page comme elle a pu quitter votre peau il y a longtemps. À quoi rime tout cela ? Vous embrasser aujourd'hui ? Mes lèvres ridées et tremblotantes portent mon âge. Mais je ne peux pas m'en empêcher. Je profite de ma main et d'un dernier de ses sursauts. Je vous embrasse. Il est midi. À mon âge, il n'est pas question de se coucher à cette heure. Mais la vie d'artiste que vous me faites mener m'oblige à me coucher quand je peux. Au diable le plein soleil. Je me couche. Rideau.

Votre très petite Perle,
votre jeune soie bleue de demain.

9

COMME tous les matins, Madeleine est entrée dans la chambre de Perle, prête à cueillir son réveil. Sans réfléchir et sans bruit, elle a comme patiné sur la moquette pour être déjà près du lit. Les mouvements fluides s'enchaînent après que le regard s'est posé sur le lit. Madeleine ouvre sa main sur le couvre-lit rouge satiné au piqué de grosses fleurs de camélias. Sa main va à la rencontre de celle de Perle endormie. Une aveugle inquiète et sans canne blanche caresse le dessus du lit, frissonne au soyeux du tissu, s'arrête net à plat sur le lit encore fait. Madeleine tourne d'instinct la tête vers le bureau, sa main brutale empoigne le plat du dessus de lit glacé qui se froisse, stridule :

— Madame Perle, je m'attendais à vous trouver au lit ! Il ne faut…

La paume se crispe davantage : cri aigu, appel à l'aide de la soie dans le poing qui l'étrangle.

— Madeleine, je pisse ! Cela ne se voit-il pas ?

— Madame, il faut rester polie avec moi, s'il vous plaît.

La main s'ouvre d'un coup, une gifle sur le dessus de lit qui peut gémir enfin.

— Quand vous êtes aux toilettes, est-ce que je vous dérange ?

— Mais madame, vous n'êtes pas...

— C'en est trop. Si pour écrire, je dois m'enfermer dans les toilettes, je le ferai, croyez-moi.

— ...

— C'est cela. Taisez-vous ! Votre portable avec ses transes de maraboutè vous a appris à n'être jamais là où vous êtes. Sauf peut-être quand vous pissez. Et vous me trouvez vulgaire ?

— Madame, c'est vrai, maintenant, j'en suis sûre, c'est vous qui avez été maraboutée !

— Est-ce bien vous, Madeleine, qui recevez ces messages obscènes qui ne vous ressemblent guère ?

— Oui, madame !

— Alors j'ai bien le droit de vous dire que je pisse sur mon fauteuil ! Après tout, chacun son cul, non ?

— Oui, madame, je fais aussi ce que je veux de mon corps !

— Et moi donc, alors ! J'ai l'âge d'être sur une chaise percée d'un pot en plastique. Je n'ai pas besoin de vous faire un dessin. Vous sentez l'odeur d'ici, n'est-ce pas ? Vous la connaissiez déjà bien avant moi. Pourquoi n'aurais-je pas le droit d'être vulgaire ? Ah ! quelle tristesse. Laissez-moi seule pour la marée du soir.

— Madame, ma petite Perle ! Il fait grand jour !

— Ni petite ni grande ! Je m'appelle Perle ! Perle tout court, est-ce clair, à la fin ?

— Oui madame. Bien madame.

Madeleine sautille et de dos, ses fesses dodues rebondissent joliment. Est-ce de la gêne ?

— Disparaissez, vous dis-je ! La marée m'attend !

Madeleine quitte la chambre toute tremblante, le poing large serré sur son portable dont elle essaie d'étouffer la vibration. Elle ne prend pas le temps d'allumer la lumière dans le couloir. Grâce à l'écran éclairé de son téléphone, elle envoie un message urgent à la fille cadette de Perle :

> Bjr Camille, votre daronne confond jr nuit. Faut prévenir le toubib ? Rep vite svp bye.

Sa grande inquiétude lui fait espérer une réponse immédiate de Camille qui ne répond jamais – mais Madeleine l'ignore encore. Elle se précipite sur le message qui lui arrive en retour :

> Mado mado t ou j'vais tprendre de do

Madeleine lève les yeux au ciel, son portable au creux de ses mains jointes en prière. Au plafond, une large rosace en moulure aux fruits d'automne et aux glands rebondis fait un relief qui abaisse la hauteur du plafond et couronne le lustre aux mille perles de faux diamants.

— Quand même, ça brille. Camille elle va m'répondre ? Peut-être elle est partie du jour au lendemain à l'autr' bout du monde ? De toute façon, elle revient toujours.

Madeleine a promis à Perle de ne plus répondre à Giggi. Un sourire en coin éclaire son visage, passe inaperçu dans l'obscurité du couloir :

— Quand même, il est moins agressif depuis quelques SMS… Mon Dindon 34 ! Y en a trente-trois autres comme lui ! Putain ! J'aurais jamais dû lui donner mon nouveau num ! Perle elle va m'démonter !

Madeleine lâche ses mains jointes, remet son portable dans sa poche sans répondre à Giggi. Tout son corps tremble sans qu'elle sache pourquoi. Depuis cinq minutes, elle attend une réponse, mais elle a compris : le moment venu, elle s'occupera seule de Perle.

— Je suis payée pour ça, mais… Madame Perle, elle a des enfants, quand même.

Perle, très énervée d'avoir été interrompue dans l'écriture de sa lettre, s'agite, trépigne de long en large dans la chambre. Le plancher vibre à la pointe de son talon qui écrase la moquette à chaque pas. La marcheuse à pieds secs vitupère :

— Mais comment se fait-il qu'elle ne m'ait pas vue à ma table ! C'est insensé. Je ne peux être qu'à trois endroits : mon lit, ma table, mon prie-Dieu, dans quarante mètres carrés. Je ne vais tout de même pas faire semblant de mourir juste pour qu'elle soit sûre de me retrouver morte à l'endroit prévu ! Suis-je encore et toujours prisonnière de petites habitudes de très vieille dame dont on craint la mort ? Eh bien, je vis, moi, madame ! D'ailleurs, quel agacement parfois, cette envie de vivre chevillée au corps, chaque jour ! Quelle fatigue ! Mon Dieu, pourquoi moi, puisqu'ils sont tous morts !

La tête de Perle est tombée vers la feuille. Quelques larmes dilatent l'encre des mots. Tout doit être écrit. Que Perle survive jusqu'à Meng, puis meure. Il faut écrire l'histoire pour que la vie s'apaise. Perle devra vivre encore avant de mourir. Sa main s'est retournée sur la page, le dos collé aux mots enflés de larmes, la paume ouverte vers la lumière du jour. Le feuillage vert tendre des arbres se reflète sur la peau lissée par les années, miroir de tous les temps. Il n'est plus possible pour une bohémienne d'y lire les lignes de la main. Le plat luisant de la paume peut encore recueillir un peu de caresse, un matin, une lumière. Que la journée s'installe sans heurt et la vie toujours dans le creux de la main qui écrit. Sur le dos, exposée, déposée sur le bois, la main tressaute au sanglot de Perle, la lecture à haute voix de la lettre se brise :

> Terre grise terreux nos peaux passage des genoux grises gris le passage nos peaux passage boueux de nos peaux l'une contre l'autre il est temps il est temps de voir la mer ce soir de rentrer ce soir de rentrer de voir la mer ce soir et après et après viens viens viens-tu ? Rentre dans ta maison. À quelle heure rentres-tu ?

Perle n'a pas vécu le reste de la journée. Elle s'est couchée dès la fin de la lettre sans la mettre sous pli. D'un coup, ses yeux s'ouvrent : l'obscurité naissante du début de soirée double le rideau sur la chambre. Le calme retrouvé et le sommeil de Perle ont rassuré Madeleine. Quand Perle se réveille, Madeleine lui offre son regard du matin.

— Me faut-il à présent deux levers par jour ? s'inquiète Perle au regard perdu, aveuglé, parti au-delà de Madeleine qui lui sourit dans l'ombre de la pièce.

Une odeur de haricots verts frais arrive jusqu'à elle :

— Vous ne descendrez pas à la salle à manger ce soir, madame.

Madeleine pose sa voix, Perle soupire. Le bureau est débarrassé de la lettre du jour dont l'écriture est achevée. Le lever du soir est difficile pour Perle. Madeleine ne ménage pas son dos dans son attention à celui de Perle, malhabile, raide, épuisée, qui cherche le réconfort :

— Veuillez m'excuser pour mon énervement de tout à l'heure. Mais voyez-vous, c'est à cause de la let...

— Chut ! Ne faites plus aucun effort ! Avez-vous un peu faim ?

Puis Madeleine se tait, se concentre pour accompagner la marche fragile de Perle. Manger par habitude. Ce soir, peut-elle réfléchir ? En attendant que Madeleine ait fini de dresser le couvert sur le bureau, elle s'accroche à deux mains au prie-Dieu de travers, presque affaissée. Ce n'est pas l'usage habituel qu'elle en fait. Aurait-elle besoin d'un déambulateur ? Elle ne se reconnaît pas, confie à l'oreille attentive qui l'accompagne :

— Qu'avez-vous donc reçu comme semeuse aujourd'hui, ma petite Madeleine ? Quelque nouvelle rassurante du front masculin ?

Le dos tourné, Madeleine s'arrête, cache son regard, son visage fixé par une surprise agacée. Le temps de retrouver une certaine contenance, Madeleine affirme :

— Sachez que j'étais trop inquiète pour votre santé. Je sais me déconnecter, vous savez.

— Vous ne l'avez pas toujours su. On ne dit pas « trop », mais « très » inquiète... Votre phrase est parfaite.

— C'est vrai, grâce à vous, j'ai marché de long en large sur la promenade.

— Vous reprenez le sport. Que vous arrive-t-il ? Seriez-vous amoureuse ? Vous avez rencontré un jeune homme à votre mesure ?

— Mais je vous dis que je n'ai pas allumé mon portable !

— Ne vous énervez pas. Dans la vraie vie aussi sur la promenade, vous auriez pu rencontrer le prince charmant.

— M'enfin ! Madame Perle, on dirait que j'pense qu'à ça !

— Mais vous devriez, jeune beauté ! Aller à la rencontre de la vie : un homme, une femme, un cheval au trot, un caniche, une bouteille d'eau en plastique vide poussée par le vent, un crabe ayant perdu le sens de l'orientation et qui cherche la mer en direction de l'hôtel, une vague qui regrette la puissance de la dernière grande marée et qui vient vous la rappeler sur la jetée en vous léchant les pieds !

— Ça y est, elle est r'partie.

— Ne vous inquiétez pas, Madeleine ! La mer me donne toujours des ailes.

— Vous délirez.

— Je suis terriblement heureuse alors que je suis affreusement en manque.

— Terriblement ! Affreusement ! Beaucoup de *ment* pour pas grand-chose.

— Vous avez raison. C'est lourd. Mais ne vous fiez pas aux apparences. Ne faites pas la fière. Je vais mourir, vous aurez mon dernier sourire. Cela vous plaît-il ?

— Mais avant, vous attendez une visite.

— Oui, je l'attends.

— Voulez-vous que je fasse réchauffer les haricots verts ?

— Pour deux personnes, s'il vous plaît. Nous les aimons tièdes ou froids.

— J'ai pas faim, moi…

— Laissez-les tièdes presque froids. C'est très bien. Ils sont toujours tendres. Et vous Madeleine, êtes-vous heureuse ?

— Heureuse !

Madeleine s'étrangle.

— Ne criez pas ainsi à l'heure du souper.

Madeleine s'est retournée face à Perle. La confidence la fixe dans une torsion serrée de son corps, son menton surplombe presque ses fesses. C'est ainsi qu'elle reprend la parole :

— Que... Que... Que pensez-vous de moi ? Je ne sais pas ce que... Vous croyez que je suis heureuse ?

— Le maître d'hôtel cuit les haricots verts à la perfection. Vous devriez m'accompagner, puisque je suis seule. Il y a toujours ce qu'il faut de beurre.

— Du beurre ? Mais vous avez pas droit au beurre !

— Ça suffit. Cessez de m'embêter. N'm'embêtez plus avec ça. Un peu de beurre, un tout petit morceau de beurre et puis mourir, vous êtes d'accord ?

— Mouais...

— Juste un petit peu de beurre...

— Du beurre et le bonheur !

— Vous faites de l'humour, à la bonne heure. Cessez donc de boire vos deux litres de soda si vous voulez continuer à apprendre l'amour. Préférez un bon vin pour noyer vos chagrins.

— Heureuse...

— C'est comme être amoureuse. On l'est ou on ne l'est pas. C'est que vous ne l'êtes pas.

— Pas heureuse et pas amoureuse.

— C'est un bon début. La vie nous dépasse, ma petite Madeleine. Qu'elle s'en aille loin de moi est une grande joie.

— Pourquoi vous êtes plus jeune que moi ?

— Je suis très vieille, Madeleine, très, très vieille. Chaque moment que nous partageons, nous l'observons d'un monde bien différent. Mais je vous promets une chose : je vous apprendrai tout ce que je sais de l'amour, à commencer par la danse.

— Mais mon Giggi, il est content d'moi hein.

— Je me fiche de Giggi qui n'est pas le vôtre. Reprenez-vous ! Giggi ou Dindon 34 ou votre précédent Zovirax 669 m'indiffèrent ! C'est Madeleine Camara qui m'intéresse, c'est vous. Rien que vous ! D'abord, sait-il valser ?

— Mais, madame, je ne suis pas votre...

Madeleine baisse les yeux.

— Ni ma fille, ni ma petite, ni mon arrière... Mais où sont-elles ?

— Votre famille vous aime tant.

— Vous êtes sûre que ce n'est pas mon argent qu'ils aiment ? Vous voyez ? Je suis insupportable et nous sommes tous vieux, très vieux. Camille aime les voyages, mais elle revient toujours. Suzanne s'est installée au Japon et revient rarement. Les garçons ont quitté la famille pour en créer une autre. C'est la loi de la société ! Être à la charge de ses enfants est abominable. Que les plus jeunes vivent leur vie et non ma mort ! D'ailleurs, je ne peux plus rien pour les aider. Si, une seule chose : je thésaurise.

— Hein ?

— Vous ne comprenez pas. Je me soucie toujours pour Camille, alors que Suzanne s'occupe de tout. Camille sonne l'alerte, Suzanne agit. Il est impossible à l'heure de ma mort d'y rien changer. Tant pis. Giggi vous donne-t-il du plaisir ?

— Mad…

— Excusez-moi, je vais trop vite, mais c'est que le temps presse.

— Je suis excisée.

— Et alors ? Ça s'opère, vous le savez bien. Le plaisir sait venir d'ailleurs. Si vous voulez votre bonheur, choisissez bien vos amants.

— …

— Oui, vous m'avez bien entendue. Le plaisir arrive d'ailleurs si on le cherche en soi. Et n'accusez pas mon délire pour décider de ne plus m'écouter. Vous savez aussi bien que moi que je suis tout à fait saine d'esprit… et de corps !

Perle rit et Madeleine lui sourit en baissant les yeux :

— Vous m'gênez, madame Perle, même si je sens que vous avez raison et que vous me voulez du bien. S'il vous plaît, taisez-v…

— Pour devenir la femme que vous souhaitez être, découvrez le plaisir, devenez votre propre reine. Pour cela, touchez-vous et choisissez-les doués. Ils sont rares ! De vraies pierres précieuses…

Perle et Madeleine rient de bon cœur.

— Et parmi ceux-là, vous aurez la chance de découvrir un ou deux c'est-l'amour-de-ma-vie !

Perle n'attend plus l'aide de Madeleine restée immobile, vissée à l'envers pendant toute la tirade. Elle attrape avec fermeté le pommeau de sa canne pour se hisser hors du Prie-Dieu, s'avance vers le plateau-repas à moitié préparé sur le bureau. Madeleine se retourne, tousse, s'éloigne de Perle. Elle boite. Quand elle s'approche de la porte, elle a un couteau dans une main et une fourchette dans l'autre. Sans le savoir, elle pose la fourchette sur la poignée. Face à son plateau, Perle cherche partout...

— Voici votre fourchette et votre couteau, madame... Excusez-moi.

Madeleine boite toujours, rejoint Perle au sourire simple, tendre et clair :

— Réfléchissez à ma proposition, Madeleine : la langue française est celle de l'amour. Après cela, je pourrai mourir en paix, quand Meng vous aura saluée.

— Je crois que vous n'avez plus besoin de moi pour ce soir. Votre lit est ouvert depuis hier, il vous attend.

— Mes oreilles se délectent, Madeleine. Il n'y a pas de petit plaisir. Votre avenir vous appartient. Attrapez-le dès son envol, sinon... Vous pouvez vous retirer. Je suis capable de me coucher toute seule. Retrouvons-nous demain matin, sauf imprévu de dernière minute. Si je dors, réveillez-moi. Je ne dois pas me décaler ainsi entre le jour et la nuit, c'est un rythme de sénile !

— Bien, madame. Vous pouvez compter sur moi. Sonnez s'il vous manque quelque chose.

— N'y comptez pas. Laissez donc Alain dormir le peu de temps qu'il a. Bonne nuit, Madeleine.

— Bonne nuit, madame.

Perle s'installe au bureau, mange et mâche lentement les haricots verts et le filet de lieu jaune, un yaourt sans sucre, une demi-banane, puis la seconde demi-banane. Enfin, elle pousse le plateau vers un angle du bureau dont le bois brille de biais sous sa main droite en étoile. Une seule lumière éclaire la pièce, la lampe de chevet. La main gauche saisit une feuille mauve, l'installe face à elle. La main droite glisse vers le stylo-plume sans le saisir. Entrouverte, peau lisse aux doigts tremblants, étoile de mer hors de l'eau contre le reflet de la lune sur le bois, elle tente de se soulever. Fatiguée, si fatiguée, Perle parle :

— Mon pauvre Meng ! Où êtes-vous donc ? Me pardonnerez-vous de ne pas vous écrire ce soir ?

Les volets sont fermés. Le lourd rideau tiré au-delà des bords de la fenêtre, posé épais sur le sol, feutre le bruit caressant du feuillage dans la nuit. Perle chuchote :

— Il faut être raisonnable, ma petite Perle. Si tu te mets à écrire, tu ne pourras même plus rejoindre ton lit. Et qui viendra t'aider à te lever à cette heure ? Ah ! quelle détresse. Meng, est-ce vous qui parlez ?

La main droite fébrile se ferme lentement, se cramponne à ce qui a été décidé, poing serré, cesse de trembler. Écrire. Écrire demain. De rage, Perle presse son poing sur le bureau avec la même assurance que sur le pommeau de sa canne, se dresse d'un bond :

— Tu vois que tu n'as pas besoin de canne, ma petite reine !

Perle a très bien entendu la voix de Meng, sourit, lui répond :

— Adieu, mon *vanna*[1] !

Dans son lit, Perle s'est endormie, lumière presque éteinte, la lampe de chevet la veille. Le pli du col de sa chemise de nuit est une intrigue, une étreinte : la brindille claire et sauvage sous le vent trace des ellipses souples dans le sable, sa bascule égraine les secondes. La brindille berce le temps, berce Perle. Le rêve commence. Jonas, le petit-fils de Perle, fils unique de Suzanne, très sérieux, lui explique :

— Moi, je sais mettre la clé dans le moteur d'une voiture, dans le moteur d'un train et pas dans le moteur

1. « Lettre », en khmer.

d'une fusée. C'est dommage. Et toi, Mamette, ton cœur, est-ce qu'il a une serrure ? Parce que moi, moi, je vais le redémarrer, quand il va s'arrêter !

Perle sourit à Jonas avant d'atteindre le sommeil profond. Elle ne s'en souviendra pas, mais dans ce rêve, elle est le dernier des cachalots de tous les océans et laisse échapper de son ventre :

— Tu es un homme. Alors respire et maintenant, vole[1] !

1. Citation de Pina Bausch.

10

Mon tout bleu,

Nous souvenir de nos vingt ans. Quand nous nous retrouverons, vous aurez lu cette lettre. Qu'elle nous aide. Si je devais me souvenir d'un jour : nous arrivons au marché sans nous donner la main, nous nous fréquentons. Les rues ont protégé notre anonymat jusqu'à notre entrée sous les bâches. Nous empruntons les allées toujours humides et infestées de mouches, aux odeurs fortes de poissons frais et de viandes plutôt grises. Puis, les senteurs de fruits et de légumes m'apaisent, sur mon palais la citronnelle et le basilic se marient à l'envi. Très vite, sans même nous tenir le petit doigt, nous ne faisons plus qu'un. Nous approchons du quartier des tissus. Nos mains, des nez très fins, sentent de loin toutes les effluves de soie que nous allons goûter. Vous êtes fin connaisseur. Grâce à vous, aucun marchand ne s'oppose à ce que mes mains palpent un brocart, un crêpe, un foulard, puis s'en aillent ailleurs, ouvertes : elles sont libres de danser sur tous les camaïeux, les tissages. Mon corps me double. De nouvelles émotions naissent à la pulpe de mes doigts, ouvrent mon cerveau et mon sexe à un monde de sensations étranges. Je m'enivre. Quand mes mains sortent de leur bain de soies, elles vibrent, vibrent encore, lissées, lavées, libres, libres, libres d'aimer, voguer sur toutes les mers du monde. Quand sera l'heure d'accoster votre peau ? L'expert, vous êtes là pour choisir les plus merveilleuses productions des vers, celles qui se revendront le plus cher. C'est l'heure de votre dégustation. Les marchands restent muets. Les soies qu'ils possèdent ne leur appartiennent plus. Soumises à la rigidité de leur rouleau, elles semblent pétrifiées en attente de votre verdict, chacune soupire, espère votre sélection sévère, mais suprême. Vous prenez chaque rouleau à bras-le-corps puis se déverse sur l'étal un flot, une mer lapis-lazuli, jaune d'étain ou de Naples, une terre ocre ou rouge, une laque de garance ou un bois du Brésil. Devant moi, des rivières de couleurs jouent à la farandole, primaires ou diluées de jaune, de gris, de blanc. Vos mélodies, mon Vermeer, s'épanouissent devant les marchands ébahis. Vos jambes en équerre vous font dérouler au plus loin chaque phrasé, vous menez le bal des rouleaux raides qui avancent comme un ballet de petits rats tous en tutu de l'opéra. Taffetas, satins, tussors et surahs vous obéissent, tremblent à vos ordres :

— Déhanche ! Valse ! Sautille ! Passe ! Ronde ! Frissonne et envole-toi !

Je suis votre regard intense, marron laque de cochenille, un ruban qui volette et vous emmène hors de vous-même. Je l'aime. Il s'échappe. Puis à deux mains, vous plongez dans la soie, vous cessez de respirer. Certaines faveurs ou franges chantent sous vos caresses. D'autres crêpes cassants crissent, souffrent, soupirent. Vous trichez parfois avec la plainte du satin qui répond à votre humeur. Mais vous souvenez-vous du précis de ce qui suit ? Vos achats sont faits depuis la veille. Nous venons à la recherche d'une belle écharpe pour votre mère alitée. Cette fois, nous flânons dans les étals de prêt-à-porter. Vous ne jouez pas : choisir un présent pour votre mère semble vous imposer une contenance qui n'a pas lieu d'être parmi les rouleaux de soie. Votre costume de coton amidonné aux revers réglés s'ajuste à votre air guindé. Je marche à petits pas, comme prise par le traditionnel sarong qu'il m'arrive de porter pour vous. Ma jupe de coton jaune paille à quatre pinces aurait dû laisser libre cours à l'innocence de mes jambes blanches puisque je veux flâner. Votre pas appliqué comme un saut tendu au-delà de l'obstacle m'interdit de danser. J'essaie de chiner comme d'habitude. Je fouille, nage à pleines mains dans les piles de kramas de toutes les tailles et de toutes les couleurs en quête de l'unique, la plus douce pour l'âme meurtrie de votre mère. Comme une princesse, je laisse mon regard fureter, aller ailleurs au hasard d'une couleur précise et inconnue qui l'attirerait, rendrait l'espoir à une femme au corps usé jeune. Plus tard, à mon retour en France, j'apprendrai qu'un homme amoureux furète dans les fleurs le regard heureux et le nez alerte à la recherche de ce que vous, vous fouissiez à deux mains dans les soies du marché. À mon grand étonnement, vous vous arrêtez sur une soie bleue très lisse et brillante, longue et large, mélange de lapis-lazuli et de smalt, à la fois ciel et terre, riche. Interloquée, je vous confie mon choix plus simple : une pièce vert d'eau aux minuscules reflets de grains grèges, une mer intérieure qui moutonne, digne de la femme à laquelle elle est destinée. Sûr de votre dévolu, vous empoignez l'écharpe qui reste silencieuse dans les plis de son bleu lapis-lazuli. Les crêtes dans le froissé de smalt portent longtemps les saillies de votre force. *Est-ce cela, l'amour d'un fils pour sa mère ?* Cette pensée m'échappe, s'éloigne. Nous traînons un peu entre quelques foulards et écharpes vendus à la sauvette. Le vert d'eau aux grains de riz me revient, je suis légère. Mais les toiles ne protègent plus personne – marchands, acheteurs, flâneurs – de la chaleur de midi. Vous derrière moi, nous nous dirigeons vers la sortie. Au-dessus du col amidonné de mon chemisier rose pâle, je sens mon cou en sueur se rafraîchir sous l'intermittence de votre souffle. Avec cette pensée : *Que se passe-t-il ?*, je vous précède vers la lumière abrutissante qui nous attend à l'extérieur du marché, casseroles en aluminium de toutes les tailles, porcelaines peintes à la main, bleu azur ou de Prusse, tant de meubles de teck rouge ou de bois de rose sculptés. Le temps s'est-il arrêté dès nos mains baignées dans la soie ? La violente lumière qui nous accable me tire une grimace. La chaleur nous assaille, rendra pénible la traversée de la ville. Allez-vous héler un pousse-pousse ? Je l'ignore. Je sens sur mes épaules à peine exposées au soleil un souffle léger, un rêve, une caresse, un nuage. Comment savoir d'où vient cette étrange et douce fraîcheur ? Quelle anomalie climatique inconnue assouplit l'air, une bienveillance sur mes épaules ? Nous sommes en pleine mousson, il nous arrive d'avoir froid. Je lève les yeux vers le ciel limpide, bleu, pâle comme ma jupe jaune. Aucune averse ne s'annonce. Un frisson couvre mes bras que je m'apprête à frictionner. Me tourner vers vous à cet instant, c'est chercher votre regard inondé de désir. Vais-je être… malade ? C'est une crainte omniprésente pour nous. Mes mains ne touchent pas ma peau quand elles se posent sur mes bras. L'écharpe lapis et smalt m'enveloppe, je m'y blottis. Votre sourire radieux signe votre bonheur. Vous avez ôté votre veste, votre chemise collée sur votre peau par la sueur s'est décalée du col. Aucun mot n'est dit. Aucune bague de promise ne remplacera le frisson de mes épaules sous votre bleu lapis et smalt à l'étale, un ciel bleu sans nuage. Vous m'avez consacré le temps infini de votre bain de soies. Encore apprêtée dans les plis de la vente, votre écharpe orne mon dos qui se cambre, touche presque le sol. Elle m'était destinée. La traversée de la ville qu'il nous plaît de faire durer se passe sous un ciel inconnu. Que sais-je alors du bonheur ? Les lotus. Au fond

> de ma gorge sèche, quels mots attendent, guettent mon désir, le laissent enfler pour jaillir à mes lèvres surprises par leur étreinte ? Quelle langue peut bien parler un bout de ciel bleu lapis longeant l'ombre des bâtisses, sautant de bougainvillier en bougainvillier dans une ville qui lui est étrangère ? Un inaperçu de bleu, le bleu de Meng sur les épaules de l'épouse sans alliance protège mes vingt ans. Votre sourire...

Sursaut.

Claquement de porte.

Personne n'est entré.

Le cœur battant, la main griffonne de travers dans la marge :

> Si vous saviez, mon cher Meng, comme cette petite m'inquiète !

Le corps secoué par le récent sursaut, la tête qui opine, la plume levée, Perle réfléchit. Ses yeux s'évadent, l'emportent vers le feuillage sombre de la fin de la journée :

— Combien de temps va-t-elle s'absenter cette fois-ci ? Vais-je devoir faire seule ma promenade en bord de mer ? Quand acceptera-t-elle enfin mon aide, cette petite chipie ? J'ai besoin de ses soins et de sa douceur. Elle reviendra, c'est sûr. Elle reviendra. Une fin de semaine prolongée de temps en temps pour elle n'est pas si pénible pour moi. Le sait-elle ? Auprès de moi, elle apprend la beauté d'un jour où rien n'arrive, la douceur d'un doigt posé comme oublié, une goutte de rosée sur la peau.

Madeleine est entrée dans la pièce avant que Perle ne s'en aperçoive. Partagée entre l'approche imminente de sa mort et le bonheur de sa correspondance avec Meng,

Perle sent bien que sa préoccupation pour Madeleine trouble chaque jour un peu plus le calme nécessaire à l'écriture, à l'obscurité qui s'annonce. Elle reprend la plume, la porte de la chambre est fermée.

> Notre étoffe de lumière nous protégerait du froid, une seule pour deux, un désir suffit. Un inaperçu de bleu de Meng sur mes épaules légères, la promise offerte à votre frisson bleu lapis et smalt vous donne le sourire radieux, satisfait. Heureux de ma surprise, vous m'admirez… et votre réussite ! Maître du ballet bleu, vous sautez sans élan et de joie à plus d'un demi-mètre du sol, n'est-ce pas ? Vous dansez très haut, soixante-dix ou quatre-vingts centimètres d'altitude juste pour moi. Nous touchons le ciel sans savoir ce qui nous attend. Nous sommes pieds nus.
>
> Au retour dans la maison familiale laissée par mes parents pour quelques jours, nous buvons plusieurs verres d'eau fraîche pour étancher notre soif. Ma main gauche appuyée sur le rebord de la faïence blanche, j'avale à grandes gorgées mon troisième verre d'eau. Vos mains sont peureuses et délicates, appliquées sur mes épaules bleutées. Quand je me retourne pour vous voir, la soie fait un pas de deux, dégage mon torse, souffle un désir brillant qui m'échappe, vous rattrape. Le bleu est froissé allant au mauve, docile sous votre main de promis depuis le marché. D'un air tranquille et sûr, vous fixez ma gorge sertie de lapis-lazuli. Je fixe toujours la vôtre. Nos regards se fuient. Nous observons nos gorges luire et déglutir sous la peur.
>
> Par mégarde, j'essuie le plat de mes mains mouillées sur l'écharpe : je comprends que sa longueur offre à chacun de nous un coin, un bout, une grotte, une alcôve. Ma vue toujours happée par votre gorge luisante, les deux bouts froissés de la soie aimantent mes paumes. Comment pensez-vous tout cacher ? Timide mais espiègle, je joue en bord de l'étole, ses

franges longues et douces me chatouillent les doigts quand sans prévenir vous prenez place dans votre loge à ma gauche. Tout est lent, lent, très lent. Nos regards se cherchent, s'échappent plus loin vers les murs passés blanchis. Vous insistez : l'écharpe de soie presse le souffle de votre désir contre mon oreille. Vous restez muet. Mes doigts malhabiles se rassurent encore parmi les franges, tournent en boucles, tracent de minuscules cercles à hauteur de ma cuisse gauche. Je suis une enfant cachée derrière un rideau, discrètement protégée d'une discussion qui aurait dû lui échapper : « Je vous aime. Je vous aime. Nous en mourrons. » Tout est avoué. Les mots se sont effleurés plus que les chairs. Votre largeur lapis dépasse mon épaule gauche. Une fois empaumée, la soie bleu smalt tremble, soupire. Nos regards se noient l'un dans l'autre – un seul passeur vers notre avenir – sans s'abîmer. Mon index et mon majeur dansent en rondes incessantes et incantatoires autour des franges, flammes virevoltantes. Votre main s'ouvre et se referme à intervalles réguliers sur l'écharpe. La soie hoquette, s'en va puis revient, embrasse toute l'épaisseur au bord violet, glisse le long du surah. Comme un puits familier et conquis, elle s'ouvre sous une eau douce à boire, invisible, un ciel pur. Un bruit sourd, râpeux et discret naît d'elle et vous prête sa voix. N'est-ce pas ? Il s'agit de votre désir, il papote au bord du puits de ma soie encielée. C'est un aller-retour incessant, une glissade douce et huilée de poulie qui remonte, descend sans arrêt vers la source. Ma soif grandit. Votre lenteur vous donne de l'assurance. Comme tout apprenti à force de répéter, vous cessez d'apprendre, vous connaissez l'aisance. Que mon désir pointe plus loin encore sous votre direction brillante et légère de chef d'orchestre ! Une caresse infinie va et vient jusqu'à la fin de sa course sur la soie oblique. J'ai perdu ma main dans les franges brillantes et torsadées. Hasardeux et sans moi, mes yeux vont vers votre sexe qui dit tout, le mien caché derrière ses doux rideaux rythme ma danse. Nos regards reviennent à la surface de nous-mêmes, interrogent nos corps immobiles qui ne se frôlent pas, tanguent, scandent ensemble leur marche nuptiale. Puis vous sortez de votre pré, le seau déposé au bord du puits, son eau nous désaltère, un coin de paradis. Vous ne caressez plus l'écharpe qui a bercé nos oreilles, couché, mouillé nos sexes.

Souvenez-vous de ce jour, la première fois : vous disparaissez avant que je n'attrape les deux bouts de l'écharpe. Votre peur est la plus forte. Elle protège notre extase à venir sans que nous le sachions, je l'accepte. Souvenez-vous de ce jour-là, la deuxième fois et toutes les autres qui suivirent. Combien ? Combien de fois ? Vos bras ballants ne touchent plus le bleu lapis azur. Et moi sous la mousson, mouillée par tout mon corps, je saisis à chaque fois les deux bouts de la soie. Mes épaules nues révélées, l'étoffe se plisse au creux de mon cou par un mouvement sec sans retour de mes poignets. Je répète l'aller et le venir que votre main m'a appris. J'essaie de vous imiter au mieux. Je me souviens du soupir doux que fait la soie quand vous vous en occupez seul. D'un coup, mon désir fouette mon poignet droit. Mon azur-lapis part en virevolte, les franges dépeignées et frivoles au-dessus de votre tête. Je le fais tournoyer jusqu'à ce qu'il m'entraîne à quelques pas de vous. Pour vous, c'en est trop. Vous me poursuivez toujours, m'attrapez par le dos, je me love dans le ruban lapis-azuré-lazuli de vos bras. Nous dansons ainsi longtemps, votre torse luisant collé à mes omoplates essoufflées et saillantes, tous deux enveloppés dans notre nuage béat de bleu. À notre réveil en pleine nuit parce que nous avons faim, la maison est dépossédée de son empreinte familiale. Elle est notre puits d'eau claire, notre senteur de ciel sur la terre, notre lumière, nos sueurs et nos salives brassées, nos sexes l'un par l'autre azurés, un seul nuage royal.

— Pour notre danse à l'écharpe, il vous manque les gants bleus en taffetas. Demain, au marché, ai-je entendu une nuit, et nos mains jointes soie contre soie…

Vous n'auriez jamais le temps de m'offrir cette paire de gants, de joyeux mais inaccessibles soupirants. Mon écharpe usée sied aujourd'hui à mon cou froissé. En traversant les années, elle n'est plus qu'une transparence, un bleu éternel de Chartres. Parfois, les yeux fermés, je la laisse s'évaporer sur le dessus de ma main en un saut de biche que je devine. Je frissonne puisqu'elle me parle de vous. La vieillesse va bien à la soie qui la caresse. Plutôt que crisser, elle ronronne, faible, miaule jusqu'au dernier soupir. Nos peaux s'entendent à merveille. Pourquoi le temps tient-il éloignés les amants ? Nos vies s'en sont allées par leurs torsades, leurs franges dérangées ou rangées. Nous ne nous reverrions plus jamais au-delà du quai. Je ne pense plus vous lire ni votre billet *Attends-moi* ! L'encre s'en est effacée à force de tendresses passées à bouts de doigts sur vos mots, de pliures dans le creux de mes mains. Ma vue a tant baissé. Est-ce elle qui vous éloigne de moi ? Dites-moi ! Est-ce cela ? Je vous attends à ne pouvoir vieillir plus. Sans vous voir, le temps est une injure. Pour me revenir, tâchez de trouver quelque brocart brillant, crêpe tendu, suave surah ou autre foulard, frêle fripon. Votre souffrance vous fera enlacer ma soie. Dans votre poing serré, elle passera une dernière fois du lapis-azuré-lazuli à la prune violette. Devant mon corps éperdu et perdu, vous resterez muet. Vous savez qu'une dernière farandole nous attend, une dernière valse sous la lumière éclatante et gaie du salon bondé de notre jeunesse.

Au milieu de la piste, n'ayez crainte, nous valserons
Ne tardez plus, mon ami
Venez à Chartres

Votre lapis' Perle for you

Perle soupire face à la lettre achevée. Elle est heureuse. Elle enroule son dos au-dessus de la table qui accueille son menton. Madeleine sur la pointe des pieds sort de la chambre. Plus rien ne bouge. Tout est silence.

11

Mon petit mien,

Comme le séjour en Normandie s'éternise. Madeleine ne s'y plaît guère, je le vois bien. Aurait-elle parlé à ma grande Suzanne ? Camille, que fait-elle de sa vieillesse ? Pourvu qu'ils soient tous en paix. Et que toujours me suivent mon papier mauve et mon stylo, mon encre couleur cacao.

Le dos tourné à la porte de sa chambre, Perle penchée sur sa feuille ose :

— Est-ce vous, Madeleine ?

— Oui, madame, avez-vous besoin de moi ?

— Vous étiez censée vous occuper de moi. Dois-je prévenir votre employeur ? Trois jours d'absence.

— Perle, j'ai ma vie quand même ! J'ai envoyé un SMS à votre deuxième fille.

— Camille ? Comment va-t-elle ? Mais Camille est toujours occupée, combien de fois faudra-t-il que je vous le dise ?

— Vous êtes méchante et vous voulez que je vous donne des nouvelles ?

— Méchante ?

— Vous m'aimez un peu ?

— Inversez votre question.

— M'aimez-vous un peu ?

— Êtes-vous rentrée à Paris ?

— Oui, grosse erreur. Depuis c'est l'enfer. Des tonnes de SMS.

— Des quoi ?

— Des semeuses qui vous plairont pas du tout.

— Mais vous plaisent-elles à vous ?

Madeleine chuchote pour elle-même :

— L'enfer... L'enfer !

Vers Perle :

— J'ai mal au ventre tout le temps. Pourquoi vous êtes trop dure avec moi ? Allons nous promener, vous voulez bien ?

En silence, Perle et Madeleine retrouvent la promenade aux lattes de bois poreux. Dans le vent, leurs pieds ne font aucun bruit. Entre deux rafales, Perle rattrape le fil de la conversation qu'elle n'a pas quittée depuis sa chambre :

— Vous ne me faites pas confiance. Vous n'êtes pas à la hauteur de votre emploi que vous pourriez perdre si vous continuez à suivre les mauvais crabes.

Madeleine lâche le bras de Perle, avance à grandes enjambées sur la promenade, donne un coup de pied puissant qui dans sa courbe explose en un jet de sable disgracieux.

— Madeleine, revenez, mon p'tit ! Revenez.

Madeleine s'arrête, se laisse rattraper par Perle mise en peine dans sa marche. Essoufflée, Perle accroche fermement le bras gauche de Madeleine :

— Voulez-vous me lire vos mauvaises semeuses ?

— Vous êtes sûre ?

— Non, Madeleine, ces semeuses vous appartiennent. Qu'attendez-vous de moi au juste ?

— J'sais pas.

— Bon… Très bon début, ce *Je ne sais pas*.

Les deux femmes avancent lentement sur la plage où le sable est encore chaud. Un paysage de dune s'étend à perte de vue, la mer retirée au plus loin n'est qu'un murmure. Perle connaît le bienfait du silence, se tait, savoure l'appui régulier de sa main dans le creux dodu du bras de Madeleine au pas sûr. Quand Perle lève son pied droit, sa main s'imprime dans la douillette épaisseur de la peau noire de Madeleine. Cette sensation au creux de sa paume est une caresse de Meng. Perle ferme les yeux pour mieux la savourer. Sa confiance en Madeleine est totale. Elle se souvient de tous les bras donnés l'un à l'autre, la peau tannée et lustrée de Meng imprimée sur la transparente clarté de la sienne. À chaque pas, cette marche la fait reculer pour mieux poser le pied suivant, donne un mouvement de balancier aux deux jupes qui ne résistent pas au vent léger : deux étoffes vont et viennent sur les genoux à moitié couverts par le bord ourlé du tissu. Cela frotte la peau, un kilt bleu marine au plissé réglementaire, une jupe froncée sur une ceinture à élastique, coupée dans un pagne chatoyant qui se moque de la convention des couleurs. Perle marche à l'aveugle. Ses mains massent le dos de Meng. Leurs genoux, chair à chair, s'inversent à force d'aller et de venir les uns contre les autres. C'est l'histoire de quatre genoux sur un drap, une histoire de rythmes articulés et de draps creusés.

— J'vais vous les lire, ose timidement Madeleine.

Perdue entre le sable et le souffle voilé du drap, Perle ne répond pas à Madeleine. Elle écoute : presque le silence, presque ça gonfle, la mer monte de si loin.

— Les lire, répète Madeleine plus fort.

Sa voix hésite.

— Je vous écoute, Madeleine. Parlez-moi sans crainte. Vous donner ce que je sais de l'amour et puis mourir, vous serez là pour m'aider.

— J'ose pas, articule Madeleine.

— Prenez votre temps. Je marche lentement, vous le savez bien. Et la pleine mer, ce soir, est à 22 h 07.

Madeleine déglutit plusieurs fois :

— J'crois qu'il y a beaucoup de fautes... Vous savez, on écrit comme on parle.

— Une semeuse mal écrite peut-elle ensemencer une terre même fertile ?

— Hein ?

Perle se tait, fatiguée. *Fatiguée. Je suis fatiguée. Comment l'aider ?* Quelques bulles de salive très blanche s'échappent des commissures profondes de ses lèvres, creusent les deux mêmes sillons un peu plus chaque jour.

— J'ai envie de te foutre par tous les trous tu viens ? lance Madeleine sans respirer.

Sursaut.

Cri.

Gifle sur la joue de Perle, qui s'immobilise puis crache comme un crapaud de sa bouche :

— Vous en avez encore beaucoup des comme ça ? Donnez-moi votre portable !

Madeleine lui obéit. Elle tend son téléphone à Perle qui, le visage de travers pour éviter le reflet éblouissant de l'écran, lit d'un œil révulsé :

G envi de tan foutr++ par tou les trou mai qan ?

Le regard de Perle lâche l'écran, le portable au bras ballant. Il cherche le bord de mer, l'écume. Sonnée,

Perle s'échappe, vole au-dessus de la dentelle dessinée sur le sable, au-dessous du ciel qui se reflète dans un miroir d'eau immobile. Quelques nuages ronds, entourés d'un halo de bleu nuit, les mêmes dans le ciel et sur la plage pour alléger l'âme de Perle, souple, elle plane entre deux ciels. Elle est déjà chez ses amis les nimbus, chez elle. *Pourquoi, Seigneur, n'y suis-je pas encore ? Planer, apprenez-moi à planer entre deux ciels et que ma peur du Vôtre s'évanouisse.*

Elle s'entend dire :

— Qu'allez-vous faire ?

— Comment ça, qu'est-ce que j'vais faire ? crie Madeleine, le corps pétrifié, les doigts tendus comme dix flèches tirées vers le sable.

— Comment osez-vous crier ? rétorque sèchement Perle.

Son esprit meurt un peu plus. Elle poursuit pour elle-même :

— Là-bas entre deux ciels, n'être plus que reflet rosé et immensité lisse. Planer, Seigneur, mon Cumulus, apprenez-moi à planer ! Mais à quoi mes conseils pourraient-ils lui servir ?

La main de Perle se met à vibrer. Pour ne pas tomber, tout son corps retient le portable, une agression de plus. Une semeuse vient d'arriver sur le téléphone de Madeleine :

T ou mon q g mi mes gan jetabl

Perle tourne sa main vers Madeleine comme une conque qui cacherait un message secret. Madeleine attrape son portable, Perle frotte sa main contre sa robe, ose tout bas :

— Est-ce que « mon q » veut dire « ma chérie » ? Mes gants bleus magnifiques étaient en daim retourné.

Madeleine pleure.

— Quand cet engin de malheur cessera-t-il de vous battre ?

Entre deux sanglots, Madeleine répond :

— Vous savez, je me suis fait aussi de vrais amis sur le net.

— Où sont-ils, vos amis ? Et les miens, dans quel Caddie sont-ils partis ? Où est Meng ?

Perle chancelle, le vent la porte, elle s'en va entre deux ciels.

Silence sur la laisse de mer.

Madeleine poursuit :

— Que dites-vous ?

— Cet outil est un miracle et une damnation. Apprenez à l'utiliser ou jetez-le.

— Mais j'peux pas ! Y a ma mère et mes sœurs ! C'est quoi une damnation ?

— L'enfer... L'enfer ! L'enfer, n'est-ce pas ?

— Ah ! là, j'comprends mieux !

Toutes deux se taisent. Perle cherche l'écume de toutes ses forces, ce frou-frou qui borde l'horizon à bonne distance, un cil souple entre terre et mer, un filet de pêcheur. Il faut le remonter, vide ou plein, la pêche est terminée. À cet instant, Madeleine rappelle Perle :

— Madame Perle ? Ne vous éloignez pas, le sable s'enfonce. Vous allez tomber à force...

— Oui, mon enfant. C'est prévu. J'ai choisi le ciel et vous la toile.

— J'ai besoin de votre aide.

— Est-ce possible ?

— Apprenez-moi l'amour.

— Je suis là ! Je n'ai plus d'amis. Je leur ai tous survécu. Mes enfants sont vieux. Que mes petits-adultes et mes arrière-petits-enfants restent à la lumière de leur jeunesse. Je ne prends pas assez de leurs nouvelles. M'isoler, c'est les protéger.

— Vous parlez comme un livre.

— Apprenez-moi à écrire des semeuses à ceux que j'aime.

— Ouh là ! Madame Perle veut apprendre à écrire à deux pouces ?

— Veut-elle. Veut-elle. J'ai tout fait pour qu'ils vivent leur vie.

— Vous les avez négligés.

— Je ne vous autorise pas cette belle phrase.

— Pardon.

— Excusez-moi. Ne vous emportez plus jamais avec moi. Sinon je vous vire. Soyez-en sûre ! Il me suffit de mourir.

— Désolée... Je vous trouve un portable avec option vocale.

— Cessez immédiatement tout contact avec Giggi. Pour le temps qu'il me reste à vivre, j'exige le calme et la bienséance.

— Bienséance... Bienséance... Je crois que je comprends... L'important... L'essentiel...

— Et je suis la seule à avoir le droit de crier.

Madeleine est bien incapable de poursuivre la conversation, mais elle entend au fond d'elle-même, récite d'un trait comme à l'école :

— « L'essentiel est invisible pour les yeux...[1] »

---

1. Antoine de Saint-Exupéry, *Le Petit Prince*, Gallimard, 1978.

Perle jette un œil furtif sur Madeleine, elles se sourient, le ressac rythme leur souffle, les épaules enroulées de Perle se détendent :

— Nous y voilà !... « On ne voit bien qu'avec le cœur[1]. » La mer est bien haute.

Quatre pieds nus poursuivent leur promenade dans le sable froid. Deux pieds tordus ne s'enfoncent plus dans le sable qu'ils effleurent.

— Quand avez-vous lu *Le Petit Prince* ?

Deux pieds dodus, frais d'être à peine nés, disparaissent dans la masse spongieuse de la plage dont ils s'extraient à grand-peine.

— En CE2, je crois... mais pas en entier.

Qui a vingt ans ? Perle longe le ciel, la plage où le ressac forme des nuages d'écume légère. Elle touche le paysage du bout de ses pieds, le goûte au bord de ses lèvres d'enfant. À qui donc appartient l'avenir ?

— Vous le lirez du début à la fin.

La fatigue lui fait perdre l'équilibre à chaque pas. Ses chevilles ne la portent plus, elle voudrait rejoindre la promenade le long de la plage, s'éloigner du ressac qui gronde de plus en plus fort. Madeleine se mouche plusieurs fois entre ses pleurs. Personne ne peut l'entendre :

— On ne voit bien qu'... L'essentiel...

Elle ne porte plus aucune attention à Perle qui, esseulée, s'encourage :

— Je m'appelle Perle. Je dois sortir du sable ! Ne pas tomber. Voir Meng et mourir, je le veux. Rentrons. Oui, voir Meng, apprendre l'amour à Madeleine et mourir.

---

1. *Ibid.*

Perle stoppe sa marche, ses pieds patinent sur un parquet verni. Madeleine passe son bras sous celui de Perle désorientée qui poursuit :

— J'ai failli tomber. C'est à cause du soleil rasant.

— On ne voit bien qu'avec le cœur...

— Il est l'heure de rentrer, n'est-ce pas ?

— Oui, rentrons !

Au même instant, chacune ajoute une seule parole et cela offre au vent un écho à l'infini :

« Ma... Ma... petite... grande... Perle... Madeleine... Ma... Pe'le... Ma... Laine...

Lentement, les deux femmes rejoignent les planches polies et poreuses de la balade à sec qui longe la plage. Les pieds rassurés de Perle les soulagent toutes les deux :

— Je ne dînerai pas ce soir, je suis trop fatiguée.

Il n'est pas possible de savoir qui a parlé. Après avoir accompagné Madeleine jusqu'à sa chambre, Perle retrouve la sérénité de la sienne. Elle reprend sa lettre :

Mon jour si doux,

Vous souhaiter bonne nuit n'a plus de sens à l'heure où la nuit tombe, il fait déjà grand-nuit chez vous. Si vous n'êtes pas comme moi sur le point de mourir, prenez-vous soin de vous ? Sept baisers tendres s'envolent de mes lèvres vers les vôtres, est-ce assez ?

Je vous attends et avec moi mes lèvres perlées d'écume.

Je suis tout à fait...

Votre sacrée rose.

P.-S. : Comment imaginer une seule seconde que Madeleine ait lu *Le Petit Prince* ? L'auriez-vous deviné ?

12

Bonsoir ma Perle adorée,

Permettez-moi de vous secouer une bonne fois parce que vous vous trompez. Le savez-vous au moins… que vous vous trompez de première fois ? La promise dont vous me parlez n'est pas la mienne. J'en suis certain. Il n'y a jamais eu de lazuli dans ma vie. M'entendez-vous quand je vous parle ? Ne me demandez plus de me taire. Vous devez m'écouter. Ressaisissez-vous ! Rappelez votre mémoire à l'ordre. Votre imprécision est inconcevable. Vous m'obligez à être autoritaire avec vous. C'est un monde ! Moi qui n'ai jamais pu l'être avec personne, à commencer avec vous, ni avec aucune autre femme d'ailleurs. Je ne donne pas d'ordre. Je ne sais pas le faire. J'obéis et à force d'obéir, je vous ai perdue pour toujours. Pour l'heure, s'il vous plaît, revenez au champ de lotus. Je vous en supplie. Avant de passer aux franges fébriles et sûres de votre écharpe, revenez-moi… Revenez aux lotus. Oubliez donc votre bleu de Chartres. Vous n'allez pas mourir. Vous avez vingt ans, ma Perle. Vingt ans ! Et c'est vrai, vous dansez ! Je vous assure, et après… et après… Reprenez votre récit juste après les lotus. Souvenez-vous, puisque notre histoire vous appartient. Je ne suis sûr que d'une chose : la première fois dont vous me parlez n'est pas ma première fois. Laissez-moi en être certain. Pourrions-nous nous mettre d'accord sur ce point ? Perle... Perle, s'il vous plaît, réveillez-vous, à la fin. Je sais, il fait nuit de votre côté du monde, mais vous allez vous réveiller, oui ? Vous devriez me voir sautiller autour de votre lit comme accomplissant une dernière parade nuptiale – à moins qu'une étrange maladie nerveuse ne me fasse danser ? Je ne tiens pas en place, ma raideur me fait ressembler à un épouvantail évadé de son champ les pieds pris dans ses frusques déchirées, bariolées de jardinier. Faites-nous revivre notre première rencontre. Allez, debout. Car je veux... Je souhaite de tout mon cœur que nous tombions d'accord – amoureux, nous le sommes depuis lors sans retour – sur une seule et même version de notre première rencontre, celle de l'élan de nos corps. Ce serait un merveilleux présent à offrir à nos enfants, afin qu'ils se risquent vers le bonheur. Quelle énergie ai-je ce soir après un si long voyage grâce à votre subite erreur, alors que le temps allait en silence. Une barque s'en va d'avance sans même fendre l'eau, miroir, le ciel est bien double. La barque vole-t-elle à la surface de l'eau ? Vous dormez encore. Vous dormez toujours malgré le vacarme en délire de mon roucoulement amoureux. Ma voix râle, fait vibrer le bois du lit en transe, ça se déplace, danse de l'exorciste pour vous sortir de votre léthargie accidentelle. Et vous dormez, c'est ennuyeux. Mourir ? Vous deviez m'attendre. Où êtes-vous à présent ? Vous ronflez ! Doucement, certes, mais pour de bon. Votre sommeil est déjà très contrariant. Vous êtes désespérante. Je marche sans fin dans votre bocage. Je virevolte, trépigne, danse la gigue. Vous m'ignorez. Comment pourrais-je... Ma pauvre aimée, ma pauvre aimée, vous...

Perle se dresse dans son lit. Assise, les yeux hagards :

— Pauvre, moi ? Jamais ! Ne me traitez jamais de pauvre. Vous pouvez me trouver tous les défauts de la terre. Mais me voir pauvre et me faire plaindre me ferait honte. Jamais je n'ai été pauvre, jamais. Vous m'avez bien entendue ?

Perle s'affaisse, disparaît.

> Ne vous rendormez pas ! Allons bon !

Trépignements de pieds en chaussures noires à lacets sur la moquette – bruits de bouts de chaussures vernies contre le bois du lit – tapage nocturne – ne se voient que les pieds d'homme, les replis de ses bas de pantalons sur le dessus des chaussures de soirée.

> Comment pourrais-je... Comment pourrais-je... Souvenez-vous de votre coiffe bleu de Delft. Oui, bleu de Delft. Vous ne portiez plus qu'elle avant d'être tout à fait nue...

Perle se redresse :

— Toute nue ? Toute nue dès la première fois ! Vous divaguez, mon cher ami. Vous divaguez tout à fait.

Perle ne sait pas qui a parlé. Elle est debout sur son lit, elle tangue à l'aveugle, trouve la moquette très instable, pourrait se cogner contre n'importe quelle table ou chaise si elle était dans un café, aveugle, elle renverserait tout. Elle n'avance pas, pourtant elle avance à la recherche d'un obstacle pour guider sa marche. Elle tend les mains de travers, l'une en haut, l'une en bas, les doigts désaccordés, deux touffes d'herbe brûlée. Rien ne peut la rassurer. Elle tangue de tout son corps frêle, flotte, une nappe légère sur un fil, les pieds incertains dans le matelas à la mollesse menaçante. Sa danse sur elle-même lui fait plier les genoux au hasard de son apesanteur. Elle donne l'impression qu'elle marche vers un but ultime, peu importe l'eau tiède ou bien le sable du désert, le coton, la terre de jardin, les œillets rouges sur la scène par milliers. Cela freine, déhanche son avancée de squelette, un cintre pour une chemise de nuit légère et transparente, une multitude de dentelles pour un homme. Peu importe. Aveugle, Antigone mendiante avance – un linceul –, elle doit marcher. Elle entend ce qui est dit, quand tout a déjà été dit depuis longtemps. C'est un chant qui revient de Grèce :

> *Komm, komm, tanz mit mir !*
> Par-devant, j'ai un tablier blanc, par-dessous un autre bien plus doux.
> *Lass nicht ab ! Lass nicht ab !*
> Ne renonce pas ! Ne renonce pas ! Viens danser !
> Et mon beau tablier bientôt sera troué.
> *Bis die Schürze Löcher hat ! Komm !*[1]

Qui parle ? Qui rêve ? Qui meurt ?

Perle, le corps saisi et refroidi, tente de bredouiller des mots dans une langue pâteuse :

— Pourquoi Antigone maintenant ? Pourquoi la grande Pina ? Pourquoi *die Sonne scheint heute auch und komm, komm und tanz mit mir bis die Schürze locher hat*[2] ? Pourquoi, Jean, me fais-tu parler en allemand ? Où suis-je ? Vais-je enfin mourir ?

Perle vacille sur ses jambes épuisées. Sa chemise de nuit aux fines dentelles cache sa maigreur, semble parcourue d'un courant d'air très léger. Cela trouble

1. *Komm tanz mit mir* [*Viens danser avec moi*], ballet de Pina Bausch, 1977.
2. « Le soleil brille aussi aujourd'hui et viens, viens danser avec moi et mon beau tablier bientôt sera troué. »

toujours le coton transparent, la dentelle, le voile qui annonce la beauté. Qui a peur, qui parle, qui rêve, qui meurt ?

Perle chuchote, sa voix est pour elle-même claire et fluette :

— Non... Non... Ne me dites pas qu'il me faut... me lever... me lever, comment vais-je pouvoir me lever ? Votre ordre est inouï !

Perle s'affaisse dans le lit, un pétale d'aubépine lâché sans vent sur la fleur en dessous. Allongée, elle poursuit :

— Me lever Écrire à Meng Est-ce possible La vraie histoire de notre rencontre ne serait pas celle que Ma lettre n'est pas encore partie Comment peut-il Me lever Écrire à Meng Avec quelle force Mon Dieu Il fait nuit noire La lumière La lampe de chevet Voilà Appeler Madeleine Ta lettre Ta lettre d'hier ne doit pas partir avant celle de demain Souviens-toi Il y eut tant de fois Nous avons eu si peur Et Meng

Perle récupère, assise dans son lit, les yeux écarquillés sur l'obscurité de la chambre. Ses pensées dansent entre elles, leur ronde acquiesce son silence. Elle entend :

— Il y eut tant de premières fois... Tant et *tanz mit mir und die Sonne wird wieder scheinen*[1].

Un long soupir la traverse, lui demande de l'attendre. Elle roule sur le côté, rejette à deux pieds drap et couverture au bout du lit. Le haut de son corps allongé, elle pousse un pied puis l'autre pour les amener vers le sol. Elle se contorsionne sur ses genoux qu'elle colle

1. « Danse avec moi et le soleil brillera de nouveau » (*Morgen !*, de Richard Strauss, et *Komm tanz mit mir*, ballet de Pina Bausch).

le long du bois du lit et c'est là qu'elle reprend son souffle :

— Pitié ! Seigneur, Pitié !... Ne suis-je pas assez brave ?

Elle regarde la place où les souliers tapèrent le bois tout à l'heure. Quelques boucles de ses cheveux si fins se sont prises dans le col de sa chemise de nuit, dans les dunes les brindilles ne scandent plus la marche du rêve. Mais elle entend encore :

— *Komm ! Komm ! Komm ! Du scheinst so schön*[1] *!*

Perle ne se relève pas encore :

— Jean, aide-moi à me relever. Meng ! Oh ! Meng, vous me paierez vos errements nocturnes entre mes draps. Et chèrement mes douleurs. Vous pouvez en être sûr. Je vous ai sommé de vous taire à plusieurs reprises, il me semble. À présent, vous vous présentez en pleine nuit pour me faire rétablir votre vérité. La seule qui compte, n'est-ce pas ?

Perle sent sa colère monter :

— Ah ! Vous voulez de l'après ! Car c'est la scène de ma première nudité que vous voulez me voir raconter. Suis-je sotte ! N'êtes-vous pas un homme, un vrai ? Ce n'est pas notre première rencontre qui vous intéresse. Mais c'est me revoir nue. C'est du sexe que vous voulez ! Mais venez donc, mon cher Meng, venez. Déplacez-vous en chair et en os, vous me verrez et vous ne serez pas déçu. Ah ! Je ne suis plus qu'une toute petite femme dure et desséchée. Vous n'avez pas reçu ma lettre d'aujourd'hui. C'est impossible. Les distances... Et elle n'est pas encore partie. J'ai eu trop à faire avec Madeleine qui l'a laissée sur le bureau.

1. « Viens ! Viens ! Viens ! Tu brilles si bien ! »

Qui vous a donc prévenu de son contenu ? Qui parle ? Qui rêve ? Qui danse ? Qui meurt ? Dieu, qui écrit ? Vous voulez donc me voir nue, mais quelle folie me prend ? Dans quelle aventure insensée t'es-tu lancée, ma Perle ? Il me veut nue. Dieu, il m'aura, mais comme je le veux, moi. Me voilà !

Dans le noir de la chambre, Perle est à genoux en boule au bord du lit les mains jointes sur le matelas. Plié dans sa chemise de nuit transparente, son corps translucide se dresse d'un coup face au lit, se retourne, avance courbé, les mains en fétu de pailles, la démarche oblique, le pied droit précédant toujours le pied gauche sans se décoller tout à fait du sol. Perle ne se presse pas vers la table, ne peut pas le faire, évite les obstacles qu'elle imagine. Combien de chaises de café tombent à son passage ? Combien ? Dégingandée, elle frotte la moquette, ignore ce qui la porte, elle ne laisse aucune trace. Elle s'installe au bureau, ferme les yeux avant d'allumer la lampe, souffle le début d'un chant :

— *Komm, komm*[1], comment commencer ?

Son œil vif est à l'affût, s'arrête sur une banane entamée qu'elle termine. Elle boit un verre de lait bio et suce trois morceaux de chocolat noir :

— Les vaches ne font-elles plus le lait comme avant ? Celui-ci a bon goût, mais il n'a pas encore assez de crème. Madeleine finira bien par trouver du vrai lait dans la région, quand même… Pendant combien de temps pourrons-nous encore manger normalement ?

Ses doigts tremblent, tricotent au-dessus de la page dont la blancheur saisit l'œil. La fenêtre éblouissante dans la nuit de pleine lune attire l'œil vers la table,

1. « Viens, viens… »

appelle à une attention particulière. Perle marmonne pour elle-même. Ou bien elle se tait, tout fuse en elle. La pièce restée silencieuse ouvre la pensée. Les doigts décharnés, peau en papier de soie où la vie chemine encore par les veines ralenties, crochètent toujours des brins de mots plus que de laine, déchirent en menus morceaux une feuille, en froissent une, boule serrée de côté, une au coin de la table. Et le même pas de doigts se répète, un autre, puis un autre, puis encore : mise en boule, de côté, en morceaux, au coin, par terre. Rien n'est écrit. La petite corbeille de plastique noir fondu déborde, débordent aussi les coins de la table vers la moquette. Les boules de papier roulent, coulent comme une rivière. Tout est silence. Qui pense ? Puis tout à coup :

— Avez-vous un jour été digne de mon amour ? Votre commande est d'une exigence de mort. Vous tombez bien. Disparaître est une habitude que vous n'avez pas perdue. Je suis prête. Vous avez cessé de jacasser, tant mieux. *Komm, komm, komm, aber dort schlaf gut und morgen wird die Sonne wieder scheinen*[1].

---

1. Paroles de Richard Strauss adaptées : « Viens, viens, viens, mais alors dors bien et demain le soleil brillera de nouveau. »

13

En pleine nuit, Perle parle doucement, la plume à la main. Ses veines gonflées et chaudes crachent une encre bleu rouille sur la feuille mauve. La plume et la main s'agitent, plient les mots, les déposent comme une pâte humide de pigment sur la feuille qui rebondit, s'assouplit, se cambre, saute, respire. Une porte gratte le secret. Une voix racle au bord de la page, la feuille travaille, souffle, gonfle. Une vérité s'articule, s'échauffe, s'apprête au saut de biche. Elle n'appartient qu'à ce qui peut la recevoir. Voulez-vous danser ?

Mon Bleu ballerine,

N'ai-je pas toujours été honnête avec vous ? Laissez-moi l'être encore. Don entier et périlleux que j'ai pu faire de moi-même. En est-il un autre possible ? Cette lettre prend le risque d'une perte immense, d'un manque définitif : ne pas vous revoir. Jamais. Je prends le risque – la lettre ou moi, ne sommes-nous pas confondues à présent ? Il vous suffirait d'observer la transparence de ma peau qui donne à mes mains une couleur de lavande. Permettez-moi cela, main dans la main, ma lettre et moi, toutes deux bleues, nous sommes prêtes aujourd'hui à ne pas vous être destinées.

> Pourtant, c'est à vous que je m'adresse ; à cette table, il m'est tout à fait impossible d'écrire à un autre homme que vous. Oui, je le répète, je me lance, même si mon mal aux pieds freine mon galop. Cette phrase n'est plus tout à fait la même depuis un instant, puisque je ne suis plus moi-même : cette lettre ne vous est pas destinée. Non. C'est ainsi. Et pourtant…

L'écriture s'arrête, mais la pensée travaille l'écriture : *N'aie pas peur, Perle ! N'aie pas peur ni de mourir, ni d'écrire, ni d'aller pleine de vie jusqu'à la mort. Pleine – épanouie – pleine comme le souvenir qu'il te reste d'être emplie de Meng et puis emplie de Jean.*

> Oui, Jean aussi. Don entier que j'ai pu lui faire. Il dansait aussi la polka, la pavane, le pas de quatre et la passacaille. Jean, m'en auras-tu voulu de n'avoir jamais pu quitter le souvenir de Meng ? Je ne peux pas le croire. Non, je ne peux pas. Quelle importance a eue Meng quand je t'ai consacré, oui, consacré chaque jour de ma vie pendant cinquante-sept ans ? Toute la vie, mon mystère s'est lové dans tes bras amoureux qui me berçaient avec tendresse là où tu ne pouvais l'approcher que de loin. De loin. Qu'il reste mystère auprès de toi. C'est ainsi que le bonheur nous a touchés – ton mystère et le mien, nous – bonheur du peau à peau entre nos mystères, un souffle d'âme en âme tourbillonne au creux de chacun, nous caresse, touche-touche, de très loin. Cette lettre vivra son temps dans la poche de ma blouse en crêpe de soie noire jusqu'à ce que son destinataire s'annonce. Comment résister à l'élan qui nous guide vers le meilleur de nous-mêmes ? Le meilleur une fois atteint s'échappe, petit quotidien de ver de terre dans un nouveau chou. Une perle passe le fil du collier, fait tinter toutes celles déjà passées. Elle comble l'âme qui s'envole vers l'intime le plus intime. À l'infini. Cela passe en boucle : une danse,

une comptine, une prière, un amour. Il est l'heure de dormir, ou de danser, danser, danser jusqu'à la plénitude – un écho au creux de nos cœurs, au-delà – un roman, une toile, une révérence, un chant, un ciel au-delà de tout, au-delà de soi, une terre. Mes enfants ont vieilli.

Cette lettre ne vous est pas destinée et vous n'en saurez rien. Car si vous le saviez, vous souffririez, à quoi bon : « Une lettre ne fut pas pour moi ? me diriez-vous. Pourquoi ? Je ne l'ai pas su alors. Pourquoi ? »

Aujourd'hui, quelle importance. Le temps... le temps apaise l'âme et l'amour, le roman, le chant, le pas. Apaisons notre pas avant qu'il ne s'arrête. Avez-vous déjà admiré la dernière révérence d'une étoile ?

La peur que nous avons eue l'un de l'autre fut essentielle à notre première extase. Combien de promenades silencieuses sans s'effleurer, les poches pleines de poings serrés ou de lourds galets – c'était vous –, promenades silencieuses aux œillades volées, papillons en quête de marguerites sauvages – c'était moi, pleine mousson. Si longue fut l'attente de la traversée du corps comme d'une rivière, pleine du désir de la suivante et encore, désir de balade en balade qui monte de champs de lotus en champs d'oiseaux bleus. Qui pulse, bat, pulse le temps de l'amour à venir ? Qui bat, pulse ? Pas de marguerites blanches aux cœurs jaunes sous cette latitude – non, pas de marguerites ni de galets gris là-bas. Qu'allions-nous chercher qui bat, pulse, bat, pulse et sur le seuil de la maison familiale souhaiter la bienvenue à la danse bleu ballerine ? D'un coup, nous y sommes : un nuage de pigment bleu blanc volatile s'évapore et retombe. Vous avez disparu. Car sur votre tête à vous, le turban bleu, c'est la peur.

Il est un jour, un seul : la danse bleu ballerine est plus ample, plus souple, répétée pendant de longs mois, d'interminables après-midi de jeux, de si lents enlacements. Enfin et enfin nos corps mouillés dehors, mouillés dedans – pareil, pareil – qui gonflent – bat pulse bat pulse – le cœur. Enfin, nos lents enlacements se répondent un jour le seul. Nous sommes un et un seul – le monde change – nos corps s'appartiennent, s'épousent enfin, enfin s'épousent nos lents enlacements. C'est ainsi qu'un jour le seul, notre danse recommence. Elle nous décolle à plus de cinquante centimètres du sol. Un bond nous projette au-dessus des bâches grossières du marché, celles qui protègent du soleil les étals de brocarts et de surahs. Notre saut d'entrée nous lance comme d'habitude à l'autre bout de la ville qui nous attrape au vol. Là, sur le seuil de la maison familiale, notre danse reprend par un face-à-face statique, habillés, enlacés, enlacés, habillés, enlacés. Boucles, écharpes de bras bleus qui s'échangent. Désir qui pulse, bat, pulse, mouille dedans, dehors. Qui ? Comment ? Comment savoir ? Cela se répète sans se voir presque, sans se voir. Combien de fois nous faudrait-il répéter pour parler parfaitement la danse de notre amour ? Soies essoufflées du marché, soleil ardent, nos corps décollent du sol, voltigent sur le seuil frais si frais de la maison, frisson, chaud, chaud, frisson, moi nue seule oui d'abord moi nue seule presque nue coiffée du krama de Delft. Combien de fois, de pas, presque nue, coiffée face à vous habillé, habillé, habillé sur le seuil pas encore enlacés, habillé droit face à moi nue presque coiffée bleu, combien de fois la danse bleu ballerine ? Comment le savoir combien de fois ? Quelqu'un comptait-il ? Quelqu'un compte-t-il aujourd'hui ? Il y eut une fois, un jour, le seul. Il y a un après, mon Meng. Mais, mon après, ma lettre et moi, aujourd'hui, nous ne vous sommes pas destinées. Ne pleurez pas, l'avez-vous appris ? C'est ainsi que je meurs.

Il y a une fois, un jour dans toute une vie, la mienne, la nôtre. Je bois trois grands verres d'eau fraîche, verres droits et transparents. Vous aussi. Mes épaules encore enveloppées de votre bleu intense, je joue à vous échapper. Vous me rattrapez et nous nous balançons sans fin, moi lovée en vous, votre torse bombé, bombe à votre souffle toujours plus éperdu qui vaille, votre torse collé à mes omoplates qui saillent de plus en plus et vous supplient, vous supplient d'entrer, omoplates qui pointent le sol, deux baguettes de chef d'orchestre qui soutiennent à deux mains la note, elle s'échappe. Mes omoplates plongent vers le sol, plantent un chant profond et doux, tout cela monte de mon ventre vers ma gorge, perce l'espace. Le monde m'entend. Il y a une fois, un jour, mon Meng : nous entendons le chant céleste qui bat mes omoplates à tire-d'aile. Irons-nous cette fois au-delà de votre peur ? Resterez-vous ? La tête dans un tournis infini, mes oreilles stridulent, mes yeux se ferment sur une grande blancheur où vous disparaissez. Au loin – fait-il si chaud ? –, je sens votre torse carré et assuré, vos bras me saisissent et me plantent face à vous. J'entends en échos déformés et très lents – je me balance d'avant en arrière – non, vos bras me secouent :

— Per… leuh… blu… per… leuh… blu…

Je suis saisie et plantée face à vous :

— Perle ! Reviens, ma bulle ! Ça va ?

Il fait si chaud, si chaud. Je n'ai pas la force de me défaire de vos bras qui me serrent. Les miens alanguis et surpris tremblent, attendent votre soutien pour suivre la boucle que vous allez m'impulser. Tout m'étonne : moi, m'évanouir ? Je connais le pas depuis longtemps. Suivre votre virevolte, puisque rien d'autre n'est possible. Vous êtes le cavalier qui lance la ballerine. C'est la révolution. Vous empaumez l'écharpe qui libère tout à coup mes épaules. Je frissonne quand vous me placez de profil. Sous vos mains agiles et souples – depuis combien de temps dansent-elles à un mètre soixante du sol ? –, le turban entame sa mystérieuse volute. Vous vous appliquez à envelopper ma chevelure. Aucune mèche ne doit plus paraître au-delà du lapis et du smalt. Je tourne lentement sur moi-même, la jupe à l'étale de ses fronces reste fixée à ma taille, suit la spirale à ma verticale. Pour la première fois, j'entends le chant d'une soie travaillée comme un pigment bleu dilué de jaune, de gris, de blanc de Delft. Votre attention se porte sur le plissé de la soie, son tombé sur ma tempe, votre souffle dans mon cou. Vous cachez mes deux boucles de perles opalescentes sous le bleu du krama. Je tourne vers vous mon regard en pointe, le seul à vous faire face. C'est une torture, les oreilles bouclées enroulées sous le krama. Vous libérez mes oreilles dont les perles brillent tout de suite sur le bleu de Delft. Je n'attends aucune consigne. Je mouille mes lèvres, les mords pour qu'elles se mettent à pétiller à l'instant dans vos yeux, deux perles, deux lèvres, quatre diamants gorgés de sang rubis sous le bleu lazuli du krama. Vous me placez face à vous. Je tiens debout, je n'ai pas disparu longtemps. Je suis votre ballerine et vous mon maître de ballet qui malaxe mon corps, guide chaque membre, chaque partie d'un tout qui s'applique à poser sous l'œil précis du maître. Nos regards jouent face à face, nos corps s'habitent. Aucun mot. Aucun mot. Et le turban s'enroule encore. Je tourne – m'arrête ? – reprends. Je m'enroule sous vos mains, mes épaules au rythme de mon cœur qui bat, pulse, bat, mouille dedans, dehors. C'est sûr, il va pleuvoir plusieurs jours. C'est le chant mystérieux du turban bleu. J'entends votre voix claire :

— S'il te plaît, ne rentre pas chez toi ce soir !

Vous lisez ma surprise, mes sourcils vifs et courts se crochètent, je me dresse : nous sommes chez moi. Et c'est à vous qu'il a toujours appartenu de fuir. Vous ajoutez comme revenant d'un rêve :

— C'est à mon tour cette fois.

Loin de nos regards ancrés l'un dans l'autre, vous allez chercher mes mains que vous posez sur votre torse. Sous mes deux paumes retenues par vos mains sur les miennes, je sens le coton lisse et trempé de votre chemise blanche ; sous votre sein bat votre cœur, bat pulse, bat fort. Enfin vous êtes là ! Il est une fois, un jour, le nôtre. Mes mains se libèrent des vôtres puisqu'elles savent ce que nous attendons d'elles. Habillée, je vous déshabille. Oui, je ne suis pas nue la première fois, vous souhaitez de tout cœur être nu le premier. En cet instant reviennent toutes les fois où vous m'avez vue nue sans me toucher, vous habillé, habillé, habillé : chemise de coton blanc brillant, tricot de peau, pantalon de satin beige aux pinces larges, chaussettes très fines et trempées prises dans chacune de vos chaussures de cuir marron à lacets qui ne sont plus lustrées, un peu usées, couvertes d'une fine couche de poussière de la ville. Couches d'habits superposées sur vous tant de fois pour votre première fois. Combien de chemises portez-vous donc ? Il y a trop de boutons ! Vous auriez pu choisir une autre chemise ! Tout est flou. Je ferme les yeux. Nu, je vous sens nu sans vous voir. Puis d'un coup nos regards pris l'un dans l'autre, nos corps flous tout autour perdent leur poids de corps – deux linceuls face à face empruntés l'un à l'autre. Je ne peux pas vous voir nu. Je cherche vos mains à tâtons que je dépose sur ma poitrine qui suffoque. À quoi bon vous retenir ? Vous connaissez le ballet par cœur. Frétiller. Bondir parmi mes vêtements légers. Combien de dizaines de chemises roses et de jupes plissées jaunes ? Vous tapez du pied pour aller plus vite et faites vibrer le bois de la scène couvert de jasmin, vos mains butinent, butinent encore. Je suis nue, votre nectar. Vous reconnaissez la scène, n'est-ce pas ? Il est une fois, encore une fois, une pause. Je le sens, vous allez partir. Votre peur me fait souffrir, j'ai froid et mon cœur explose. J'écrase, je malaxe de mes talons tenaces le tapis de jasmin qui libère son ivresse. Mes pieds vous applaudissent, tapent le bois de la scène, vous encouragent. Allez-vous m'apaiser ? Le réflexe de mes paupières me protège, elles se ferment. Vous pouvez disparaître. Plus rien ne bat pulse, ne bat plus. Je garderai comme en rêve sous mes paupières votre nudité juste effleurée. Le rideau peut tomber sur la dernière scène couverte de jasmin. J'entends :

— Accepteriez-vous cette danse ?

Komm, komm, commence une ronde qui pourrait ne plus finir. *Komm, komm*[1], commence un corps-à-corps, où pas à pas peu à peu l'écharpe bleu de Delft se déroule sous votre désir qui impulse d'inverser la ronde. Je suis, je ris, je suis votre rouleau de surah bleu lapis-azuré-lazuli. Je tourne, mon manège, mon Meng. Je tourne, me déboucle vers mon entière nudité. Je fus, je suis, je serai le krama bleu de Delft dilué de jaune, de gris, de blanc. Mes perles battent, pulsent, battent au creux de mes oreilles, de mes tempes. Mon bleu s'échappe, je fonds à la ronde à chacune de vos reprises. Je vole, je saute, je reviens vers vous un peu moins bleue à chaque tour. Vous ne lâchez pas la cadence du cavalier. Il faut atteindre le bout de ma nudité, le bout de la frange large brodée de paillettes d'or et de perles d'ambre orange cousues à même la soie. Les ambres jaillissent en grelots de mes cheveux libérés qui décollent et s'envolent. Ma nuque soulagée s'incline vers la vôtre ; elles suivent la farandole de bleu, d'orange et d'or. Danser hors les murs, à l'abri de la cité, le carrelage biseauté de toutes les couleurs et couvert de boutons de fleurs ne suffit plus. Le cliquetis des pierres – mes seins jeunes et fermes, deux diamants taillés juste purs – nous entraîne vers le jardin enclos. La pluie de mousson piquette l'eau dans la jarre. Ailleurs, tout près sur

1. « Viens, viens. »

un carré d'herbe verte, la danse bleu ballerine allonge nos chairs ouvertes et tendues à se connaître, souffle, déflore notre bonheur. Nos âmes mouillées dehors dedans, nous le savons, se lèchent sous la pluie, se reniflent, se sentent. Elles battent, pulsent, battent de partout leur vérité de chair. Il n'y a qu'à laisser faire. Vous pouviez venir entier jusqu'à mes diamants blancs et rouges, moi aussi en vous entière. Nous l'avons fait. Je me suis endormie sous vous, enroulée sur votre lange bleu, l'écharpe froissée au creux de mon ventre, ma violette. Votre corps immense à quatre pattes au-dessus du mien me protège de la mousson, quand vos baisers et vos caresses n'en finissent pas de me sentir. Laissez-moi dormir. Combien de temps resterons-nous sous la pluie ? Je sors la tête de mon abri, il pleut de plus belle. Est-elle bien ainsi votre première fois ? Laissez-moi dormir à présent. J'oubliais, entre chien et loup à mes pieds luisent encore mes ballerines toutes brillantes de leur blanc blanc. Deux lucioles vigoureuses mettent en garde qui s'approcherait pour voir et entendre – téméraire spectateur – le souffle soyeux de nos chairs assouplies et nouvelles : « Chut ! Ils respirent ! »

Comprenez-vous à présent pourquoi je ne peux plus vous suivre ? Vous m'avez épuisée. Fichez-moi le camp. Laissez-moi dormir. Cette lettre reposera longtemps dans ma poche sans que je sache qui l'en ôtera. Oseriez-vous encore me fouiller ?

Votre seule danse,
votre Bleu ballerine.

P.-S. : Mais où est passé Jean ? Il n'est pas encore rentré et je n'ai pas entendu le gravillon de l'allée. Cela m'inquiète. Je vous dirai plus tard.

Une odeur de café au lait réveille Perle qui a enroulé sa tête sur ses avant-bras depuis plusieurs heures. La bouche entrouverte, sur le côté, elle a la gorge très sèche. Elle toussote, tente de se redresser malgré une vive douleur au cou qui va la faire crier. Le visage grimaçant, elle n'arrive pas à se mettre face à la fenêtre. Le ciel est clair, très pâle, sans nuage, sans elle. Madeleine parle sans doute, Perle qui la sent auprès d'elle ne l'entend pas. La tête tout à fait penchée, elle la regarde, lâche un bonjour déformé, très effacé. Madeleine ose :

— Que faites-vous là, Perle ? Vous allez mourir !

— C'est à cause de la nouvelle lettre, bafouille Perle qui ne peut plus rien articuler.

— Je vois.

Les mots sortent à peine des lèvres de Perle :

— Vous enverrez celle d'hier comme prévu. N'oubliez pas, même si c'est tout à fait inutile. Celle-ci ne partira pas, s'il vous plaît.

Perle sent un soupir se bloquer dans sa poitrine. Elle se penche à peine vers la dernière lettre, l'effleure, ne s'adresse à personne... *Sauf à Dieu peut-être.*

— Avez-vous parlé, Perle ?

De toutes ses forces, Perle porte sa longue main vers la page pour la longer, la caresser. Les mots giguent à la surface du papier, dépassent la page. Elle voudrait s'installer dans le creux assoupli de la feuille comme son sexe le premier jour au creux de Meng. Pendant la nuit, sa joue a laissé sur la page la trace d'une conque tiède, elle y allonge le dos de sa main, au fond plissé de sa paume, accueille un doux rayon de soleil timide. Une émotion forte empoigne serré son âme bleuie. Les larmes montent, embuent ses yeux, s'acheminent et s'étoilent sur le mauve de la première page. Quand les pages suivantes les boivent, elles disparaissent les unes après les autres dans la profondeur de la première émotion. Quelques mots se dilatent, fuient la mémoire de Perle qui abandonne la partie. Cette fois, elle sent bien que ses mains sont mortes :

— Si tout s'efface ainsi, à quoi bon vous écrire ? S'il vous plaît, Seigneur, appelez-moi. Cessez mon supplice.

— Ne pleurez pas, Perle. Ça va aller. Ne pleurez pas, votre petite douceur va vous aider, n'est-ce pas ?

Et si rien, rien de toute la nuit n'avait été écrit.

14

Mon impatience,

Ce matin, ma main tremble. Dans ma jeunesse et surtout à chaque grossesse, mes jambes rebondissaient toutes seules dans mon lit pendant que je dormais. Ce frémissement chassait le sommeil de mon époux comblé qui réveillé me caressait, me rassurait par ses chuchotements qui m'amenaient au bord de la journée :

— Pourquoi trembler, ma douce ?

Je ne pouvais donner aucune raison à mon agitation nocturne, impatiences, enfantillage de la grossesse, entendais-je. Me faire l'amour enceinte était pour lui un grand bonheur, pour moi une félicité. Le plaisir de porter un enfant m'installait dans une nonchalance qui frisait l'inconscience. Je pleurais enceinte, pleurais beaucoup le jour, faute de pleurer auprès de mon époux, la nuit mon corps tremblait. Seul le réveil était d'une grande harmonie avant le lever, les chahuts des enfants, avant le départ de chacun vers sa journée. Je n'aimais pas cette solitude de femme mariée dite affairée. Ma grande vieillesse essore une dernière fois mes dernières larmes. Après la guerre, la vie fut si bonne qu'elle l'est encore.

Mon cœur me pince la poitrine. Vous m'aviez fait une promesse : *Attends-moi*, puisque vous reviendriez. Petit morceau de papier plié en quatre puis déplié pour mieux être replié, marqué par une croix émoussée à l'usure du pliage. Avez-vous jamais su faire des cocottes en papier, des bombes à eau ? J'ai chauffé au creux de mon sein votre carré de papier de soie, au creux de mon sexe parfois. Petite phrase insignifiante *À tout à l'heure* mais qui dit tout de l'attente infinie, seule traverse du temps qui donne l'âge, l'heure. Il n'y a plus trace de votre promesse sur le papier. Auriez-vous utilisé une encre magique ? Ci-gît le corps de la phrase disparue qui creuse encore le cœur comme un écho : *À tout à l'heure.* Est-il le plus présent de tous mes souvenirs au bord de ma mort ? *Attends-moi.* Vous êtes parti, jamais revenu et je ne me lasse pas de vous appeler. J'ai tant à vous dire qu'il me faudra commencer par me taire sans doute pour que les mots puissent venir dans leur sens. Êtes-vous aussi silencieux qu'autrefois ? C'était votre nature à l'époque. Votre corps et votre visage se répondaient en silence dans une grande harmonie quand votre esprit en effervescence retenait les mots derrière vos lèvres entrouvertes. Alors c'était une pétarade tout à trac qui s'échappait d'elles :

— Ta chaussette, l'as-tu vue, elle est tombée sur ton pied.

Était-ce une réflexion qui s'adresse à une jeune femme que l'on fréquente ? Je riais et je vous répondais :

— Ne veux-tu pas me la remonter ?

Alors nous partions ailleurs pour plusieurs heures. Ailleurs, pour une longue bleu ballerine aux rondes de plus en plus savantes. Ailleurs, là où aucune heure ne peut marquer les corps qui s'unissent, se rajeunissent l'un l'autre. Ailleurs, où la danse bleu ballerine jaillissait de nos omoplates dans un précieux battement d'ailes, nous lançait vers un unique et profond râle, puis un châle bleu blanc couvrait nos ailes repliées. Nos hanches essoufflées s'ébrouaient, lâchaient une saccade de *C'était bon* !

Votre souffle de jeune homme a pris sa place au creux de mes mains qui ne volent plus, ne tremblent plus ce matin. Mon écriture vous est-elle de nouveau familière ? Quand vous reviendrez, je n'aurai presque plus de souffle. Je le sais, je dirai peu de choses, sinon rien. Je me tairai. C'est mon souhait. En suis-je capable, alors que je parle toujours pour deux ? Que feront nos lèvres vieillies de ce face-à-face ? Nos corps se taisent depuis longtemps, pourront-ils se souvenir de leur harmonie ? Plus jamais mon Bleu ballerine dans mon ventre flétri. Je suis très vieille, si triste ce soir de l'avoir été si vite. Mon ventre ne s'est pas vidé d'amour après avoir porté tant d'enfants, faute de ne plus pouvoir en porter. Baliverne ! Ne plus saigner fut ma force de vivre. Je n'ai jamais cessé d'être féconde. Comme j'attends votre venue ! Ce jour-là, je sais que mon ventre vous chantera. Nos sexes ne se mêleront plus. Mais nos bouches mangent encore, savourent, salivent, nos gorges se pâment. Nous prendrons le thé, nos chuchotements s'écouteront. Les pensées justes – combien sont-elles ? – nous échappent, se disent à peine ont-elles effleuré nos consciences. Elles se faufilent par nos lèvres qu'elles chatouillent. Elles ne nous appartiennent déjà plus. Il suffit d'un sujet-verbe-complément. Et l'amour est là, le roman, l'andante, la ronde vague longue à faire bondir l'amour. Mon bien cher Meng, nos lèvres mélangées sont au bord de notre vie. *Attends-moi !* Vous m'attendiez toujours quand nous faisions l'amour ; quand l'air en est plein, pourquoi hausser le ton ? Je vous attends. Votre voix susurre depuis lors au creux de mon oreille encore humide de votre salive gourmande :

— Tu aimeras parmi les princes au parasol d'or et d'argent, nattés, huilés, debout sur leur éléphant au dos orné et lustré pour la parade. Sois-en sûre, mon amour.

Je soufflais *Où vas-tu ?* Puis vous tourniez le dos : *À tout à l'heure !* Vous dormiez. Vous partiez à petits pas. *Attends-moi !* Vos pieds nus sur la peau luisante instable du dos de votre éléphant épousaient soigneusement le mouvement de la marche souple et sûre de l'animal majestueux. Pour vous, il avançait – nonchalance – vers votre avenir, celui que vous n'aviez pas choisi. Prince, fils de prince, vous rentriez dans l'enceinte du temple familial où quelques apsaras grises aux seins dodus et luisants vous attendaient, prendraient soin de vous. Nous devions nous oublier. Revenez !...

La main perd le stylo qui roule sur la table, tombe en silence sur la moquette. Un mal de tête très puissant s'installe, impose un vertige qui fait chanceler les murs. Perle tente de se redresser, se lève, s'appuie sur la table, retombe lourde dans son fauteuil. Elle se hisse de toutes ses forces, râle, prend appui à deux mains sur le bureau, froisse à l'aveugle les pages éparses, les mains à l'affût comme elles peuvent, presque apeurées, crochetées. *Rien n'est plat rien rien rien n'est plat.* Elle recule, renverse son fauteuil. Un éblouissement la fait chavirer, elle se rattrape au prie-Dieu, s'y recroqueville, enroule son corps sur la paille. La douleur la plie, lui écrase les tempes :

— Il est l'heure...

S'échappe du trait de ses lèvres. Elle entend :

Ma petite Pépé,

Aimez-vous toujours la soupe aux petits bouts ? La mienne vous attend. Appelez Suzanne, Camille,

Guillaume et Paul avant qu'il ne soit trop tard. Ma soupe patientera. Là où je suis, rien ne refroidit. Que votre Dieu vous protège jusqu'au bout du passage, les miens vous ont toujours accompagnée. Vous ai-je un jour méritée ? Et votre attente ? Et vous ?

Votre si petit Meng toujours dévoué.

Perle n'est plus consciente. Quand elle revient à elle, il fait nuit dehors comme dedans. Son corps est affaissé entre la paille du prie-Dieu et la moquette de la chambre. Elle trouve assez de force dans ses bras pour se pousser, s'allonger tout à fait sur la moquette. Soulagée d'être à plat dos, elle ne cherche pas à se relever. Elle ouvre les yeux, redresse la nuque et voit – pour elle, tout est clair – les quatre pieds du fauteuil décollés du sol, les feuilles froissées, éparses sur la moquette. Le rideau tiré sur toute sa largeur empêche de voir si la lune est pleine. *Est-ce une nuit de grande marée ? Pourquoi tomber cette nuit ? Madeleine saura se taire.*

Perle s'endort avec au bord de l'oreille une lettre qu'elle n'écrira pas :

Mon tendre et perdu,

Tendez l'oreille, mon aimé, les mots ne couleront plus doucement du ruisseau asséché de ma bouche. Vous seul pourriez reconnaître le lit de mes lèvres mourantes et alors entendre : votre lettre fut un bain de jouvence, un plaisir inouï. Quand ferez-vous couler le suivant au parfum de lavande ? Si vous pouviez éviter de me laisser entre la paille du prie-Dieu et la moquette d'hôtel, ce serait parfait. J'ose vous supplier : encore, mon Meng, encore !

Au matin, Madeleine ne laisse rien paraître de son effroi. Perle respire, Madeleine l'a tout de suite observé.

Perle sourit, bave sèche aux lèvres, la tête au pied du prie-Dieu, les pieds pris dans ceux du fauteuil, les mains aux doigts entremêlés sur sa poitrine. Madeleine attrape sur le lit de Perle la couverture aux fleurs de camélias qu'elle fait voler à travers la pièce. En un mouvement ample des bras, elle couvre le corps de Perle d'un nuage rouge à pétales pourpres. Puis elle la réveille comme prévu :

— Vous m'avez demandé de vous réveiller à 8 heures, madame.

— Ah ! oui ?

— Mais que faites-vous sur la moquette ?

— Je rêvais, ma petite Madeleine, je rêvais éperdument !

— Racontez-moi, s'il vous plaît !

— Voulez-vous bien d'abord m'aider à me relever ? Le sol est un peu dur. Et je voudrais un grand crème très chaud avec beaucoup de crème ! Quelle jolie couverture, où l'avez-vous donc trouvée ?

— C'est celle de votre lit, Perle. Vous ne la reconnaissez pas ? Que vont penser vos filles ?

— Parce qu'elles en sauront quelque chose ?

— Merci. Vos fils m'en voudraient à mort.

— Ils sont encore auprès de leurs femmes. Vous ne craignez rien.

Madeleine prend Perle à bras-le-corps, la soulève avec une extrême prudence. Madeleine résiste à l'immense raideur de Perle qu'elle pourrait blesser à chaque mouvement. Elle la tourne sur le côté gauche, lui plie les jambes. Perle approche du quatre pattes. Sous la couverture comme une peau de bête, elle rejoint son lit. Autour d'elle, Madeleine s'agite, volette. Elle ne sert à rien. Ses mains doigts ouverts chassent l'air, articulent une crainte vitale et démunie. Madeleine tel un essaim de papillons en voie de disparition protège la migration lente d'un parterre de camélias en boutons. À quoi sert tout cela à l'heure de mourir ?

— Tout va bien, madame Perle, tout va bien ?

Perle ne répond pas, elle se concentre sur chaque pose de main, de genou sur le sol.

— Pour cette fois, la moquette est douce. Il me faut atteindre seule le lit. Vous ne pouvez pas me porter, si ?

Madeleine la pousse par les fesses quand Perle se hisse sur son lit et soupire :

— Je crois qu'il est plus raisonnable que je dorme un peu.

— Il me semble, oui. Pouvez-vous vous glisser dans le lit ?

Madeleine l'aide à se mettre sous les couvertures.

— M'avez-vous enfin acheté un portable ?

— Non. Ce n'est pas le moment. Je vous installe la couverture.

— Lisez la notice pour moi.

— Bien, madame... Mais...

— Oui ?

— Votre rêve...

— Meng m'a écrit cette nuit et savez-vous ce qu'il sait encore faire ?

— L'amour !

Secousses de Perle et éclat de rire de Madeleine.

— Avez-vous oublié mon âge ? Vous me flattez, ma petite douceur !

— Mais vous dites bien que tout est possible dans un rêve !

— C'est vrai, avec le temps, Jean sut mieux que Meng me faire l'amour. Non, ce n'est pas cela. Il sait faire la soupe aux petits bouts, celle qui ne refroidit jamais !

Madeleine est déçue, ne cherche pas à comprendre, s'éloigne du lit, ouvre légèrement la fenêtre derrière le rideau qu'elle laisse fermé :

— Pas plus de deux heures, n'est-ce pas Madeleine ? Pas plus de deux heures !

Perle ne sait pas si elle a dormi quand elle rouvre les yeux. Elle se tourne vers la table, un gros bouquet de roses blanches aux bords crochetés de pourpre s'y épanouit. Perle se laisse revenir à elle, paupières de nouveau baissées. Un demi-sommeil l'envahit. Sur la plage, elle vole entre deux ciels, un vert nacré et un bleu pâli de Sienne. Elle ne pèse plus rien. Elle est une danseuse, une étoile, un papillon, un morpho cypris du Brésil. Elle n'attend plus personne.

15

Un chat aux larges taches noires et blanches s'est installé sur le rebord de la fenêtre. Les yeux plissés sans malice, il observe par-delà le reflet du carreau la scène à l'intérieur de la chambre. Son oreille bat une fois. Puis il se tasse en boule sur ses quatre pattes, les yeux toujours en fentes. Dedans, rien ne bouge. Perle tourne le dos à la lumière du jour, au chat. À genoux sur son prie-Dieu que Madeleine a garni d'un coussin plat, elle grelotte. Ses épaules tressautent, ses bras tremblent, on devine ses mains jointes. Ses coudes à angle droit ne touchent plus ses flancs, amorcent d'infimes battements d'ailes décharnées. Est-il l'heure de partir ? Le chat étire ses pattes avant, des baguettes. Les griffes dépassent loin des coussinets, grattent le gris du ciment. Recueillie, Perle enroulée sur elle-même, les paupières baissées, semble cacher ses pleurs. Elle réclame la nuit. La nuit absolue. L'armoire a changé de place, le brin de buis est accroché au crucifix du mur au-dessus de son lit. L'icône de la Trinité en format poche a été placée là, tout près d'elle, éclairée par une bougie chauffe-plat. Perle hoche la tête, *non*, s'inquiète, *oui*.

— Il est temps de partir. C'est imminent. Je prie pour Madeleine.

Elle se reproche d'avoir à la quitter.

— C'était couru d'avance ! Quelle sotte j'ai été !

Elle se balance tout entière d'avant en arrière.

— Pourquoi ?

Balancements légers, boisés d'un métronome de profil.

— Pourquoi donc ?

Ses mains s'agrippent au prie-Dieu, se tordent comme si elles pouvaient rompre le bois solide, immobile de l'accoudoir. Le bois résiste, les mains cèdent, s'affaissent. Atone, Perle psalmodie :

— Seigneur, foyer d'amour, faites-nous brûler de charité. Et Madeleine ? Et Madeleine, qu'allez-vous faire d'elle ? Seigneur, faites-moi... N'oubliez pas Madeleine. Faites-la aimer et être aimée. « Foyer d'amour » ! Elle s'est mise à m'aimer. Une mourante, la belle affaire ! Mais il ne fallait pas m'aimer. Puisque je pars. Quelle sottise. La voilà qui m'écoute ! Elle parle le français. J'aurais dû la négliger. Bientôt elle souffrira. Tout est de ma faute. Pourquoi ? Je ne le veux pas. Que l'amour l'emporte loin de moi. Trouvez-lui un homme bon. Un Jean des temps modernes. Quant à moi qui n'existe déjà plus, faites-moi brûler tout court. Je vous en supplie ! Pourvu que mes enfants ne m'enterrent pas. C'est une tradition tout à fait déraisonnable de nos jours. J'aurais dû leur en parler. Est-ce trop tard ? Enfin, nous savons tous qu'il faut construire plus de logements, non des cimetières. Des foyers d'amour pour les sans-abris. M'entendez-vous ? Je suis morte. Un corps qui brûle augmente-t-il vraiment la pollution de l'air ? Je dois me renseigner. Seigneur, faites au mieux sans bois ni flamme ni tombe. Débrouillez-vous avec les nouvelles techniques. Pour les enfants de la terre, soyez un Dieu moderne, nom d'un chien ! Habillez-vous d'un bon jean avec des trous. Amen.

Immobile, à genoux, Perle geint. Cette position est devenue un calvaire. Aphone, elle tente :

— Me relever ne va pas être commode. Dois-je mourir ainsi ? Oh ! Mes genoux !

Le chat en boule plie les oreilles qu'il allonge très à plat longtemps sous les plaintes sifflantes de Perle, attend patiemment son entrée, le museau qui pointe, scrute l'espace clos, obscurci de la chambre d'où Perle gronde :

— Seigneur, abritez-moi sous votre patience. Sous votre patience. À travers des feuilles du figuier, que votre lumière ombrage joliment la vie de Madeleine au printemps. Amen.

À cet instant, la chat s'étire de tout son long, pattes de devant, des tuteurs, le derrière tiré, levé vers le ciel par une queue verticale et directive. Un rayon affaibli de soleil éclaire son pelage brillant et tacheté. Madeleine entre dans la chambre, s'approche tout de suite de Perle, lui caresse l'épaule, rompt le silence d'une voix douce :

— Rebonjour Perle, vous priez depuis trop longtemps.

— Rebonjour n'existe pas. Si je pouvais me lever.

— Je suis là. Je vais vous aider.

— C'est juste une plaisanterie, se retrouver pliée en deux à genoux sur un prie-Dieu à mon âge.

— Avec vous, au moins…

— Au moins quoi ?

— On s'ennuie pas.

— Vous trouvez ?

— Sacrée Perle. Je vous ai acheté un portable avec option vocale.

— Je vous demande pardon ?

— Pas la peine de taper sur les touches. Vous parlez, ça s'écrit tout seul.

— Ça s'écrit tout seul ? Ah ! mes genoux ! Tout cela est-il bien utile ? Mais faites quelque chose. J'ai mal. J'ai mal !

De toutes ses forces, douce et délicate comme à son habitude, Madeleine tire Perle fixée au prie-Dieu.

— Je respecte mon contrat. Vous respectez le vôtre. À commencer par ne pas mourir avant l'arrivée de Meng.

La voix de Madeleine pliée en deux est étouffée, hachée. Perle s'énerve :

— Saperlipopette ! Et si je ne veux plus l'attendre ?

— Mathis a écrit de nouveaux poèmes. Il veut votre avis.

— Oh ! c'est gentil. Pourvu qu'il gagne un peu sa vie quand même, vous n'aurez déjà pas de retraite...

— Vous rigolez ou quoi ? Il veut écrire des livres en papier ! Il est déter !

— Ah ! bon ? Vous trouvez cela farfelu ? Mais tous mes livres sont en papier ! Qui est Mathis ?

— Votre arrière-petit-fils, Perle. Votre arrière-petit-fils aimé, dévoué. Mais vous l'avez blacklisté. Son père et lui souffrent à cause de vous. Allez, allons nous recoucher ! On va y arriver, toutes les deux. Allez. On y va !

Les genoux un peu pliés, Madeleine soutient Perle à bras-le-corps. Elles s'avancent vers le lit :

— Vous vous couchez avec moi, n'est-ce pas ?

— Quoi ?

— Il me semble que tout a changé de place ici. Vous ne trouvez pas, Madeleine ?

— Vous êtes dans votre chambre, Perle, votre chambre.

— C'est bien ce qui m'inquiète.

— Concentrez-vous sur chaque pas. La moquette, Perle. La moquette. Ce n'est pas l'heure d'un col du fémur.

— Jamais. Justement. Ce n'est pas la même moquette, je la trouve très sèche ce soir. Pourquoi le sol est-il si dur ? J'aimais tellement tanguer en bord de mer les pieds nus sur la moquette.

— À présent, on s'allonge.

— Madeleine, une personne prend-elle soin de vous quelque part ?

— Et pourquoi vous avez envoyé tout le monde balader ? Hein ?

Perle se laisse guider, force chaque pas vers un nouvel équilibre. Attentive, Madeleine veille à chaque déplacement du corps de Perle – rien ne doit être brutal –, s'occupe de sa tâche : Perle et ses pieds incertains. Les deux femmes avancent en silence. La gorge en feu, Madeleine n'a pas répondu à la question de Perle. Son cœur lui serre la poitrine. Elle tousse – une toux sèche –, suspend son geste au-dessus de Perle enfin allongée dans son lit, raide, très raide. Ses mains crispées sur le drap et la couverture épaisse se sont fixées en l'air. Oppressée, Madeleine peine à respirer. Les yeux mi-clos, Perle semble à l'abri d'un abat-vent solide sur la plage, les bras de Madeleine servent de perches ancrées dans le sable en lutte contre le vent de mer. Les yeux écarquillés, Perle attend d'être couverte, surprise par l'arrêt soudain de Madeleine qu'elle interroge du regard. Elle tente de la rassurer, veut comprendre :

— Madeleine, restez avec moi, ma p'tite. Il n'est pas encore l'heure de nous quitter pour de bon.

— Non. Vous n'avez pas le droit de m'abandonner !

Madeleine ouvre ses mains d'un coup, draps et couverture tombent droit comme une lourde trappe sur Perle. Elle la borde vivement du couvre-lit aux camélias. Enveloppée au-delà du menton, Perle sait qu'elle aura froid. Elle sourit pour répondre à Madeleine. Les trois épaisseurs de couverture pèsent sur son corps endolori qui s'échappe vers un sommeil sans crainte. Un instant, elle revient :

— Pas plus de deux heures, Mad', n'est-ce pas ?

— Je vous laisse la bougie allumée ?

— Oh ! oui ! Andreï Roublev 1411, Madeleine ! Observez la naïveté et la puissance des couleurs. Ce bleu, Mad', ma p'tite, regardez ce bleu.

— Bien sûr, je le ferai avant de vous quitter. Dormez à présent. Ne partez pas sans moi, hein ?

— Veillez-moi un peu si cela ne vous fait rien. Puis revenez dans deux heures avec mon portable.

— Oui, bien sûr, c'est promis.

Perle s'endort très vite. À cette heure de la vie, il demeure difficile de savoir de quoi il s'agit : dormir ou mourir. Dans la pénombre de la pièce, la respiration invisible trompe l'œil. Le chat pose sa patte sur le carreau qu'il fait crisser sous ses griffes aiguisées. Il miaule fort et grave, rien ne bouge à l'intérieur.

Quand Madeleine revient, il est presque 18 heures. Il fait nuit noire.

— Madeleine, je n'ai pas envie de me lever, s'il vous plaît. Je n'ai plus mal aux genoux, allongée. Ne me levez pas. Je vous en supplie.

— La leçon de portable peut attendre, Perle.

— Non, je vous en prie, venez près de moi. Prenez un oreiller et installez-vous là, demande Perle à Madeleine.

Sa grande main effilée et décharnée tapote, époussette la place à côté d'elle sur le lit. Madeleine un peu inquiète demande :

— Êtes-vous sûre que cela soit tout à fait OK ?

— C'est OK. C'est OK. Nous n'en sommes plus là. Le temps presse, je mangerai du beurre jusqu'à ma mort. Au diable l'acide margarique !

— Pardon ?

— Margarine ou acide margarique, du grec *margaron*, qui veut dire « perle », en référence à la couleur nacrée de cet acide. Je vous en bouche un coin, n'est-ce pas ?

— Arrêtez de m'embrouiller !

— Vous avez raison, nous en avons de la chance. Un jour, mes filles vous ont trouvée. C'est grâce à Suzanne, elle a des solutions pour tout. Installez-vous, n'ayez crainte. La Trinité veille sur vous. Je ne vous toucherai pas. J'ai toujours préféré les hommes.

— Mais mad...

— À présent, première leçon de semeuse pour Perle. Dépêchons-nous avant que je m'en aille.

Madeleine allume le plafonnier. Perplexe, elle s'installe à la place qui lui est offerte. Elle pose les mots d'une voix calme qu'elle se découvre, explique à Perle les quelques manipulations simples pour enregistrer sa voix, envoyer des messages vocaux. Madeleine a pris soin de mémoriser les principaux numéros de Perle : Suzanne, Camille, Guillaume et Paul, Jonas et Mathis, Madeleine. Suzanne a élevé seule son fils Jonas qui a élevé seul son fils Mathis – une histoire de solitude transmise, entendue.

— Madeleine, vous m'avez épuisée. J'ai déjà quitté ce monde, qu'ai-je besoin…

— Perle, j'ai écrit « qui est qui » à côté de chaque prénom. Suzanne, Camille, ma fille. Guillaume, Paul, mon fils. Jonas, mon petit-fils. Mathis, mon arrière-petit-fils.

— Comment osez-vous ?

— Perle, il vous arrive à présent de les oublier, n'est-ce pas ? Ce n'est pas grave, mais je ne veux pas, je vous en empêcherai. Oublier ceux qu'on aime ne se fait pas.

— Quel désastre je suis. De qui tenez-vous cette belle phrase ?

— De vous.

— C'est malin, elle est bien réussie.

— Écrivez une semeuse pour vérifier que vous avez bien compris pa'c' que j'suis pas tout l'temps là.

— Il n'y a aucune urgence.

— Ah ! si, alors. Vous n'allez pas mourir sans moi. Et si Meng arrive, vous allez pas m'le cacher !

— Meng ne viendra pas. Il est mort, Madeleine. C'est fini.

— Ah ! ça, Dieu seul… Voilà que vous me faites parler de Dieu. Allez, s'il vous plaît, dites une semeuse. Montrez-moi que je vous ai bien appris. Votre portable sera toujours dans la poche droite de votre veste, toujours.

— Bon, je vais essayer.

Perle prend le téléphone dans sa main tremblante, manque de le lâcher. L'appareil glisse en un clin d'œil sur sa peau desséchée entre ses doigts qui ne se plient presque plus. Elle touche l'écran qui cliquette sous l'ongle long de son index. Perle parle pour se guider :

— Glisser le doigt pour ouvrir. Appuyer sur le portrait bleu pour trouver un contact. Glisser le doigt pour faire défiler les contacts. Je choisis : Mathis. Puis dire « décrocher ». Cela ne sonne pas, Madeleine, est-ce normal ?

— Appuyez sur la touche « vocal ». La touche verte, il n'y en a qu'une.

— Ah ! oui, là ça sonne tout haut. C'est bien, je n'ai pas besoin de le coller à l'oreille. C'est trop chaud pour moi. C'est fort, non ?

— Attention, ça sonne, il va peut-être décrocher !

— *Mathis n'est pas là. C'est peut-être l'heure de la pêche. Si c'est urgent, changez de ligne. Sinon, à bientôt !*

— Est-ce à mon tour ? Oui… Bonjour Mathis ! C'est Mamette.

Pause de Perle :

— Vous êtes sûre, Madeleine, ça marche, là ?

Madeleine lui fait signe de la tête et de sa main, des rondes très spiralées dans l'air, afin que Perle poursuive son message :

— Tu vois, on n'arrête pas le progrès chez Mamette and Co. Bon, il faudra me dire où tu en es de tes poèmes. Et si tu m'envoyais un petit bleu ? Tu dois savoir, toi, avec cette nouvelle technique… Ne tarde pas trop à me répondre… Ne tarde pas trop à me répondre ! Meng devrait arriver d'un moment à l'autre. Je t'embrasse… Je t'embrasse ! C'est Mamette. Est-ce que ça va comme ça ?

Madeleine pose l'index de Perle sur la touche « fermer ». La semeuse apparaît écrite, Perle peut la relire.

— Voulez-vous relire votre message ? Le réécouter ?

— Oh ! non, une semeuse ne se travaille pas. Elle se lance comme un télégramme. Pour une première, c'était pas mal, non ? Une pensée ne s'écoute pas, elle passe, l'âme respire, résonne le jour, veille la nuit. Je répète encore une fois la manipulation sans votre aide. Je vous remercie beaucoup, Madeleine. Beaucoup. Beaucoup.

— Votre semeuse est bien partie. Là, vous pouvez vérifier... Touche bleue.

— Il faudra que vous soyez là pour la réponse. Je ne saurai pas me débrouiller toute seule.

— Laissez la semeuse arriver, nous pouvons répondre plus tard.

— Peut-on envoyer la même semeuse à deux personnes en même temps ?

— Oui.

— Écrivons à Suzanne et Camille.

Perle répète l'opération avec Madeleine et s'adresse à ses filles :

— Mes plus belles, me voici relookée : shampooing, couleur, coupe et permanente. Je vous embrasse et ne vous inquiétez de rien. De rien. Ici, tout va bien. Et vous, tout va bien ? Passez quand vous serez par ici. À bientôt. C'est Perle ! Enfin... c'est Mamette...

Perle éteint son téléphone.

— Elles sont très occupées toutes les deux, c'est pour ça... Elles sont vieilles elles aussi...

— Comment voulez-vous qu'elles s'attendent à recevoir un appel de vous ?

— Oui, bien sûr...

— Elles ne savent pas que vous avez un portable.

— Vous ne leur avez rien dit ?

— Je voulais être sûre de vous d'abord.

— Mais qui a payé, alors ?

— Ben moi !

— Je dois vous rembourser tout de suite.

— C'est un cadeau, ne vous inquiétez pas.

— Vous êtes sûre ? Il n'en est pas question. Vous vous êtes ruinée. Le monde ne tourne pas rond. Je n'aime pas ça. Oh ! mais… Mes filles ne vous laisseront pas faire.

— Je vous aide à retrouver votre table de travail ?

— Oui, bonne idée, ma bonne fée. Je préfère avoir une plume au bout de mon index. Mais l'écran est très doux et tiède en plus ! Une vraie boule de Noël !

— Je viendrai vous chercher pour le repas.

— Entendu. Meng vous a-t-il dit s'il venait ?

— …

— Merci, Madeleine.

— Vous avez une heure devant vous avant le repas.

L'ordre exprès de Suzanne et Camille était tombé trois jours auparavant : Perle et Madeleine devaient rentrer à Paris de toute urgence. Elles avaient bouclé ensemble leur dernier séjour normand dans un silence tendu, l'ambiance des préparatifs du dernier voyage de Perle, puis quitté le bocage sans se retourner.

La présence du chat sur le rebord de la fenêtre de l'appartement parisien avait été la plus grande déconvenue de Perle. Elle marquait le début agité de leur retour définitif à Paris.

Ce chat n'avait rien à faire là.

16

Mon premier homme,

Aurions-nous quitté le bord de mer ? L'armoire a changé de place, la moquette de ma chambre est moins douce. Je suis toute désorientée. Espérons que cette lettre m'aidera à me ressaisir. C'est la fin. Je ne vous attends plus. Ma décision est prise, je m'y tiendrai. J'ai épuisé toutes les formules de politesse amoureuses que je pouvais inventer pour vous. Vous prier, je ne sais plus le faire. J'ai perdu mon grain de folie. Ma mémoire défaillante m'oblige à une attention d'ajusteur. Je piste chaque redondance sans pouvoir en éviter une. Sinon, ce n'est plus moi. Je laisse le ronronnement au chat. Vivre, n'est-ce pas aussi planer ? L'excellence de la danse, n'est-ce pas s'acharner à répéter un pas toujours différent, mais qui porte le même nom ? Je hais l'instantané moderne. Sans avenir ni passé, quelle amnésie. L'outil de la toile remplace le cerveau et ses multiples terminaisons nerveuses d'une merveilleuse efficacité pour peu qu'on l'entretienne. Pour cela, pas trop de beurre ! Pas trop de beurre. Baliverne ! Perdre la mémoire amène à une répétition inanimée. À mon heure, écrire, c'est danser. Regardez la danseuse dans sa boîte à musique. Fixée dans son palais de glace, elle tourne son pas à l'infini sur elle-même.

> La même musique éraillée hoquette une rengaine jusqu'au *clic*. L'immobilité mécanique de la clé fixe l'éternité. À moins que... quelqu'un remonte la clé de la mécanique. La ronde dans son palais de glace est l'antidanse, le pas immobile de la mort. Qu'on ne vienne pas me dire que je radote. Au secours ! Voilà que mon énervement m'échauffe. Mon poignet se bloque. Accordez-moi une pause.

Gymnastique du poignet droit qui fait ce qu'il peut pour aider les doigts à se détendre, s'ouvrir, une anémone de mer déploie ses tentacules raides, fixés. Sous le poignet, la manchette de dentelle tourne comme un tutu de tulle autour d'une taille délassée à la fin de la danse. La lettre reprend :

> Mes lettres bouclent comme une chevelure de reine libérée de son diadème. Des échevelées au réveil. Combien d'en-têtes, de salutations, de feux de lettres ai-je écrits, inventés pour vous ? Une mousse fine et pleine de bulles minuscules sur la laisse de mer, chaque vague répète votre prénom au moment où elle se brise. *Meng, Meng... Meng !* Ma dernière politesse sera une semeuse dans le talus de la lettre au hasard d'un chemin creux d'où mes cendres s'envoleront, mon amour, vers la route du « Grand Peut-Être[1] ». Combien de correspondances, des plus illustres, ai-je lues pour vous ? Oui, combien pour me rassurer à votre sujet : vous ai-je aimé ? La lente succession des jours pose, calme, calme le quotidien répété de chaque vie humaine. Vous ai-je aimé ? Plus l'homme répète, plus il ralentit. Plus il garde en mémoire le jour, plus il insiste sur un pas de plus le lendemain – ce n'était pas comme la fois d'avant, n'est-ce pas ? non, ça ne l'était pas –, plus le souvenir retient les jours repassés qui diffèrent si peu. Ainsi l'homme passe

1. Expression de Henry Bauchau.

le relais sur l'essentiel à l'homme. Aimer. Vous ai-je aimé ? Aujourd'hui, cessons notre correspondance injuste, où l'un s'est retranché dans le silence, l'autre jacasse à l'infini. Quel cliché ressassons-nous quand c'est toujours : l'homme se tait, la femme parle. En sommes-nous encore là ? Je n'ai plus un seul mot tendre à vous adresser. Ne me viennent plus que des jurons, des remords qui nous laissent à l'heure de la trahison un mauvais souvenir. J'entends : *Ma bien petite perte.* S'agit-il de vous ou de moi ? *Votre bonne à rien.* Je vais mourir. *Votre perte parfaite.* Mourir digne, digne, essayer. *Votre bleu à l'œil. Votre vie-perle.* Il n'y a plus de blessure ni de cache-misère qui tienne. Tous ces mots ont-ils à voir avec notre amour ? Je vous en supplie, je suis prête à vous oublier pourvu que vous restiez *mon tendre aimé.* M'entendez-vous ? Pourquoi m'entêter à vous réclamer ? Chéri, ne venez plus chéri. Mes doigts souhaiteraient s'allonger sur la blancheur d'un lit préparé pour le dernier sommeil. Je serre ma plume autant que je le peux, elle m'échappe, je me tords la cheville dans le gravillon instable qui la rend folle. Ma dernière béquille gratte la page – une vie –, me brise la main. Ma jambe qui se traîne raye jusqu'à percer le papier pelure. Cette dernière mission lui impose la marche forcée dans une dangereuse allée de cailloux. Voici ma dernière lettre puis passer la porte pour ne plus jamais ressortir dans le jardin. Il sera une seule fois où je ne ressortirai plus jamais pour toucher l'écorce des arbres, caresser les bourgeons. Je refuse la douleur à mon poignet. Je joue ma dernière scène de jardin, j'avance, je fixe la poignée de la porte principale. Ma douleur au dos est une épine plantée dans mon cerveau, la fatigue m'endort à l'improviste des plus belles journées de la fin de ma vie. Les premiers bourgeons de cerisiers japonais ont éclos sans moi. Que cette lettre touche à sa fin. Alors je pourrai dire : je n'ai plus rien à vous dire. Après l'allée, la porte passée, la plume pointée dans le porte-parapluie de l'entrée, je m'allongerai et ne me relèverai plus. L'attente de votre réponse à ma question – *Vous ai-je aimé ?* – est vaine. J'attends la mort.

Des sensations me reviennent que je n'ai pas connues. Je ne sais plus qui je suis, qui ai-je été au juste ? Pourquoi maman ne m'en a-t-elle rien dit ? Oui, cela m'arrive :

— Moi ? Mariée ? Est-ce possible... Depuis quand ? Pourquoi ne m'a-t-on rien dit !

L'instant d'après, j'ai tout oublié : je tourne mon alliance sur mon annulaire comme une jeune mariée, mes yeux tombent sur un tout nouveau trésor :

— C'est pas vrai ! Quelle horreur, je suis mariée !

Me croirez-vous si je vous dis que cette alliance est à mon doigt depuis plus de soixante-dix ans ? Est-ce bien moi, cette mère sur plusieurs générations avant même d'être une femme ? Regardez-moi bien : je suis cette vieille dentelle fragile qui chuchote sur le buffet 1900 et dont toute la famille prend soin. Toutes ces voix basses, est-ce bon signe auprès d'une vieille dame qui ne se lèvera plus ? Le buffet 1900 – on le croit de famille – fut acheté par mon père au seul antiquaire digne de ce nom à Phnom Penh dans les années 1920. Qui peut aujourd'hui s'en souvenir ? Nous. Je vous en supplie, ne venez plus. Je brade ma perte. Vendons le buffet. Vous n'aimez pas la dentelle, la mienne a jauni à force d'amidon repassé et de bois d'acajou vernis, elle en retient encore l'odeur. Ne vous déplacez pas, il est trop tard. Je ne pourrai plus jamais descendre les marches vers le bocage ou m'asseoir sous le figuier, le pin parasol, le châtaignier. D'ailleurs, où suis-je aujourd'hui ? Personne ne me dit plus rien. Madeleine conspire avec mes filles, je le sais. Bocage – bord de mer – figuier – pin parasol – châtaignier – pavé – platane – où suis-je ? Choisissez vous-même, je ne sais plus rien, mon adresse vous indiffère à l'heure de votre absence sans retour. Qu'importe, le ciel est au monde. Choisissez Bouddha, Dieu, Jésus, Mahomet ou bien quelques dieux grecs, qu'importe. Votre enthousiasme est le mien, mon ventre appartient aux dieux féconds. Qu'ils en fassent naître quelques vers bien tournés. Mathis les entendra. Puisse-t-il en vivre. Que son inspiration le porte à baratter l'élixir de vie dans le chaudron des ancêtres où les dieux auront versé quelques-unes de mes lignes. Qui peut mourir alors ? Qui ? Aïe ! Mon poignet...

Perle s'adresse à elle-même tout en grattant des mots épars à peine lisibles :

Dos, mon Dieu, ma tête ! Foyer d'amour, décapitez-moi !

Mémoire, ma mémoire, ne me lâche pas !

Fatigue, Madeleine !

Venez !

Lâchez-moi !

Madeleine, donnez-moi un biscuit. Je n'ai pas d'argent. Plus d'argent. On me l'a pris. Qui va acheter le pain ? J'exige un dernier biscuit. C'est un monde quand même. Tout ce raffut pour un biscuit ! Et Jean ? Où est Jean ? Je n'ai même pas un franc en poche pour acheter le pain. Quelle misère ! On m'a tout volé.

Perle revient à elle, ne peut pas lire ce qu'elle vient d'écrire. Le temps la presse à ne plus cesser d'écrire. Ne plus jamais relire ce qui se jette sous les doigts. Avancer vers la mort, écrire, c'est tout. Elle reprend sa lettre pleine de blancs, de ratures insensées, une même laine tricotée cent fois :

Pourtant, Meng, qui d'autre sinon vous est venu cette nuit me masser les mains et les pieds par surprise ?

Où sont nos heures nonchalantes au plus chaud d'une journée de mousson ?

Arrêt du poignet.

Poignet – Poignet – Pause – Ne lâche pas – Insiste – Manger un biscuit pour détendre ma main ankylosée et lâcher les mâchoires.

Nos sueurs mêlées à nos salives...

Dos – Dos – Une pointe en feu rouge dans le dos – Ma plum... dérap...

... servaient d'onguent à nos ébats.

Faim ? Faim. As-tu un petit-beurre avec du vrai beurre ?

L'eau claire de la jarre sur notre peau faisait disparaître le voile humide et tangible de nos ébats. Nous nous donnions rendez-vous chaque jour pour le lendemain après un massage à l'huile de jasmin. Ou bien c'était la mort, nous en étions convaincus, n'est-ce pas ? Mais combien d'énergie gâchée dans la pagaille des *n'est-ce pas* ? Ils viennent sous ma plume, tic qui plie un peu plus mon écriture, un roseau, un papyrus qui résiste au vent. Sans autorisation ils scandent mes lettres. Nos corps allongés s'en allaient debout, titubaient avant de retrouver la ligne droite de leurs devoirs respectifs. Vous retrouviez le négoce de plus en plus fructueux qui ferait votre fortune loin de moi, vous ne seriez plus jamais le livreur de pain. Je me cachais dans ma chambre. Au loin, j'entendais le retour de Sreï inquiète, complice de notre secret. Elle protégeait notre histoire, sa croyance sans faille en notre amour la portait au-delà de sa vie. J'entendais longtemps son balai ramasser les restes de fleurs de jasmin, d'œillets éparpillés et fanés sur la scène de nos ébats du jour sur le point de passer, quand ce n'était pas du sable, de la terre ocre. Assez, je n'en peux plus. Abrégez mes souffrances ! Faites-moi taire. Arrachez la plume greffée à cette main qui radote ! Mes yeux tombent, mon dos voûté m'éreinte. Je suis une tige pliée de tulipe sans pétale. Mes bras affaiblis ne se portent plus sur la table.

Poignet ! Poignet !

Mort, fauchez-moi ! Que cessent mes illusions. D'où vient cette voix, une revenante : « Attendez-moi, ma petite pépé !... »

Meng sur la laisse de mer, Meng, Meng...

À présent, cessez votre lecture et penchez-vous un instant sur vos mains – oui – vos mains...

Dos – mon dos – pipi – je dois faire pipi – biscuit – encore juste un – ça fond sous la langue – c'est doux – où est passée ma pelote de laine ? Il est temps de me remettre à tricoter la layette pour mon prochain bébé.

... sont-elles celles d'un jeune homme ? Ou bien portent-elles chacune la même voie lactée que les miennes ? Quand mes yeux sans lunettes s'attardent sur le dos des miennes, le flou de leur vieillesse m'offre un couchant de lotus. Votre torse dans mon dos me porte tout entière. Je suis légère. Vous êtes là. Mais où ?

N'est-ce pas... N'est-ce pas ? N'est-ce pas ?

Sur la laisse de mer, Meng.

Pipi – Biscuit – J'ai froid. Comment me lever ?

Mon espérance à l'heure où le temps ne compte plus sinon l'attente, ombres et lumières jouent sur ma peau diaphane, la vie y chuchote encore un bruit de ruisseau avant la grande sécheresse. Il n'existe plus de marée. Maimez-moi[1] juste un petit bleu, un télégramme, un télex. Madeleine me le lira. Utilisez l'adresse mail de Mathis, mon petit chéri. Suzanne, je lui donne trop de soucis. Camille à son âge joue encore les femmes-sandwichs. Quelle vie. Ne venez plus. Pourtant, vous frappez à la porte-fenêtre du salon. Le bocage est resté derrière vous. Je le vois. Vous arrivez à temps. Quelle porte-fenêtre ? Toc-toc.

Dos – Main – tombe – Un mouchoir – Un mouchoir pour ma goutte au nez qui chatouille – tombe.

Tant pis tombée sur ma lettre, elle vous fera croire à une larme. Depuis combien de temps Suzanne n'est-elle pas venue, combien, elle ne vient jamais de toute façon, jamais, il est temps quand plus rien ne compte...

La main lâche la plume. Une crampe la tiraille, son cerveau la fait hurler :

— Vous me faites mal, mais arrêtez ! Ah !

Le corps de Perle se tord, se dresse. Elle n'écrit plus, s'arc-boute – *prier, il n'est plus l'heure d'écrire, il est juste temps de prier.* Elle s'approche à tâtons du prie-Dieu, jette un chemisier sur cintre accroché à l'accoudoir. Perle reconnaît son chemisier blanc aux dentelles tout à fait floues pour sa vue :

— Madeleine, combien de fois faudra-t-il que je... Depuis quand n'ai-je pas prié ?

Elle avance à petits pas usés, frottés. De retour vers la table, elle psalmodie :

— Dieu, viens à mon aide, c'est un ordre !

1. Cf. « Petit glossaire des mots conçus pour le roman », p. **321**.

Elle poursuit pour elle-même disparue ou pour l'humanité :

— Mon âme improvise une prière, une danse, quand le corps quitte le corps. Tout s'envole et ne retombe jamais. Poussière d'amour et de limbes. La prière demande une grande pratique, excelle comme un grand écart répété tous les jours. L'humilité fait chuchoter : demain, je volerai mieux. Demain, le pas sera un saut de biche.

Elle reprend la lettre, se tient le plus droit possible dans son fauteuil, déteste la plume. Elle est une danseuse, la pointe est une torture à son pied : elle enveloppe les plaies de ses orteils qu'elle scotche avec du sparadrap blanc et épais, puis enfile ses pointes sans réfléchir, sans réfléchir, sans réfléchir, elle n'a pas mal, elle a mal. La répétition – répétition – commence dans la grande salle, où la troupe de femmes et d'hommes en s'échauffant attendent l'arrivée de l'étoile – l'étoile :

> Meng, vous savez que Jean sut votre existence dès le début de notre mariage. Pourtant, il n'y eut aucun enfant à cacher. Il fut heureux de me garder auprès de lui, accepta que je m'évapore vers vous à mon gré. Il arrivait que mon corps, seul, assume comme un automate mes responsabilités de mère : langer, nourrir, partir en courses, donner des ordres en cuisine, repasser, repriser le soir pour gagner du temps sur la journée du lendemain. Corriger les cahiers, interdire, punir parfois, froncer les sourcils souvent et récompenser, récompenser, récompenser, caresser tous les jours, sans oubli, chaque enfant. Bercer tous les jours chaque enfant. Le soir, ne jamais quitter fâchée l'enfant vers le sommeil. Le toucher, l'embrasser. La journée fut belle, n'est-ce pas ? Remercier pour l'aide si précieuse à mes côtés – avoir toujours conscience de l'aide d'autrui, toujours. Quelle chance j'ai eue d'avoir toujours été aidée ! Remercier tant et

tant pour cette vie pleine, rire le plus souvent possible. De temps en temps, sortir le soir seule avec mon amoureux seul aussi. Aujourd'hui, j'entends avec bonheur le soupir de fin du jour d'un homme heureux quand j'entamais à grand-peine mon ultime journée :

— Bonsoir ma Perle, avez-vous passé une belle journée et comment vont les enfants ?

Il n'y eut pas un jour sans cette phrase qu'il m'est arrivé de haïr. J'aurais pu un jour lui cracher à la figure, puisque ma vie m'échappait quand la sienne lui appartenait, moi avec. En ai-je toujours compris le sens ? La danseuse dans sa boîte à musique, était-ce moi remontée tous les soirs pour la nocturne ? Une habitude, une éternelle bienveillance d'un homme bon, l'usage répété d'une question qui ne s'entendait plus, que j'écrasais entre mes mâchoires. Aujourd'hui, grâce à Madeleine, je pourrais mettre en mémoire quelques semeuses, toujours les mêmes, répéter leur envoi sans effort, faire ainsi croire au destinataire que je lui porte de l'intérêt, le même qu'à tous, le même intérêt convenu, formaté. Il n'est pas question de galvauder une présence aimante, la bienveillance d'une pensée. Ce n'est pas ce que j'ai appris ni de la vie ni à Madeleine. Bientôt, je lâche la plume pour la voix. Sachez que pendant cinquante-sept ans, Jean et moi nous sommes dit oui tous les matins. Les enfants dînaient avant nous, puis il nous arrivait d'être trois à table. Il y eut longtemps la place du pauvre venu de la campagne, puis celle de l'absent fut pour vous. Nous le savions tous les deux, alors je sursautais quand j'entendais :

— Ma Perle, vous êtes épuisée ! Laissez-moi border les enfants ce soir. Vous penserez à cueillir les mûres ce samedi, elles seront tout à fait bonnes si vous souhaitez cette année faire votre réserve de confitures pour l'hiver.

— J'étouffe. J'étouffe ! À l'aide, Madeleine ! Ne me laissez pas seule !

Poignet – épaule – dos – reste un biscuit.

— Suzanne n'est toujours pas venue, elle ne vient plus. Quand viendra-t-elle ?

Perle s'affaisse sur le fauteuil. Des mots sifflent au bord de ses lèvres qui les lâchent sans force :

— Vous me tuerez ! J'étouffe. Combien de bonbonnes d'oxygène me faudra-t-il pour tenir jusqu'au bout de votre absence ? De l'air. Ouvrez la fenêtre. Quelqu'un, houhou ! Quelqu'un ! Quelqu'un. J'ai peur. Mon sang se glace. Votre oubli écrase mon cœur. Mais va-t-on m'aider, à la fin ? Dormir. Mourir. Je dois me lever pour aller aux toilettes. Vous vous en fichez puisque vous êtes déjà mort, cette petite contrainte ne vous gêne plus. Qu'on vienne, sapristi. Paix ! Paix, je t'en supplie, prends-moi. Qu'on vienne… Madeleine. Madeleine !

Perle pense avoir crié. « À l'aide ! » effleure ses lèvres.

> Meng, ayez la bonté de sortir de cette chambre. J'agonise. Vous n'avez plus rien à exiger de moi. À jamais vôtre. Laissez-moi mourir seule. Je le veux.

À cet instant, Madeleine entre, la lettre s'achève par un chuchotement :

> Je suis votre première et toute dernière Perle d'amour.

Silence.

Madeleine accompagne Perle jusqu'à son lit, l'allonge, la borde, attend qu'elle s'endorme. Elle revient vers le bureau, s'y attable le dos bien droit pour terminer la lettre à la place de Perle :

I follow your pearl's star.
Your first and last dust of love[1].
Je suis ta vie.

Madeleine se sent prête. Si besoin, elle écrira en français sous la dictée de Perle qui somnole, réclame la paix entre ses lèvres, crispe un sourire, s'endort.

Pour la première fois, au réveil de Perle, Madeleine change les draps du lit.

---

1. « Je suis [du verbe "suivre", *NdA*] l'étoile de votre perle. Votre première et dernière poussière d'amour. »

17

PERLE n'atteindra pas son bureau dégagé, mis à découvert, le fauteuil calé tout contre le bord, le dossier parallèle à la table. La lettre achevée s'étale à la surface du bois ciré, prend la pose, prête à la dernière signature d'une main en voie de disparition. Espèrent encore quelques stylos-rollers en première ligne, aux aguets d'un ultime soubresaut de vie. Ils exposent leur raideur intraitable, brillante. Une goutte d'encre vive bruisse à leurs pointes, billes rutilantes, attend d'être lapée à la fontaine par une gorge assoiffée de marche, d'histoire – un vol d'hirondelle –, une gorge qui brûle d'amour entre deux gorgées, deux silences, deux lignes, pendant que le soleil étire sa parabole, la vie entre deux paroles avant d'aller mourir un peu plus loin à l'autre bout du jour. C'est à peine si Perle se souvient de sa déraison de la veille. Elle frôla la mort, ne signa pas la lettre, revint à la vie. Ce matin, une douleur la lance du poignet jusqu'à l'épaule. Levée par Madeleine puis assise devant le lavabo de la salle de bains, elle se toilette de la main gauche, son bras droit bat de l'aile, elle tourne le dos à Madeleine qui s'affaire dans la chambre. Le gant de toilette gorgé d'eau tiède et de savon Roger & Gallet. L'eau dégouline le long de son avant-bras dans sa manche jusqu'à son sein. Perle lance la conversation :

— Madeleine, êtes-vous là ?

— Oui, madame. Bien sûr. Avez-vous besoin d'aide ?

— Pas encore. Prenez patience. La mort approche, bientôt vous me laverez au lit.

— Ne vous pressez pas d'y arriver. N'êtes-vous pas bien assise ?

— Madeleine... vous lavez-vous assise ?... En ce qui me concerne, c'est l'heure.

Une seconde, Madeleine cesse d'épousseter les meubles, puis le plumeau et ses fesses rebondies reprennent leur va-et-vient cadencé. Perle enchaîne :

— Au fait ! Vous parlez un français remarquable. Meng ne viendra pas.

— Tiens ! Vous avez reçu un maim de confirmation ?

— Les morts ne savent pas maimer leurs affaires aux vivants.

— Mais alors comment...

— Les hommes vivent moins longtemps que les femmes. C'est une question de statistiques. Venez m'aider, s'il vous plaît, j'ai mis de l'eau partout, quelle honte.

Madeleine s'approche de Perle qui se redresse dans la chaise en plastique, se lève d'un bond, le coude empaumé par la main solide de Madeleine. Perle poursuit :

— Pourriez-vous me trouver quelques informations sur Angkor de nos jours ? Je ne saluerai plus jamais le grand roi, gardien de l'espace à la porte occidentale de Ta Prohm.

— Hein ?

— Allez plus loin. « Je vous prie de m'excuser » est une bien meilleure formule de politesse.

Perle s'est très légèrement maquillée de travers, vêtue d'un peignoir très chic de soie orange et parme imprimé de fleurs d'hibiscus couleur jaune paille. Sans hésiter, elle cesse de regarder son image lumineuse – *J'ai une tête de cadavre tous les matins, alors je me maquille*[1] : ne pas s'attarder face à sa propre vieillesse sous peine de perdre l'énergie de toute la journée à venir. Un instant, dans le miroir de la salle de bains, ne se reflètent plus que son profil de reine, ses cheveux retenus en un chignon éternel, souple dans la nuque. Celui-ci disparaît lentement, Perle a du mal à se tourner, repousse le bord de la chaise à la force de ses cuisses et de ses bras sur les accoudoirs, parvient enfin à ouvrir son passage vers sa chambre. Elle avance avec peine, se traîne très courbée, se perd dans des explications confuses, ses paroles se bousculent dans sa poitrine, buttent contre ses lèvres, puis lui reviennent en boucle :

— Angkor ou l'art khmer, avec beaucoup de précisions.

Les yeux écarquillés, Madeleine s'y perd, finit par comprendre ce que lui réclame Perle : une véritable revue de presse sur le Cambodge moderne. Et Perle insiste :

— Pouvez-vous me comprendre ? Je veux savoir de quoi ils meurent. De leurs poumons tuberculeux, de leur foie impaludé ou du sida non dépisté. Savoir de quoi on meurt, c'est important, vous savez. Et les enfants… Les enfants, Madeleine ! Les petites filles vendues à la frontière thaïlandaise… J'aurais dû suivre

1. Propos de Louise D., 97 ans.

Meng, monter à bord. Nous étions en avance sur le quai. Ma fierté d'aimée m'a perdue. Meng devait secrètement me rejoindre en France. J'étais tout juste majeure, ligotée comme un fagot à mes parents par toute la force immense de leur peur et de leur statut social. Être rassurés fut la seule récompense que leur donna mon offense. J'avais *cou-ché* avant de me marier. Alors je leur obéirais, c'est tout.

Perle s'essouffle, tressaute de tout son corps, reprend :

— Madeleine, mon p'tit, n'ayez jamais peur d'aimer. Jamais, m'entendez-vous ?

— Oui madame, oui, moi, jamais peur d'aimer.

— Auriez-vous perdu votre français ?

— Non, je répète pour apprendre.

— Meng a filé vers la Chine juste avant la Seconde Guerre mondiale, puis je l'ai su installé au Japon, puis je l'ai perdu pour le restant de mes jours. Hiroshima… y était-il ? J'ai fini par quitter moi aussi le Cambodge. Bien plus tard, mariée, j'ai rejoint les files d'attente devant les magasins, les tickets de rationnement. J'ai alors découvert Paris et la Manche. Les gens étaient tristes, j'étais presque heureuse. J'étais une sale petite indécente. Je n'aurais jamais dû me sentir heureuse. Puis j'ai suivi Jean *all over the world*[1] ! Comment trouvez-vous mon maquillage ce matin ?

Face à autant de paroles bousculées, Madeleine se tait. Elle a appris à aimer le silence de Perle quand elle écrit. Écrire est devenu pour elle un signe de bonne santé. Quand Perle soliloque sans fin sur les mêmes vieilles histoires aux éternelles blessures, Madeleine est inquiète.

1. « Partout dans le monde. »

— Mais qu'attendez-vous, bon sang ? Cherchez-la ! Il faut la retrouver à tout prix ! Elle ne peut pas être perdue ! Ce n'est pas possible ! Et surtout, elle ne doit pas partir ! Vous m'entendez ?

— Mais qui ça, elle ? C'est un téléphone qu'on cherche ! Vous vous rendez compte, si une de vos filles appelle et que vous répondez pas ?

— Elles ont le vôtre. Ce fichu téléphone peut bien attendre que je meure, je m'en fiche !

— Madame Perle, vous voilà repartie j'sais pas où. Vous m'faites peur.

— Mais je suis bien vivante, moi ! Devant vous. Et je vous pose la seule question qui compte : où est passée la lettre que je gardais précieusement dans ma poche de droite à côté du portable ? Qui d'autre que vous a accès à cette poche, je vous le demande ! Qui ? La retrouver est une urgence vitale !

Madeleine reste la bouche ouverte. Debout, Perle trépigne – une violente bourrasque parmi les fleurs de sa robe fait tomber tous les pétales qui en alourdissent l'ourlet et fige Perle debout, une couronne affaissée de pétales éparpillés autour des genoux. Madeleine écarquille les yeux, le tissu de la robe est presque uni.

— Mais cessez de me regarder comme une fleur sans pétale ! Faites quelque chose ! crie Perle en sortant à petits pas secs de la chambre où Madeleine entame les recherches sans hasard dans la pièce rangée, impeccable.

Sur le rebord du lavabo, le gant de toilette dégouline, un goutte-à-goutte sur le sol.

Dans le salon, le long de la grande fenêtre, Perle fait les cent pas :

— C'est insensé ! Insensé. Cette lettre était dans ma poche depuis la mer. Elle y était… À moins que… À moins qu'à perdre la tête, je ne l'aie pas écrite ! Quel jour sommes-nous au juste ?

Perle devine que Madeleine s'affaire derrière la porte. Elle ne peut pas s'asseoir, son corps se raidit un peu plus. Le chat détourne son attention. Tout à fait réveillé, il fixe Perle par ses fentes enjôleuses, miaule, quémande son entrée dans la pièce, se frotte contre la fenêtre fermée, son poil épais et sensible contre le carreau frais, présente une nouvelle fois sa demande, ronronne à loisir, à gorge gonflée. Face à l'expression bruyante de l'animal tout à son plaisir, Perle a cette pensée : *Alors là ! C'en est trop !* Pétrifiée de colère, elle se campe face à la fenêtre, les poings à la taille. Ses yeux exorbités tentent de creuser ceux du chat. Sur le rebord de bois clair et ciré, son portable vibre, se déplace, se rapproche du vide, s'y penche. Perle s'excite :

— Mais qu'est-ce que tu fais ici ? D'où viens-tu ? Fiche-moi le camp, sale bête !

Le portable est tombé sans bruit, a rebondi sur la moquette, a cessé de ronronner. Face au cri vociféré de Perle, la queue basse, le chat silencieux détale en direction du balcon voisin. Perle épuisée s'assoit puis s'allonge sur la méridienne du salon, prête à toutes ses heures d'insomnie. Elle a posé sa tête sur un oreiller blanc couvert d'une serviette éponge. Du bout de ses doigts raidis, elle couvre à peu près ses jambes affaiblies d'un plaid léger mais très chaud en matière synthétique, quadrillé de rouge et de jaune. Malgré tout, un long soupir lui échappe, l'emmène vers le sommeil :

— Que faire si ce n'est mourir, mon cher Meng. Mes pensées du moment ne seront pas écrites. Elles s'évaporent gentiment de mon cerveau qui m'emmène où bon lui semble. Je m'en vais. J'attends le sommeil. C'est une douce sensation que de vous parler sans vous écrire en sachant que vous ne m'entendrez pas. Je me maquille tous les jours dans le secret espoir de vous revoir. Personne ne peut m'entendre. Vous accueillir au plus près de ma jeunesse. Mourir jeune, parler comme écrire, danser et mourir. Votre vue effacera les rides de mon visage éclairé par votre venue. Je me maquillerai jusqu'à la chute du crayon de ma main en train de s'éteindre. Est-ce possible d'écrire sans crayon de maquillage ? Je ne mourrai pas dans vos bras, mais dans ceux de ma douce Madeleine. Où est-elle ? En promenade au bord de la mer ? Accrochée à quelle semeuse ? Pourvu que les jeunes gens se mailent de s'aimer. Nos langues ingénues se réclamaient pour s'apaiser. Elles se léchaient sans se toucher pendant longtemps. Cela rendait nos baisers plus forts. Nos pointes d'esprit étaient autant de coups de langue, de caresses pour dire notre amour quand les corps s'effleuraient à peine sans se taire tout à fait. Ce fut cinglant, à sang quand notre amour cessa. Osons voir aujourd'hui son éclat. Permettez-moi une dernière semeuse à l'homme qui n'a pas de portable.

> Si vous venez, soyez heureux ! Votre libellule vous quitte. Restez au chaud de votre ciel bleu. Adieu !

Au bord du sommeil, Perle croit avoir crié :

— Madeleine ! Madeleine ! J'ai peur ! C'est la fin, mon p'tit ! C'est la fin !

Puis elle entend :

— Mais enfin Perlette ! Si vous voulez qu'elle vous entende, ouvrez la bouche ! Vous n'allez pas mourir toute seule ! C'est toujours injuste de mourir seul. Faites un dernier effort : criez ! Criez, bon sang, criez !

Perle n'a pas entendu Meng. Un grand silence occupe le salon où le jour diminue plus vite en cette saison. Aucune lampe n'est encore allumée. Perle repliée sur le côté, les genoux vers son ventre sans l'atteindre, dort dans la pénombre de la pièce qui semble protéger son repos. Quand Madeleine passe de la chambre dans le salon, elle n'a pas retrouvé la lettre perdue. Avant que sa vue ne s'habitue à l'obscurité ambiante, elle cesse sa course à l'aveugle :

— Mais où êtes-vous donc passée ? ose-t-elle pour être entendue.

Elle se précipite sur l'interrupteur, se retourne à la lumière vers la méridienne :

— C'est pas vrai, vous dormez. Ce n'est vraiment pas la bonne heure. Tant pis pour ce soir. Je vais vous faire des haricots au beurre persillé.

Madeleine se penche vers le sol, ramasse le plaid qu'elle replace sur le corps de Perle endormie, sereine. Elle pince sa lèvre inférieure : *Dormez bien ma Perle. Je vous le promets, je retrouverai cette lettre. J'vous l'jure !* Perle dans un demi-sommeil croit lui répondre : *Ne jurez pas ! Vous ferez votre possible. Quant à la bonne heure, elle arrivera à temps. Patience. À tout à l'heure, ma p'tite douceur. Et mettez beaucoup de beurre !*

18

DEPUIS la disparition de la lettre, Perle refuse de quitter son lit, c'est tout juste si Madeleine existe. Sans ouvrir ses lèvres, elle lui a réclamé trois oreillers dans son dos. Madeleine installe une table roulante devant Perle. C'est l'heure de manger – picorer plutôt. Chaque repas est frugal, chaque aliment réduit en purée très fine, facile à glisser entre lèvres et mâchoires serrées. Perle n'en a pas besoin, mais elle mange à la petite cuillère. Elle ne parle plus. Sa réflexion l'a amenée à douter de Madeleine, une grande déception pour elle. À travers ses lèvres disparues, cela donne : *Si j'avais su !* Tous les midis, elle se sustente en tête à tête avec le chat qui ne quitte plus le rebord de la fenêtre. Elle mâche lentement chaque bouchée de bouillie et elle fixe le chat droit dans les yeux sans défaillir. Elle n'a aucune force pour le chasser, pense avec fermeté : *Tu n'auras rien ! Tiens-le-toi pour dit ! Sale !* Le chat miaule discrètement. Perle poursuit sa lente mastication de chaque bouchée qui compose son repas. Madeleine a calculé le temps qu'il faut à Perle : quarante et une minutes pour dix bouchées, trois minutes et quarante-sept secondes pour un petit-beurre. Elle sait qu'elle la nourrira bientôt à la paille et à la boisson protéinée. Elle entre dans la chambre pour retirer le plateau, enlever la table roulante du lit, taper les oreillers si Perle l'y autorise, quand elle n'enfonce pas ses épaules de toutes ses forces pour signifier à Madeleine : « Ils vont très bien comme ça mes oreillers. » Puis Madeleine couvre le corps endolori de Perle jusqu'à la poitrine après qu'elles ont échangé un regard dont le sens leur échappe. Elles ne se comprennent plus. Le souhaitent-elles encore ? Une certaine obscurité s'installe dans la pièce. Madeleine tire le rideau, le chat disparaît du décor. Les paupières de Perle tombent comme deux pétales. Madeleine sait qu'il est temps pour elle de quitter la chambre. Attendrie, elle regarde Perle se retirer d'elle-même, une brume entre ciel et mer.

Au plus tendre des hommes,

J'ai décidé de ne plus vous écrire. Je radote. Vous l'ai-je déjà dit ? Penser à vous avec tendresse est possible. Cette lettre n'existera pas. Je me meurs. Mon corps ne danse plus qu'en rêve. Mais il danse encore ! Je prie de toutes mes forces. Les mots m'échappent. Je n'existe presque plus. Mais si tout semblait prêt à me cueillir à l'improviste d'une vie paisible, un imprévu me chagrine au point de retarder ma mort. Ma lettre la plus précieuse a disparu. Mourir avant de l'avoir retrouvée est impossible. Je mets Madeleine à l'épreuve une fois de plus. Pourquoi m'avoir volée ? Elle ? Moi. Elle sait ce qu'il s'est passé. Qui d'autre qu'elle pourrait avoir fouillé dans mes affaires ? Il ne peut en être autrement. À moins que par un contre-ordre fâcheux – donné par qui ? –, elle ne vous l'ait envoyée sans mon accord. Ah ! un désastre. Mourir dans une telle infamie ! La seule qui devait rester secrète, l'intime de mon intime, dévoilée au monde, au vôtre par voie aérienne. Nous pensons tout prévoir – oui, tout –, cela nous rassure, les boîtes de la rationalité, les unes dans les autres. Tout cela nous empêche d'être tout à fait heureux. Pouvez-vous y croire ? Un chat indécent ne cesse de me surveiller du matin au soir, m'impose une tactique sophistiquée pour l'ouverture des fenêtres en fonction de ses allées et venues : ma chambre la nuit, la cuisine le jour. Une de vos lettres a disparu. Madeleine ne chante plus, mon silence lui a coupé le sifflet. Vous ne viendrez plus. Attendre pour mourir ? Suis-je idiote ! La lettre perdue. Je monterai la garde jusqu'au dernier jour. Joshua, veuillez souffler encore un peu sur mon feu, qu'il réchauffe mon silence, puis ma perte, avant de mourir.

Perle sombre dans un sommeil inaccessible. Sa pensée disparaît dans le noir de la pièce où tout est immobile sans un soupir possible. Sur le bureau, une feuille blanche installée par Madeleine attend, attend, reste blanche, respire, attend, reste. Le souvenir de Meng s'apprête à quitter celui des vivants. La feuille blanche vibre. Le chat reste figé derrière le rideau. La fenêtre entrebâillée l'empêche de se faufiler dans la pièce. Quiconque aussi proche que le chat de la chambre pourrait entendre :

— Monsieur Chastelard ! Pourquoi manquer de vigilance ? Les ragots vous ont égaré ! Pourquoi avoir remis la lettre à la reine Dauphine ?

La faiblesse de Perle la garde inanimée à plat dos. Seul son visage va et vient sur les oreillers, dévoile son profil gauche, son profil droit. Saisir son humeur de face est impossible. Sa tête bat de l'aile. Le chat très éveillé miaule, bêle presque, craintif s'étire, flaire du bout de son museau ce qui se passe derrière le rideau tiré, faufile de nouveau sa patte toutes griffes dehors par la fenêtre dont il gratte le bois. Passer la patte jusqu'au torse par l'ouverture n'est pas entrer tout à fait dans la pièce. Derrière le rideau, auréolé de ses cheveux clairsemés et emmêlés comme le tourbillon d'une écume blanche et légère, le visage de Perle chaloupe d'un profil à l'autre, place son corps fuyant dans un grand désarroi où la pensée secouée tente malgré tout de se poser quelque part, de s'apaiser :

— Pouvoir aimer et rester libre, pourquoi ne pas l'avoir vécue, votre modernité ? Vous avez tout gâché. Après, vous auriez fait un feu de toutes vos lettres ! Afin que votre amour ne laisse de trace qu'en votre cœur. Hélas ! Vous déclinez l'offre de votre vie et que la Cour vous autorise ! Quand un amour meurt, c'est qu'il a vécu. Vous a manqué un crayon de maquillage du début du XXIe siècle, seyant à votre teint courtisé, pour vous lancer à l'assaut de notre monde moderne. Vous y étiez presque… Comme vous nous auriez fait gagner du temps ! Ma lettre… Ma lettre… L'ai-je pensée sans l'écrire ? L'ai-je oubliée en bord de mer, perdue dans la vapeur jaune paille d'une écume pleine et ronde déposée sur le sable ? Est-elle cachée ? L'ai-je avalée ? Monsieur de Nemours, comme votre visite me tarde ! Apportez-moi votre réconfort d'amoureux transi dont seul un homme est capable. « Je vous ai trop aimé pour vous laisser croire[1]… »

Pause dans le flux de la pensée de Perle comme une saccade, un talon de flamenco sur le bois de la scène, puis elle reprend dans une courbe de hip-hop :

— Et pourtant… Et pourtant, mon corps m'échappe. Monsieur, seule mon âme à la légèreté immortelle peut

1. Madame de Lafayette, *La Princesse de Clèves* (publié anonymement en 1678).

encore vous parler ainsi. Mes lèvres ne s'ouvrent plus faute de salive, ce que vous lisez monte d'un endroit de l'âme qui m'est tout à fait inaccessible. Ainsi, la pensée venue de si loin, je l'attrape à la surface de ma bouche avant qu'elle ne lui échappe. Cela monte ainsi, monte ainsi… Me voici plus légère qu'une pensée à cette heure, je me meurs.

Sur le qui-vive, Madeleine, déjà dans la chambre, ose, garde son calme :

— Vous m'avez appelée, mad' Perle ?

— Vous croyez ? répond Perle désorientée, la mâchoire tremblante, étonnée du songe d'où elle émerge.

— Si vous souhaitez que je contacte au plus vite monsieur de Nemours, pouvez-vous me confier son numéro de téléphone portable ?

— Moooonsieur de Nemours ? Mais où suis-je… tente Perle qui referme les yeux pour mieux se concentrer.

Madeleine insiste :

— Je pourrais l'appeler de votre part !

— Madeleine ! Madeleine ! J'ai rêvé !

Le corps de Perle tressaute à peine, elle part dans un grand éclat de rire qui ne peut pas se voir :

— J'ai la chance inouïe d'avoir rencontré monsieur de Nemours !

— Qui est-ce ? Mais au fait, vous reparlez ! Vous êtes plus fâchée ?

— Courez dans ma bibliothèque et cherchez à Madame de Lafayette, prenez *La Princesse de Clèves*. Vous me devez une lecture.

— Je vous dois quoi ? Vous devriez aller vous-même chercher ce livre pour vous dégourdir les jambes.

— Bien tenté, mais je reste dans l'alcôve sensuelle de mon rêve. J'attendrai votre lecture dans mon lit. Puis je me lèverai, c'est promis. Je ne suis plus fâchée.

— Ça recommence, la sérénade… lâche Madeleine.

— Vous, Madeleine ? Vous dansez la sérénade ? Incroyable !

— À force de vous entendre, j'prends vos mots. J'sais même pas c'que c'est.

— La sérénade est une danse qui…

— Taisez-vous ! Je vais chercher la zouz Clèves, répond sèchement Madeleine qui s'éclipse vers le salon.

De loin, Perle peut entendre :

— Trouve pas ! Faut vous lever !

— Ouvrez les yeux Madeleine… à « De » ou « La »… J'hésite toujours…

— Wesh !

Dans l'attente de la lecture, Perle lâche sa pensée à haute voix :

— Mais où est-elle ? Vais-je oser en parler à Madeleine ? Attendre l'arrivée de Suzanne qui ne sait rien, qui n'est pas au courant de ma correspondance ? Pas question, cela me fatigue. Pourquoi ai-je si froid ?

Victorieuse, Madeleine revient, le livre à la main, brandi au-dessus de sa tête :

— Je l'ai trouvé !

Elle l'ouvre à une page :

— Mais c'est pas du français ça !

— Ouvrez le livre au bon endroit, Madeleine. Je n'ai pas pu retirer le marque-page.

Avec une application discrète, surprise d'elle-même, Madeleine feuillette le livre où certains passages sont soulignés au crayon à papier très léger. Elle relit plusieurs fois chaque extrait pour éviter toute écorchure lors de la lecture à voix haute qu'elle prépare pour Perle. Timide, incertaine, elle marche à pas de velours dans sa lecture comme elle glisserait sur des patins dans une salle de bal une heure avant la fête à laquelle elle ne peut pas imaginer être conviée. Le parquet ciré ne doit pas être taché avant le bal. Les mots forment une jolie mosaïque – elle saute à la marelle de galet en galet –, émergent de la rivière. Elle traverserait la salle sans mouiller ses patins. Madeleine articule à grand-peine, lit lentement, s'imprègne des mots qu'elle mâche pour mieux les comprendre. Sa langue bute contre ses dents. Une langue étrangère pénètre gentiment son cerveau prêt à l'accueillir, surpris de l'émotion qu'il découvre. C'est entendu :

— Page 132 : « Un homme moins pénétrant ne s'en fût peut-être pas aperçu ; mais il avait déjà été aimé tant de fois qu'il était difficile qu'il ne connût pas qu'on l'aimait[1]... »

Perle enchaîne :

— Quelle langue magnifique ! Elle témoigne de l'extrême lenteur que les corps amoureux mettaient à l'époque pour s'approcher d'abord, se toucher quand aimer changeait tout à l'union. S'agit-il d'autre chose aujourd'hui, Madeleine ? Mais je crois que le marque-page est à une autre page, n'est-ce pas ?

— Vous croyez ?...

Madeleine hésite et poursuit :

— « Puisque je viens de perdre la triste consolation de croire que tous ceux qui osent vous regarder sont aussi malheureux que moi[2]. »

1. *Ibid.*
2. *Ibid.*

— Monsieur de Guise ! Le seul vrai rival ! Il va partir puis mourir. S'il vous plaît, Madeleine, cessez de me faire lambiner. La bonne page est marquée. Allez-vous la trouver, oui ou non ?

— Lettre – page 143 dans la collection Flammarion. Deux points. « Je vous ai trop aimé pour vous laisser croire que le changement qui vous paraît en moi soit l'effet de ma légèreté[1]. »

Silence.

Les mots se déploient, volent entre les deux femmes, visages et cerveaux se rencontrent comme pour la première fois.

— Répétez, s'il vous plaît, cette première phrase. C'est un bijou.

— Lettre – page 143 dans la collection Flammarion. Deux points. « Je vous ai trop aimé pour vous laisser croire que le changement qui vous paraît en moi soit l'effet de ma légèreté. »

La lecture prend son temps. Sans peine, les mots en Madeleine ricochent ou bien jouent aux bulles de savon qui s'élèvent, espèrent l'éternité. Perle ne regarde pas Madeleine qu'elle appelle :

— Vous rendez-vous compte ? Ils se sont aimés sans aucun doute possible sans se toucher le bout du doigt.

— C'est dingue ! Impossible de nos jours. Comment pouvaient-ils savoir que ça marchait sans baiser ?

— Sans un seul baiser, dites-vous ? Sans baiser ni bigeade[2]. C'est tout à fait cela.

— Mad...

---

1. *Ibid.*
2. Du verbe « biger », ancien français pour « embrasser » (cf. Madame de Sévigné, George Sand).

— Baiser suffit-il pour savoir qu'on s'entend ?

— Ben ça compte quand même, c'est la base même, j'trouve.

— Baiser, c'est la base, joli jeu de mot.

— Ouais, j'avoue !

— Dites-moi combien de fois vous avez joui tout à fait.

— C'est bon, là, lâchez-moi !

— Écoutez cette histoire, tendez l'oreille, ne lâchez pas ma main, ce n'est pas simple et si simple à la fois cette histoire de Cour : madame de Thémine écrit cette lettre à son amant qu'elle aime, le vicomte de Chartres qui, lui, a trois amantes, dont la reine qu'il ne veut pas perdre. La lettre tombe de la poche du vicomte de Chartres au jeu de paume. Monsieur Chastelard la ramasse, la croit tombée de la poche de monsieur de Nemours. Monsieur de Nemours porte à madame de Clèves un amour véritable, qui est réciproque, mais encore inavoué. Madame de Clèves n'est pas amoureuse de son mari, éperdument amoureux, lui, de sa femme, laquelle lui voue une reconnaissance et une fidélité éternelles. La reine, qui exige la lettre déjà rendue à madame de Thémine, veut démasquer son amant. Le bruit court que la lettre était destinée à monsieur de Nemours, à qui on attribue donc un amour qui n'est pas le sien. Celui-ci, pour protéger son ami le vicomte de Chartres, accepte d'être le faux destinataire de la lettre, mais révèle alors son amour à madame de Clèves, avec qui il décide d'écrire une fausse copie de lettre qui sera remise à la reine comme étant l'original. Cette fausse lettre protégera leur amour des troubles de la Cour. Ils se retrouvent chez elle sous la protection du mari qui tient à l'honneur de sa femme – l'amour des amants ne doit pas être vu à la Cour. Les corps ne se toucheront surtout pas. Madame de Clèves et monsieur de Nemours réécrivent ensemble la lettre de mémoire, partagent alors le moment le plus sublime de leur vie qui révèle leur amour. Monsieur de Clèves meurt de savoir sa femme amoureuse d'un autre homme. Madame de Clèves, libérée par le veuvage, n'acceptera jamais de révéler l'amour partagé avec le duc de Nemours, afin que la mort de son mari amoureux ne soit pas l'occasion facile de sa félicité.

— J'ai rien compris, sauf qu'on a rien inventé. Vive jadopte-un-male.com ! C'est juste une histoire de cul.

— Cela vous gêne que cela soit une vraie histoire de cœur, n'est-ce pas ? Alors vous devenez agressive avec votre grossièreté qui cherche à m'éloigner de vous. Vous n'avez pas encore compris qu'il m'en faut beaucoup plus pour que vous me lassiez ? C'est une histoire de Cour et de cœur. Elle respecte tant son mari, à qui elle doit sa notoriété et sa digne place dans la société, qu'elle ne le trahira pas. Cet engagement révèle la puissance de l'amour qu'elle porte à son amant.

— J'y comprends rien. Pourquoi elle part pas avec lui puisque son mari il est mort ?

Madeleine reprend le livre sans chercher à le lire, elle le feuillette comme un jeu de cartes sans savoir y jouer, s'énerve. Perle reprend la conversation :

— Lisez la dernière phrase.

Madeleine cherche la dernière page.

— « Et sa vie qui fut assez courte laissa des exemples de vertus inimitables[1]. » Eh ben, encore une qui n'aura pas su faire l'amour.

---

1. Madame de Lafayette, *La Princesse de Clèves*.

— Comment vous permettez-vous un tel jugement ? Vous baisez, certes ! Mais savez-vous jouir ? Adaptez vos exigences à la modernité ! La femme d'aujourd'hui devrait jouir autant qu'un homme. Alors ? En êtes-vous là ?

— De temps en temps, c'est super, mais sinon rien.

— De temps en temps, c'est tout ? Un homme amoureux est galant, il devrait vous faire jouir avant lui à chaque fois.

— C'est quoi l'délire ? Vous êtes pas à jour, là !

— Êtes-vous une femme moderne ou pas ? La modernité de Madame de Clèves est de ne pas être rentrée dans le moule de l'amour conventionnel, l'amour légitime, celui qui se conforme aux principes de la société. Lisez la première phrase.

Madeleine tressaute, s'exécute, se recroqueville, remonte les pages à rebours, hésite dans sa lecture :

— « La magnificence et la galanterie n'ont jamais paru en France avec tant d'éclat que dans les dernières années du règne d'Henri Second[1]. »

— La Cour ! Madeleine, la Cour, où aimer peut être mortel, mais haut lieu du courtiser, du baiser serré. L'amour expose toujours, affaiblit. C'est le seul risque de la vie. La révélation d'un véritable amour dans la lettre d'une femme qui se perd à la Cour révèle un deuxième amour, idéal, magnifié, qui, pour se protéger du jugement de la Cour, justifiera l'écriture d'une seconde lettre identique, mais fausse. Un amour si idéal qu'il n'est pas humain, mais romanesque. Un amour qui fait rêver, mais qui n'existera pas.

— Tous rendez-vous sur Mimique !

---

1. *Ibid.*

— Pardon ?

— Mimique, c'est un site de rencontres. Ça marche de ouf !

— De quoi me parlez-vous, Madeleine ?

— Une rencontre à distance par lettres très courtes sans se toucher, après on peut se toucher sans s'aimer, ça pass' au calme.

— Ah ! bon ? Ah ! bon…

— Vous n'en avez plus besoin. Meng ne tardera pas à venir. Et vous n'avez pas le 06 du duc de Nemours.

— C'est bien dommage. N'oubliez jamais *Le Petit Prince* et *La Princesse de Clèves*. C'est la première fois qu'une femme ose révéler dans la littérature ce qu'est l'émotion amoureuse d'une femme, quel que soit le mariage auquel elle est liée. Madame de Lafayette est publiée de façon anonyme en 1678. À l'époque, elle est beaucoup critiquée. Véritable danseuse étoile, elle fait le grand écart entre la première et la dernière phrase de son roman, entre le lustre obligatoire de la Cour et le silence spirituel nécessaire à toute création…

Perle fait une pause, son corps tremble, semble passer sous le matelas tant la fatigue l'écrase. Elle frémit :

— Merci pour ce doux moment de littérature, le dernier sans doute.

— Pas d'quoi !

Madeleine, désorientée, se trouble :

— Le dernier ?

— M'autorisez-vous à dormir un peu ?

— Je vous laisse dormir, mais après votre sieste vous vous lèverez !

— Où avez-vous appris un français aussi impeccable ?

— Que diraient vos filles si elles vous voyaient au lit toute la journée ? Trois jours et trois nuits dans le plus grand silence – comment vous dites… – mystique ?

— Mimique plutôt. Retrouvez ma lettre. Je suis la reine et j'ai mes exigences de Cour. Et puis si je meurs, cela m'évitera de me lever.

— …

— Allez, disparaissez, ma gentille.

— Dormez bien ! À tout à l'heure pour une promenade en bord de Seine !

Dans sa poche, Madeleine serre son poing sur son portable dont elle essaie d'étouffer la vibration qui précipite sa sortie de la chambre vers le salon. Une tulipe rouge trop ouverte vient de perdre un pétale et son pistil.

19

— Bonjour Madeleine, c'est Suzanne. Comment allez-vous ?

— Bonjour madame, ça va, merci.

— Où en sommes-nous ?

— Elle m'accuse de vol. Elle n'a pas besoin de parler. Je sais bien qu'elle m'accuse.

— Madeleine, elle vous pardonnera si elle sait un jour ce que nous en avons fait. Nous sommes tous auprès de vous, vous le savez bien.

— Sauf que vous êtes pas là.

Pour elle-même :

— *I'm alone*[1]...

Elle reprend :

— Et puis vous n'allez quand même pas lui dire ?

— Madeleine, ne vous énervez pas. Tenez jusqu'à mon retour du Japon.

— Ah ouais ?

Fort et entre ses dents :

— Y m'gavent tous là.

---

1. « Je suis seule. »

— Vous dites, Madeleine ? Ces outils modernes, c'est pire que le premier téléphone. Je ne vous ai pas entendue. Madeleine, une semaine…

Madeleine parle pour elle-même :

— Elle est plus sourde que sa mère.

Suzanne poursuit :

— Plus qu'une semaine ! Souvenez-vous que j'ai la même écriture qu'elle. Exactement. Je suis dans les bagages… Et je m'affaire de toutes mes forces pour vous rejoindre.

— C'est d'famille de parler comme un dictionnaire ! Et vous savez même pas utiliser un scan… « C'est-y pas malheureux », comme me sort parfois votre mère.

— Le dictionnaire, on l'appelait le juge de paix ! Toujours sur la table en cas de conflit.

— Quel conflit ?

— Madeleine, ce n'est pas grave. Calmez-vous. Nous vous devons tellement. Le savez-vous au moins ?

Madeleine déteste son corps, sa voix, son visage, elle se hait. Suzanne, beaucoup plus âgée qu'elle, lui semble en pleine forme, plus jeune qu'elle. Madeleine lutte contre une fatigue profonde et longue. Elle baisse les yeux, s'éloigne de l'écran, soupire. Elle ferait l'impossible pour cacher sa détresse, elle n'a toujours compté que sur elle-même :

— Non, je gagne ma vie comme je peux. On m'oblige à apprendre le français. Je me fais siffler comme un chien quand je parle mal… Oups, pardon !

— *No problem*, Madeleine. Vous avez l'air fatiguée. Vous mangez ? Vous dormez ?

— Z'êtes pas ma mère.

Ses dents grincent, font siffler ses oreilles.

— Je vous dois bien cela. Nous serions bien embêtés s'il arrivait quelque chose à notre aidante. Je dois m'inquiéter de vous, car nous avons confiance en vous.

— Ah ! C'est quoi cette... comment elle dit déjà, Perle... lo-gor-rhée ? scande Madeleine.

— Mais enfin ! Madeleine ! Évidemment ! Bon, il faut trouver une solution.

— Mais vous l'avez, la solution ! Votre mère s'est bien mise aux semeuses, elle !

— Aux quoi ?

— Elle ne veut pas entendre parler de SMS. Elle sème quand elle aime.

— Ah ! je vois, elle vous enseigne aussi la poésie. À moins que cela ne soient Jonas et Mathis...

— Elle essèmesse comme moi. Pourquoi vous voulez pas apprendre à scanner votre lettre ?

— La scanner ?

— Attendre une semaine, c'est pas d'la folie, c'est la mort ! Vous allez m'écouter maintenant, parc' que ça urge ! Vous photographiez votre lettre réécrite avec votre portable et vous me l'envoyez par mail. Je l'imprime sur une feuille slim à Perle. Elle n'y verra que du feu...

— Je photographie, je scanne, vous imprimez, elle est rassurée avant de mourir... Je scanne... J'appelle Guillaume, il va m'aider j'en suis certaine. Je vous tiens informée. C'est trop compliqué pour moi ! J'ai besoin d'aide.

— Mais vous avez quel âge ?

— J'ai soixante-dix-sept ans, *and I do my best*[1], OK ? Je dois vous quitter, Madeleine. Le temps presse. S'il

1. « Je fais de mon mieux. »

vous plaît, supportez-nous encore un peu. Vous pouvez compter sur mes recommandations ultérieures. Ce n'est pas le moment, j'en ai conscience. Mais croyez-moi, elle ne mourra pas avant d'avoir retrouvé sa lettre. Parce que cette lettre s'est perdue entre le Japon et Hong Kong. C'est un comble, non ?

— Si vous l'dites. Je n'ai jamais lu la lettre qu'elle recherche. La mienne, c'est pas cell'-là ! Perle a bien diminué depuis votre dernière visite.

— Il y a deux lettres de perdues ? Ne me faites pas peur, je vous en supplie. Je dois… je dois la revoir avant qu'elle ne meure… Il le faut… Maintenez-la en vie par n'importe quel moyen, je vous l'ordonne ! J'arrive !

— Vous êtes drôle… *I do my best too*[1]. Je vais lui donner des boissons protéinées à la place du lait de vache. Ça va pas être simple… Réveillez vos frères… Ah ! les hommes !

— Ne dites pas cela. Ils sont bons. Je m'en occupe. Ils l'aiment tellement, vous savez. Il se taisent, s'éloignent pour ne pas souffrir. Que voulez-vous ?

— Voir ma mère.

— Comptez sur moi. Je m'y engage. À très bientôt, je m'occupe de tout.

— C'est ça… À bientôt, madame.

— Mangez. Dormez.

— Oui, oui. Et vous… scannez, puisque vous pouvez encore danser !

— J'ai bien compris. J'enfile mes chaussons de danse. À bientôt, Madeleine.

— Au revoir, madame.

— Au revoir, Madeleine.

1. « Je fais de mon mieux moi aussi. »

Suzanne baisse les yeux, laisse Madeleine les yeux secs couper la conversation. Madeleine sait depuis longtemps qu'elle sera seule le jour de la mort de Perle. Elle éteint l'ordinateur, retire ses oreillettes, reste concentrée. La tête renversée, elle appuie son dos sur la faïence blanche et brillante de la cuisine. Elle se tourne vers le robinet dont elle fait couler un grand verre d'eau. Elle boit à gorgées larges :

— Qu'est-ce que je vais devenir ?... Mais qu'est-ce que je vais devenir ?

Elle se redresse, se déplace sans but dans la cuisine étroite dont elle atteint vite les murs. À cet instant, la cuisine est comme une cage :

— Je dois tenir une semaine. J'ai promis à Perle de la masser jusqu'à sa mort. Mais c'est quoi l'huile pour masser un mourant ?

Elle sort de sa torpeur inquiète quand elle entend :

— Madeleine ! Madeleine ! Et ma lecture alors ?

Sans hâte, Madeleine quitte la cuisine :

— Lire... Encore lire ! Je vais devenir une vraie savante si ça continue... Oups ! Y en a plus pour longtemps. L'heure du massage final approche. Allons-y !

Madeleine ne réfléchit pas à son geste, quand elle attrape la correspondance de Bernanos :

— C'est qui, lui ?

Une feuille de papier pelure glisse du livre, volette, passe sous la porte à la lumière de la chambre, s'arrête en son milieu : moitié nuit du salon, moitié jour de la chambre. Madeleine la ramasse, pense reconnaître l'écriture ombrée, mais plus jeune de Perle, bien plus jeune. Dans l'obscurité du salon, elle cherche la poignée de la porte qu'elle ouvre, arrive un peu éblouie dans la chambre de Perle, envahie par une odeur très discrète de roses ; elles sont cinq, blanches à tiges très courtes, droites dans un vase bas sur le marbre tacheté du vide-poche près du double-rideau en velours qui n'est pas encore tiré sur la fenêtre. Pourtant, le jour diminue.

— Vous m'inquiétez maintenant quand vous disparaissez trop longtemps, vous savez.

— Je ne disparais plus depuis des jours, Perle. Vous le savez aussi. Depuis que nous sommes rentrées à Paris. J'étais dans la cuisine. Suzanne vous embrasse.

— Quand vient-elle ? Personne ne vient plus de toute façon.

— Bientôt, madame Perle. Bientôt. Vous levez-vous pour un petit Lu ?

— Non, pas pour si peu. Allongée, je n'ai plus mal nulle part. S'il vous plaît, ne dites rien.

Madeleine n'insiste pas, mais pour elle-même :

— À son âge, il faut marcher sinon c'est la fin.

Elle a le geste machinal de plier la feuille de papier pelure, elle se fait très discrète, mais :

— Que cachez-vous dans vos mains, ma petite Madeleine ?

— Un petit Lu...

— Vous avez retrouvé ma lettre ?

— Non, non ! C'était dans un livre... *Combat pour la Liberté. Correspondance inédite*, de Georges Bernanos.

— Lisez-moi !

— « Allez en paix sous mon ciel. Prière... »

— C'est du Bernanos, ça ?

— Taisez-vous, Perle. C'est moi qui lis. « Allez en paix sous mon ciel. Prière, je ne t'ai pas priée. Tu vins seule. »

— Je ne sais pas de qui c'est, mais ce n'est pas si mal.

Madeleine continue de lire.

— « Mes jambes à ton cou. Tes lèvres m'apprennent. L'amour a nos âmes. Mozart et l'océan. »

Madeleine se tait, ne regarde pas Perle qui mâche ses lèvres.

— Si c'est de Mathis, il faut lui envoyer une semeuse. Il doit travailler. Travailler... C'est bon, ça !

— Regardez vous-même l'écriture. Je ne suis pas sûre...

— Ah ! cela me disait bien quelque chose ! C'est bien ce que je disais, pas assez travaillé.

— Vous vous êtes reconnue, hein, c'est ça ! Ça alors !

— Ne vous fâchez pas.

— À présent, levez-vous ! Ce n'est pas l'envie qui vous manque de travailler, n'est-ce pas ?

— Il est trop tard. Demain.

— Et si vous mourez ?

— Vous esquivez votre responsabilité, vous avez planté Bernanos.

— C'est un vieux tout noir, les pages sont jaunes et ça sent mauvais. Et puis « plon », en français, ça prend un « b ».

— Faites-moi voir. C'est le nom de l'éditeur ! Qui vous a appris le français ?

— Je vais en chercher un autre. Je reviens.

Madeleine n'a pas envie de s'encombrer d'une lecture dans un livre qu'elle trouve trop lourd et qui sent le vieux. Elle s'échappe vers la bibliothèque, laisse planer son regard, s'aperçoit que certains livres ont des papillons de toutes les couleurs à certaines pages. Elle choisit un volume où le papillon semble marquer la dernière page. Elle lance :

— J'ai trouvé !

Madeleine rejoint Perle en courant.

— Qu'avez-vous choisi ?

— Ouh ! là, là ! Vous avez pas des livres simples ?... C'est un j'sais pas quoi ! Mi-Ya-Mo-To.

— *Le Brocart !* Lisez-moi un bout de la lettre de Katsunuma Aki.

— De qui ?

— C'est le nom de la jeune femme.

— Mais le marque-page est après l'histoire, dans la *posteu-faceu.*

— Ah ?

— La fin, c'est ça : « On peut continuer à s'écrire sans fin[1] », page 216, dernier paragraphe.

— Mozart... L'adagio du *Concerto n° 23*... Hélène Grimaud... Jean et moi l'avons suivie pas à pas.

— Je vais vous la mettre sur votre portable. Écoutez : « C'est l'histoire de la vie d'un homme et d'une femme s'exposant au vent qui souffle vers l'avenir. » C'est beau, non ?

— Moi, j'ai perdu mon amoureux[2].

— Vous avez mis du feutre dessus. C'est dans la *posteu-faceu* de Ki-Noi Sen-Ji.

Madeleine hésite dans la prononciation, fait tous les efforts possibles pour capter l'attention de Perle. Madeleine est désemparée devant les pleurs de Perle qui ne sait plus pleurer ; son corps la secoue tout entière, mais Madeleine n'a pas besoin de mouchoir pour lui essuyer une larme. Perle ferme les yeux dans le silence de la conversation interrompue.

— Pouvez-vous me trouver l'adagio du *Concerto n° 23*, s'il vous plaît ? C'était le préféré de Jean.

---

1. Teru Miyamoto, *Le Brocart*, Éditions Philippe Picquier, 1999 (1re éd. 1982).
2. Propos de Francine D.L.M., 100 ans.

Madeleine s'exécute tout de suite sur Internet, trouve l'œuvre complète, la transfère sur son MP3, confie à la main de Perle la petite boîte que celle-ci prend pour son portable. Perle l'accepte, l'objet est doux, chaud, vibre gentiment dans sa main, la rassure presque. Madeleine installe les écouteurs avec un volume moyen dans les oreilles de Perle qui s'abandonne, le sourire aux lèvres.

Le *Concerto n° 23* de Mozart commence, les roses sont en boutons, les rideaux de la chambre tirés sur la nuit. Ce soir, le chat s'est absenté. Très paisible, Perle s'endort. Madeleine s'éclipse de la pièce sur la pointe des pieds, ferme la porte derrière elle, soupire dans le salon. Dans la cuisine, debout face à l'évier, elle mange une banane sucrée écrasée avec un jus de citron, c'est tout. Elle n'a plus la force de mâcher.

20

DANS la pénombre silencieuse du salon, la main de Madeleine tâtonne vers l'interrupteur. Tout de suite, la lumière se fait ténue, douce : un abat-jour sur un pied court et rond, en toile de jute couleur crème, diffuse une lumière tranquille. Presque absente du lieu, Madeleine reste debout, ses yeux ne peuvent rien distinguer. Sa pensée la fait chanceler d'avant en arrière, son corps répète un va-et-vient avec une souplesse nonchalante presque folle. D'un coup, elle s'arrête :

— Qu'est-ce que c'est que tous ces livres à papillons ?

Elle s'approche de la petite bibliothèque que la lumière faible éclaire de biais par la gauche. Curieuse, la démarche vive, elle se met face aux marque-pages multicolores. À sa droite, le livre de Bernanos lui tombe de la main, fait un bruit sourd sur la moquette. Les mémoires de Bernanos restent en équilibre sur le dos de l'ouvrage, les feuilles tombent, se courbent au hasard, puis le livre reste ouvert à une page inconnue. Dans la bibliothèque, Madeleine ne peut rien chercher. Ses yeux presque aveugles ignorent *Le Petit Prince*, sa main la guide au fil des couleurs. Elle ne sait pas ce qu'elle fait, laisse sa main agir seule. Elle s'assoit en tailleur face aux rayons de livres très serrés de la bibliothèque, un gros volume entre les mains. Elle va aux marque-pages sans même lire le titre du livre, commence sa lecture à voix feutrée. Puis Madeleine claque le livre, reste un instant assise, genoux pliés écartés en coupeur, abandonne l'ouvrage à côté d'elle sur le sol, se relève, s'approche de nouveau des papillons, laisse sa main en choisir un tout petit. Elle feuillette le livre sans le lire, reprend sa position de couturier sur le sol – un souffle léger évente son visage –, se tient très droite, les genoux très ouverts touchant presque le sol de chaque côté de son dos qui s'élance si haut qu'elle s'étire, elle semble avoir maigri. Elle respire lentement, cherche une confiance en elle qui n'existe pas, se met à lire pour elle-même. Elle file à la page 15 à la date du 7 décembre 1907. Madeleine sent sa gorge gonfler. Elle étouffe. Le dos raide, elle se cambre. Ses bras d'une grande souplesse jouent au chef d'orchestre ou s'apprêtent à une danse khmère moderne, ils suivent la course de son regard tout à coup à l'affût de quel sens à donner à l'instant, à l'avenir, alors qu'il s'arrête à la page 27. Elle saute d'un bond à la page 31. Madeleine pleure à chaudes larmes quand elle lit à la page 47 :

> Jeudi matin,
> Non je ne vous écrirai pas ce matin : les malles, les caisses et[1]...

Madeleine balance le livre à travers la pièce. Ça glisse vite sur la moquette en direction du rayonnage des grands classiques. La gorge en feu, les lèvres pincées,

---

1. Rainer Maria Rilke, *Lettres à une amie vénitienne*.

les yeux pleins de colère, Madeleine affronte la peur qui la prend tout entière :

— Qu'est-ce que je vais devenir ? Mais qu'est-ce que je vais devenir ?

Toute la nuit, Madeleine poursuit à l'infini ses allers et retours entre la bibliothèque aux papillons multicolores coincés qui marquent les pages fondamentales et le sol où elle s'installe en piqueur. Vue de dos, elle est une femme qui danse selon un rituel précis entre la verticale et le tailleur. Ses mouvements amples, ses gestes souples de jambes, de mains et de bras se répètent sans être jamais les mêmes. Madeleine de gauche à droite longe de face la bibliothèque, sa poitrine frôle le rayonnage du milieu. Elle se rassoit, baisse le regard vers la page à lire, médite, psalmodie les mots feutrés :

> Écris-moi si tu m'aimes encore[1], bleu, bleu toujours ce bleu derrière vos yeux. Gardez-le.

Toute la nuit, le ballet de Madeleine évolue pour lui-même, évente les mots notés, oubliés qui prennent leur aise autour de son corps en transe, de son tee-shirt de nuit ajouré de mots. Toutes ces voix de tous les temps naissent en elle. Mêlées les unes aux autres dans une cacophonie foisonnante, elles occupent le silence en silence, interpellent Madeleine de toute part. Le jour pointe, reprend ses droits sur le salon aux rideaux tirés, impose la même grisaille fade qui lancine depuis plusieurs jours. La bibliothèque est nue, les rayonnages sont vidés, parallèles les uns aux autres,

---

1. Isabelle Foucher, *Écris-moi si tu m'aimes encore. Une correspondance amoureuse du XVIIIe siècle*, Bayard, 2010.

ont rétréci. Madeleine est allongée à plat dos, la tête déportée de son axe, les genoux et les cuisses dans un tailleur grand ouvert de bon faiseur, les hanches déplacées, les chevilles l'une contre l'autre presque liées, les bras ouverts dépliés au-dessus de sa tête, les mains presque jointes, paumes l'une sur l'autre. Elle est ouverte, défaite vers la pâleur du jour, corps de femme après une nuit d'amour, endormie presque épuisée d'un plaisir intense répété, jamais le même, toujours plus fort. Encore. Une femme se prélasse sur une plage de livres fins pêle-mêle, mêlée aux algues et varech rejetés avec. Le ressac violent, vivifiant n'effraie pas, berce à son rythme imprévu la baigneuse endormie et luxée. Comment pourrait-elle avoir froid ? Madeleine reprend conscience dans une position qu'elle découvre, qui l'a fixée au sol, impossible à réduire pour l'instant. Elle s'entend parler :

— Je suis Mrs. Brown[1].

Avec assurance, elle récite la liste de courses à faire, elle parle dans une langue étrangère qui lui échappe :

— Wharton, Sand, Germain, Michon, Dolto, Madame de Sévigné, Austen, Madame de La Fayette, Beauvoir, Duras, Woolf, Vesaas, Wharton, Woolf, Vesaas, Wharton, Vesaas, Yourcenar.

Tout de suite, elle oublie les mots prononcés. *En quelle langue ai-je parlé ?* Sa hanche droite est bloquée ouverte, son dos est une lance qui la tenaille. Elle attrape sa hanche gauche à deux mains, l'approche de la droite. Elle ose se dire :

— Mrs. Brown a bien du mal à se lever ce matin... Mrs. Brown ? Qui est Mrs. Brown ?

1. Mrs. Brown, personnage de Virginia Woolf.

Elle bascule à droite, pivote à quatre pattes puis avance vers la cuisine. Elle ouvre tout juste les yeux :

— Un café… Le café de Perle d'abord, Mrs. Brown.

Elle ne relève rien de son délire, attrape ce qu'elle comprend. Elle sourit, se moque d'elle-même, s'observe :

— Ça d'vient grave, mad' Brown.

Derrière la vitre fermée de la cuisine, le chat garde son allure de sphinx que rien ne perturbe. Madeleine passe à genoux, le bord de la table de bar devant les yeux, elle l'accroche de la main gauche pour se hisser. Sa main droite tient serré *Cyrano de Bergerac*. Madeleine l'ignore, récite :

> Mais quelques heures plus tard, lorsqu'ils firent l'amour, il sentit que tout s'éloignait. L'âme de Catherine l'accueillit, son âme à lui fut lavée. Ensemble, ils montèrent dans le bleu au-delà du bleu. Tout le reste était insignifiant. La vie elle-même était insignifiante[1].

Un malaise envahit Madeleine qui ouvre la main, *Cyrano* tombe sur le carrelage qui claque. Absente, elle fixe le livre étalé au sol. Interdite, elle s'allonge sur le sol blanc et froid de la cuisine, lâche prise une deuxième fois. Elle abandonne son corps, elle ne se relève pas, perd connaissance.

Quand elle revient à elle, il n'est plus l'heure de déjeuner, rien n'est prêt. Silencieuse dans son lit, Perle porte encore les oreillettes de son MP3. Depuis la veille, elle sourit au silence qui suit l'adagio du *Concerto n° 23* de Mozart.

---

1. Frank Conroy, *Corps et âme*, Folio, 2015.

21

— BONJOUR mademoiselle, puis-je vous aider ?

Le ton est sec, peu avenant pour une vendeuse. Le regard est tendu vers le rayon par-dessus l'épaule de Madeleine qui sent un profil inconnu lui frôler la joue par-derrière, une poitrine fixe ses omoplates dans sa pose comme en une statue de sel. Dans la tête de Madeleine, cela donne ceci : *Mademoiselle ? Pourquoi elle m'appelle pas madame ? C'est fini mademoiselle, elle est perchée cell'-là !*

Mais Madeleine répond simplement :

— Bonjour, madame, rien, rien, je regarde juste.

— Mais je vous en prie. Je suis à votre disposition. N'hésitez pas ! répond la vendeuse entre deux âges, avec un ton suspicieux : *Un flacon n'aurait-il pas filé du rayon vers sa poche par hasard ?*

Pour la première fois, Madeleine est entrée dans un magasin Nature et Vie. Elle n'y est pas du tout à l'aise. Une ambiance de « zénitude bio » très à la mode est clairement affichée, elle sent avec la même évidence qu'elle est suspectée de vol. Elle est pourtant la seule acheteuse possible à cette heure de la matinée. Madeleine maîtrise comme elle peut son trouble, sa honte.

Elle ne tarde pas à se figer dans une angoisse sourde. Elle rumine, mord la face interne de sa joue. *C'est quoi ce vieil endroit où on m'appelle mamzelle et qu'on pense que j'vole parce que j'suis renoi ? Et on veut sauver la planète en vendant du bio ? P't-êt' qu'el' va pouvoir m'expliquer comment faut faire pour mourir bio ? Hein, la grosse !*

Très vite, l'urgence de sa quête la ramène à elle. L'ambiance sonore adaptée à l'enseigne du magasin bruite un calme ruisseau de montagne. Elle revient à sa recherche sur Internet pour assurer ses achats. Comment se détendre ? *J'entre dans quel monde, là ? C'est ma peau qui dérange ? Ou mon jogging de mec p't-êt' ? Mais c'est pas vrai, ça ! C'est pas vrai ! J'ai pas droit au massage alors, c'est ça ? Danger ! Danger ! Y a danger. Va t'faire foutre ! Va t'faire foutre ! Personne. Personne. Personne ne m'empêchera de masser Perle. Dépêch'… C'est chaud, là !* Madeleine s'éloigne du comptoir derrière lequel la vendeuse s'affaire. Elle déambule parmi les trois rayons sans poser le regard sur un seul produit. Elle est perdue, un vertige la fait chanceler. Elle s'habitue à la musique de carillon à vent aquatique qui arrive à la faire frissonner. Elle soupire, s'apaise. Les odeurs multiples d'huiles et de savons finissent par lui chatouiller les narines. L'air est saturé de senteurs qui se volent la vedette. Elle éternue cinq fois.

— Vous n'avez toujours pas besoin d'aide ?

Madeleine se tait. Tel un escargot dans sa coquille, elle replie ses orteils au fond de ses baskets, accepte son statut d'étrangère dans le magasin. Ici, elle ne connaît pas la langue du pays, sait son temps compté. Payer avant de sortir. Perle restée seule est en train de mourir. Pour l'heure, elle a réclamé ses deux heures de sieste. Madeleine réfléchit vite : *Deux heures, ça pass' viiite ! Perle aura besoin de moi de plus en plus. Son inquiétude doit pas m'bouffer. Sa crème de jour est trop sèche pour un massage. La dernière fois, elle m'a dit : « Vous me faites mal ! Allez plus doucement, ma p'tite. » Et puis : « Cessez ! Cessez de me caresser ainsi, vous ne voyez pas que mon corps ne répond plus ? » En me disant ça, elle a couiné comme une souris. J'ai arrêté net mes mains au-dessus de sa peau. Pas faire mal. Jamais. Jamais faire mal à Perle. J'ai pensé : lâche l'affaire. Ça va pas. Faut que j'trouve une solution. Mais j'ai pas dit mon dernier mot.*

La génération de Perle a appris tard les bienfaits du massage. Mais depuis de longues années, Perle apprécie les soins réguliers de sa podologue chérie. Madeleine se souvient : une fois, sa mère massait Fatou, sa petite sœur, quand elle était bébé. Pendant un temps qui paraissait interminable, le jet d'eau plus ou moins doux tombait du bec d'une cruche en plastique couleur arc-en-ciel sur le bébé. Le massage allait dans tous les sens. La petite Fatou malaxée prise tantôt par un bras, tantôt par une jambe pleurait parfois, ou pas, laissait faire. Madeleine observait ce qu'elle avait dû sans doute vivre aussi. Elle ne supporta pas la dernière phase du massage. Entre pouce et index, sa mère avait entrouvert la vulve de son bébé qu'elle avait massée avec le même jet répété d'eau à la cruche pendant de longues minutes, le corps de Fatou renversé sur les genoux de sa mère. Tête balancée en arrière dans le vide. Visage disparu. Madeleine ne voyait plus que la vulve de sa petite sœur massée par sa mère. La scène avait duré trop longtemps pour que Madeleine la supporte jusqu'au bout. Elle avait fugué pendant une semaine.

Dans le magasin, Madeleine secoue la tête dans tous les sens. *D'où ça m'revient, ça ! Ça pue !* Elle est prête à masser le corps de Perle. *Mais j'm'occuperai que d'ses pieds et d'ses mains, soyons clairs !* La chose était entendue entre elles. Madeleine accepterait d'être seule dans ces instants de grande intimité au corps-à-corps avec Perle de plus en plus douloureuse, mais elle ne soignerait pas Perle. Pour ne pas se tromper dans ses achats, elle n'est pas encore revenue vers la vendeuse dont elle sait avoir besoin. Elle repense à ses recherches sur Internet. Elle s'était d'abord orientée vers les soins faits aux mourants. Mais rien ne ressemblait à ce qu'elle imaginait pour Perle. Rien. Perle aime la fleur fraîche dans l'eau fraîche changée tous les jours pour faire durer l'éclat de la fleur au bout de sa tige avant que celle-ci ne se courbe, abdique. Il n'était pas question de fleurs fanées ou en plastique. Il en allait de même du massage. Rien n'allait. À force de prospecter sur de nombreux sites qui avaient tous le produit miracle à lui vendre, elle avait cessé sa recherche, s'était mise à réfléchir pour elle-même, vraiment par elle-même. Son profond désir de masser Perle avec ses propres règles de l'art lui apprenait à prendre confiance en elle. Madeleine réfléchissait ainsi : *Perle se meurt, mais n'est pas morte. Le soin n'est pas après, mais avant la mort. Elle n'a pas besoin d'un soutien moral, elle a une pêche d'enfer. Dieu dans sa poche.* De fait, Perle récite encore quelques psaumes par cœur, des bribes d'opéra, *La Traviata, Les Pêcheurs de perles,* des strophes de poèmes. Elle écrit encore à voix haute des poèmes d'amour qui s'effeuillent pour qui les cueille. Sous la dictée inconsciente de Perle, Madeleine fait au mieux. Elle mémorise, écrit à la main, saisit quelques fragments sur son portable, enregistre des morceaux de vers dits à voix haute pendant le sommeil de Perle, laisse les mots l'absorber sans tout comprendre. Elle revient vite aux soins minutieux et précieux, quotidiens que lui réclame Perle. Mais cette nuit-là, seule face à l'écran aux informations hallucinantes et contradictoires, Madeleine s'était inquiétée : *C'est quoi ce bin's ? Ma question est pourtant claire. Avec quoi on masse les pieds et les mains d'une femme qui meurt, pas qui est déjà morte !* Sur tous les sites, elle n'avait trouvé que des soins post-mortem. Avait-elle mal cherché ? *Il n'en est pas question ! T'imagines, si j'la bute ! Ma gueule ! Je crois que j'vais demander à ma tante le nom et l'adresse de son marabout, on sait jamais.* Madeleine avait installé de façon définitive l'ordinateur dans la cuisine afin de mener plusieurs tâches en même temps. Le lave-vaisselle ronronnait, les pommes de terre cuisaient dans une eau juste bouillonnante sur la plaque à induction pendant que Madeleine, le dos tourné, se concentrait sur sa recherche, une dizaine de sites ouverts en même temps. Elle se balançait d'un pied sur l'autre sur un mètre carré de carrelage, à gauche, à droite, devant près de l'évier, derrière près de la table de bar, d'une page à l'autre d'un site avec une grande dextérité : pommes de terre en robe des champs, massage des pieds à durillons multiples, viande de bœuf bio hachée, mains à arthrose inflammatoire, articulations déformées au beurre persillé, plantes détox et savons doux, huile d'olive et poivre aux cinq baies, huiles sèches et essentielles, les mélanger, mixer la viande pour une meilleure digestion. Pour soulager la journée du lendemain, l'eau débordait de la casserole en pleine nuit. Madeleine pourrait faire la lecture à Perle sans compter le temps, elle trouva enfin ce qu'elle cherchait pour les massages de Perle. Elle aurait pu y penser plus tôt, elle sourit, elle était sur le site *jemassemonbebe.com*. Les techniques de massage étaient bien détaillées, Madeleine serait aussi douce avec les pieds et les mains de Perle qu'avec la peau douce et tendre d'un ventre de nouveau-né. Elle adapterait les huiles pour que le mélange convienne à la chair aride de Perle, l'eau n'y entrait presque plus et celle qui y pénétrait un peu en revenait sans nouveau retour possible. Ainsi, grâce au site *huilesetplantes.com*, Madeleine comprit qu'elle devrait fabriquer elle-même son onguent : ne pas mélanger l'huile et l'eau, faire attention à la puissance des huiles essentielles. Préférer les teintures mères en voie de disparition. Choisir une huile qui ne pénètre pas trop dans la peau pour que dure le massage. Sans le savoir, Madeleine venait d'apprendre les bases de l'aromathérapie et de la phytothérapie.

— Êtes-vous sûre de ne pas avoir besoin de mon aide ? Veuillez m'excuser, mais vous avez l'air si perdue…

La voix est plus douce, plus accessible. Madeleine ne peut plus hésiter, le temps la presse plus encore :

— Euh… En fait… Oui. Je suis pressée. J'veux bien. Je veux… Je voudrais fabriquer moi-même mon huile de massage.

— C'est pour un nouveau-né, je suppose ?

— Euh non… Enfin si, si !

— Il faut à tout prix éviter l'huile d'amande douce. Vous le savez, bien sûr… Avec tous ces nouveaux allergènes… Orientez-vous plutôt vers le tilleul, la camomille, un peu de lavande. C'est tout nouveau. Ça fait fureur !

— Vous auriez de l'huile de macadamia ?

— Bien sûr… Comme base, je suppose.

— C'est bien… une huile sèche ?

— Tout à fait… Tout à fait !

— Et puis une huile de genévrier et une huile de millepertuis. Vous avez ?

— Oui, mais… Êtes-vous sûre de votre composition ?… Le genévrier pour un nouveau-né me semble… un peu… agressif. Quant au millepertuis… comme l'argan, d'ailleurs, je ne comprends pas votre choix. Ils ont la peau si fraîche !

— Oui, je sais tout ça.

Madeleine cherche très vite une idée pour avoir la paix.

— C'est un soin spécial pour un bébé malade. Oui, un bébé malade.

— Oh ! quelle horreur ! Veuillez m'excuser pour mon indiscrétion de tout à l'heure. Que ça doit être horrible !

— Euh… Oui, un peu.

— Un peu ? Comme vous êtes modeste. C'est pour ça que je vous trouvais si fatiguée tout à l'heure. Mon Dieu !

Madeleine en aparté : *Mais tu sais rien du tout, pauv' conn' ! Et puis laisse Dieu planer dans les essences de fleurs !* Elle sent monter son exaspération quand elle entend :

— Vous voulez de l'huile de lavande pour son bain du soir ?

— Vous savez, c'est mauvais de donner un bain tous les jours à un nouveau-né.

Et tu veux pas non plus que j't'achète tout l'magasin ? Mais Madeleine arrive à poursuivre avec beaucoup de calme dans la voix :

— C'est la sage-femme qui me l'a dit.

Vaut p't-être mieux les passer au Kärcher, comme ma mère… Elle ajoute :

— Mais je peux essayer un soir sur trois.

— Un bain un soir sur trois ? Euh, pardon, c'est une huile calmante très efficace. Vous connaissez, quand la nuit arrive... Qu'est-ce qu'ils peuvent être énervés parfois, vous ne trouvez pas ?

Madeleine se tait. *Eh meuf ! Tu sais, chez Perle, y a l'Wi-Fi ! J'sais déjà tout ça, madame la lavandière !* Puis elle poursuit :

— Perle va être très contente. Elle est très sensible aux odeurs.

— Quel joli prénom ! Vous allez voir, elle va être aux anges. L'odeur du macadamia est un délice. Je vous mets cinquante centilitres de lavande, vous y reviendrez !

— Je vous remercie, madame.

Madeleine s'impatiente, trépigne un peu. *Pourvu que Perle ne se soit pas réveillée !* La vendeuse passe derrière sa caisse d'un déhanchement et compte les produits avec un œil d'experte :

— Un, deux, trois, quatre, c'est bien cela, se félicite-t-elle.

Elle hésite, mais insiste :

— Veuillez m'excuser, mais avez-vous de quoi mélanger les huiles sans les choquer ?

— Euh... Non.

Madeleine fait de nouveau l'escargot au fond de ses baskets.

— Alors attendez-moi encore une seconde. Je me dépêche. La tétée peut bien attendre trois minutes de plus !

Elle monte très vite un petit escalier en colimaçon dont les marches étroites claquent une saccade sous ses talons fins. Madeleine s'énerve, l'entend fouiner.

M'en fous. Après tout, c'est pas moi qui paie. Puis elle l'observe du coin de l'œil redescendre de la réserve à toute allure. Satisfaite et discrète, la vendeuse s'adresse à Madeleine :

— Je vous offre un mélangeur, deux flacons, un bouchon à pipette et un petit entonnoir. Sinon, vous risquez de blesser les huiles. On ne masse pas un nouveau-né avec une huile brisée, ça porte malheur. Respectez-bien les proportions que vous avez trouvées sur le site, prenez votre temps quand vous manipulez les huiles.

— Mais je…

— Je comprends. J'insiste, c'est gratuit ! Des échantillons. Rincez tout avant usage. Il y a beaucoup de poussière là-haut.

— L'arnica, c'est bien aussi sur les bosses, non ?

— Commencez déjà par tout ça ! Vous reviendrez, cela me fera plaisir d'avoir de vos nouvelles et de celles de Perle.

— Oui, bien sûr ! Merci madame.

— Je vous en prie, madame. Bon courage surtout et pouponnez quand même… Cela passe si vite, termine la vendeuse avec un clin d'œil complice vers Madeleine qui lui sourit gentiment et retient son fou rire de toutes ses forces.

Elle pense à Perle. *Si elle me voyait, elle serait morte de rire ! Mad ! Arrête avec tes blagues à la con ! C'est pas l'moment ! Allez ! On s'casse !*

Elle chantonne presque :

— Au revoir madame et encore merci !

Madeleine tire avec délicatesse la porte du magasin. Le carillon en bambou claironne, rappelle au calme. Elle s'échappe vers la rue où d'un coup le bruit de la circulation l'agresse. Elle se recroqueville, crispe ses deux épaules qu'elle colle presque à ses oreilles, avance en plein soleil, titube, oublie sa fatigue, baisse le visage vers le bitume pour protéger sa marche, plie le coude en casquette. *C'est chaud !* Légère, elle allonge le pas, son pas jeune, franc qu'elle étire jusqu'à l'horizon. Rejoindre Perle au plus vite. Préparer son premier onguent.

Ce soir-là, Perle lutte contre le sommeil, profite le plus longtemps possible du massage que lui prodigue Madeleine qui s'est installée au bout du lit.

— J'ai décidé de vous masser les pieds.

— Quelle idée ! Ils ne me portent même plus.

— Sauf que demain, on va à la mer. Il faudra bien marcher.

— La mer à Paris ? Vous divaguez, ma petite Madeleine. Il ne manquerait plus que Meng se pointe à moto, vous me feriez bien croire que la mer de Chine est montée jusqu'à moi.

— Alors le canal Saint-Martin. J'connais bien par là. C'est joli. Je demanderai à Mathis de me prêter son scooter pour vous y emmener.

— Vous n'y pensez pas ! Son père le lui interdirait. Et puis soyez raisonnable, enfin ! Pour l'heure, faites ce que vous avez à faire avec mes pieds et n'en parlons plus.

— Oui, madame.

Madeleine s'installe à genoux, déborde le bout du lit pour découvrir un pied de Perle.

— Connaissez-vous Verlaine, ma p'tite ?

— À votre avis ?

Madeleine se renfrogne, mais refuse de s'énerver, commence par caresser l'ensemble du pied sans huile plusieurs fois. Perle fredonne vers Madeleine :

Vos pieds sont merveilleux, qui ne vont qu'à l'amant
Ne reviennent qu'à l'amant, n'ont de répit
Qu'au lit pendant l'amour[1].

— Vous pouvez répéter ? Je connecte mon portable… Voilà.

Perle répète sans hésiter les quelques vers. Le visage très près du premier pied de Perle, Madeleine est concentrée sur son geste, elle le découvre, l'éprouve, insiste. Elle n'a pas pu tout saisir du poème. Lier le mot « pied » avec le mot « amour » la laisse perplexe. Alors bercée par le massage bienveillant comme une vague douce qui valse, va et vient sur son pied, Perle insiste, récite de nouveau Verlaine :

Vos pieds sont merveilleux, qui ne vont qu'à l'amant
Ne reviennent qu'à l'amant, n'ont de répit
Qu'au lit pendant l'amour…

Elle le récite en boucle, mélange les vers, les incorpore à d'autres, l'ignore, reprend, impose, oublie, s'échappe, revient, s'absente, lâche un méli-mélo de mots presque inaudibles. Madeleine a les yeux fermés depuis trois minutes. Elle est toujours assise à genoux au bout du lit de Perle. Ses pieds retournés présentent ses talons vers le plafond, portent des chaussettes élimées rouges, deux boules rouges presque transparentes, les bouts des pieds l'un sur l'autre se frottent côte à côte comme deux chatons juste nés qu'il ne faudra pas séparer. Elle a commencé le massage par le pied gauche de Perle, elle se concentre sur la zone massée du pied, apprend le nom de l'organe auquel elle se rapporte. Maintenir en

1. Jean Teulé, *Ô Verlaine !*, Pocket, 2006.

vie chaque parcelle sans exception. Ses doigts couverts d'huile passent à plusieurs reprises entre les orteils, ces petits bouts d'arpions que la grande vieillesse a déjà presque figés dans la mort. Elle est elle-même entre deux orteils. Elle n'est plus Madeleine, elle est l'endroit où elle masse, au pied de Perle allongée qui soupire, récite et soliloque :

— Vos pieds... Vos pieds... Mon amour...

Puis enchaîne :

— Mon Dieu, mon Dieu, pourquoi m'as-tu abandonnée[1] ?

Ou encore :

— Meng, viens ici ! Au pied !

Madeleine avance, penche la poitrine au rythme de chaque orteil raide massé, tordu et déplié comme elle le peut. Elle marche à deux mains pour mieux swinguer sur la peau du pied de Perle. À la tête du lit, les mots soufflés volettent entre Perle et Madeleine sans que personne ne sache d'où ils viennent. Les deux corps entiers se sont absentés. Les mots arrivent, les mains massent, suivent la géographie aride d'un pied, puis de l'autre. Ils n'ont pas du tout la même forme, pas du tout. Ils semblent ne pas avoir eu la même vie. Les durillons ne sont pas au même endroit. Madeleine passe au pied droit, s'étonne de la peau diaphane, glacée ; elle découvre un pied aux courbes plus douces, aux muscles moins tendus. Sur le pied gauche, elle massait des cordes. Dans l'enfance, Perle était-elle gauchère ? Madeleine s'aventure :

— Quand vous entriez dans la salle de bal, vous aviez l'obligation de le faire du pied droit, n'est-ce pas, Perle ?

---

1. Ps 22, 2.

Madeleine s'est comme réveillée, n'a pas compris d'où lui venait cette question qui l'inquiète. *D'où ça m'vient, ces mots de babtou ?* Cette question ne peut aller plus loin. Elle l'a traversée, a déposé une poudre de sable au fond d'elle. La question – le marchand de sable – est passée. Madeleine achève son massage dans la paix de ses mains qui la guident vers ce qu'elle découvre en elle-même, une grande douceur. Elle conquiert son équilibre entre les soliloques de Perle :

— Dieu, mettez-moi pied à terre. Au bout du lit, du bout du pied, laissez-moi perdre pied, mon amour, mon plaisir au bout de vous.

À cette phrase, Madeleine presque en transe revient à elle, mais repart paupières baissées. Enfin, elle prend tout à fait place en elle, ouvre les yeux face aux deux pieds massés et brillants l'un sur l'autre eux aussi comme deux chatons qu'il ne faudra surtout pas séparer après le sevrage. Madeleine se hâte de couvrir chaque pied d'une chaussette et d'un chausson souple en laine bouclée Thermolactyl. À genoux depuis le début du massage, elle va bien, a posé ses mains ouvertes et lisses sur le rebord en bois du lit, les laisse sécher doigts écartés. *Il me manque de l'arnica et du phosphorus pour qu'elle n'ait pas mal aux pieds après le massage.* Madeleine est elle-même comme elle ne l'a jamais été. Elle regarde ses mains aux doigts pliés par la fatigue dont la peau noire, brillante, lui rappelle celle de Fatou qu'elle n'a jamais vue grandir. D'un coup, ses mains la brûlent. *Se laver. Toujours se laver les mains après un massage, trop conne !* Madeleine se signe. *Mais qu'est-ce que j'fais, là ?* Elle se redresse d'un bond, s'apprête à quitter la chambre de Perle pour aller vers la sienne. Elle est exténuée : une fatigue intense et inconnue l'a envahie. Son service est fini depuis plusieurs heures, elle est encore auprès de Perle qui soupire dans son sommeil :

— Amour je marche / Quand droit en moi / Debout tu marches.

Madeleine se retourne vers Perle, répète les mots qu'elle ne doit pas oublier malgré sa fatigue, ferme la porte de la chambre sur Perle dans un silence clair, celui du don partagé à discrétion. C'est l'heure de la toilette de Madeleine. Faudra-t-il qu'à partir de maintenant sa douche dure une heure tous les soirs ?

22

CETTE nuit-là comme toutes les nuits à venir, Madeleine veille, veille, ne dort pas, veille. Tard le soir, elle a d'abord pris soin de ses cheveux. Elle les a frictionnés avec de l'huile d'olive, puis a massé longtemps son cuir chevelu au cours d'un shampooing doux. Depuis quelques jours, elle utilise une crème de sa propre fabrication : une base hydratante mélangée à de l'huile de coco et quelques gouttes d'ylang-ylang. Elle n'avait jamais pris autant soin de ses cheveux. Lors de sa seconde visite au magasin bio, elle avait beaucoup remercié la vendeuse pour ses conseils judicieux. Après avoir marché dans le carré de sa chambre fermée, elle ose en sortir, arpente longtemps le couloir, déambule dans le salon, ne s'approche pas de la bibliothèque aux papillons, qu'elle a rangée par ordre alphabétique comme elle l'avait trouvée. Elle se déplace, vole presque, aux aguets du moindre froissement d'air qui la ferait bondir dans la chambre de Perle. Seuls le réfrigérateur et le lave-vaisselle ronronnent comme à leur habitude en heure creuse. Quatre fois, Madeleine colle son oreille à la porte de la chambre, ses mains en étoiles autour de sa tête contre le bois forment une couronne. Elle attend un bruit qui serait extraordinaire. Rien ne bouge. Rien ne s'entend. Madeleine soupire, lâche les épaules les bras ballants. Ses mains larges toucheraient le sol, quand elles effleurent le bas de ses hanches. *Que dois-je faire ? Que dois-je faire ? Je devrais dormir. Pourquoi suis-je réveillée ? Je n'en peux plus. Mais qu'est-ce que je vais devenir ? Qu'est-ce que je vais devenir ?* Madeleine reprend sa promenade nocturne, elle titube dans un espace étroit et obscur, le couloir entre sa chambre et le salon. Son corps plus éreinté, plus lourd d'heure en heure avance dans la nuit, chaloupe d'un pied sur l'autre – étalés et nus, ils ont pris cette habitude qui rassure –, martèle sous chaque talon une litanie de prières muettes. Son vernis rouge vermillon écaillé sur ses orteils brille au ras d'une promenade noire faite d'une marche presque militaire. Ça rase le sol moquetté d'où se lève un nuage infini de poussière et d'acariens en goguette à chaque voûte plantaire frottée sur les boucles de laine beige et rouge. Madeleine se croit seule mais elle est des milliards. Elle ralentit encore sa marche, observe un pied verni de rouge, puis l'autre, au rythme régulier et lent d'une prière venue d'ailleurs. À chaque hanche qui la porte, qui l'avance sur le tapis, elle s'est mise à dire :

— Rouge – Rouge – Rouge.

Elle entend Perle qui la réprimande : *« Quand allez-vous retirer ce vieux vernis ? Prenez soin de vous, si vous voulez trouver un bon parti ! » J'ai pris soin de mes cheveux, c'est déjà pas mal !* Madeleine foule encore le tapis rouge sur la moquette beige du couloir, elle attend en coulisse, regarde ses pieds. *En fait, on ne marche que sur un pied à la fois.* Puis, l'angoisse la reprend. *Rouge – Rouge – Rouge. Perle aurait dit bleu, pourquoi moi je dis rouge, j'deviens folle.*

Madeleine refuse de rentrer chez elle après. *Après tout ça, qu'est-ce que je vais devenir ?* Elle ne veut plus revoir personne. *Je veux rester près d'elle, même après. Je deviens quoi, moi, hein ? Quand l'ampoule elle a grillé, hein ?* Ses jambes ne la portent plus. Chaque bras, son flanc et sa hanche arrondie frôlent les murs de gauche et de droite, péniche dans une écluse en attente du passage. Madeleine poursuit son pèlerinage, marche dans un couloir de plus en plus long pour elle. Sa vie est une richesse qu'elle méconnaît encore. Il s'agit de son avenir. Elle ne peut pas savoir non plus qu'elle est belle. Elle vit encore en trois tableaux : moche, grosse, débile. Pour l'heure et d'heure en heure, elle marche. *Rouge moche grosse rouge débile rouge.* Quand enfin pointe le jour, la lampe bleue minuscule qui sert de veilleuse dans le petit salon attire son regard. Elle cesse sa marche, souffle :

— Il n'est pas encore l'heure de mourir. Je vais m'allonger un peu avant son réveil. Le café en route d'abord. J'en ai besoin. Ce matin, si je lui massais les mains ? Les mains, c'est pas comm' les pieds. Les mains, c'est – comment elle dit déjà ? – sensuel. C'est ça, les mains c'est sensuel.

Comment savoir que Perle a prié toute la nuit dans un va-et-vient lent, scandé, incessant, entre son lit et son prie-Dieu ? Elle a fureté dans le plus grand des silences, à la recherche d'une prière, un tout petit bout de prière, un bout de rien. Rien n'est venu. Assise à son bureau avec l'envie d'écrire une ultime lettre, elle a fini par s'effacer. Le sommeil a alors été plus fort qu'elle. Elle s'est endormie à sa table, les bras repliés sur le bois, comme une écolière épuisée par sa journée d'école. Quand Madeleine ouvre la porte de la chambre, une parole s'échappe, caresse sa joue. Madeleine se détourne un instant :

— Qu'il m'embrasse à pleine bouche[1] ! Viens-t'en[2] ? Le voici, il vient[3]. Échappe-moi mon chéri[4], puisque tu me reviendras. Et va vers toi-même[5] !

Madeleine a entendu chaque mot sans y rien comprendre, elle s'affaire. Perle dort toujours, avachie sur son bureau :

— Cette fois, ce n'est pas d'elle, je n'ai pas le temps, je chercherai sur « Gogole ».

Elle ose d'une voix ténue vers le lit où elle cherche Perle, tourne la tête vers le bureau, découvre Perle repliée :

— Madame Perle ! Quel bonheur ! Vous vous êtes levée ce matin !

Elle pose le plateau du petit déjeuner à côté de Perle inerte qui ronfle gentiment. Alors Madeleine s'assoit sur le lit de Perle, attrape son portable dans sa poche, saisit ce dont elle se souvient : « Mes jours s'en vont en fumée. Mes os comme un brasier sont en feu[6]. »

Elle lance sa recherche sur « Gogole » qui tourne longtemps dans son cercle bleu. Le texte entier s'inscrit en pleine page. Madeleine lit tout haut le psaume 102, finit en fixant le dos de Perle :

— « Et moi je me dessèche comme l'herbe[7]. »

---

1. Cantique des cantiques (ci-dessous « Ct ») 1, 2, *Traduction œcuménique de la Bible* (TOB), Cerf, 1980.
2. Ct 2, 10, *ibid.*
3. Ct 2, 8, *ibid.*
4. Ct 8, 14, *ibid.*
5. Ct 2, 10, *La Bible*, Chouraqui, Desclée de Brouwer, 1989.
6. Ps 102, 4.
7. Ps 102, 12.

Madeleine garde un temps le silence. Perle se redresse, se tourne lentement, par-dessus son épaule pointe vers Madeleine son regard en angle et encore plein de malice :

— Alors, on écoute aux portes à présent ?

Madeleine offre un large sourire à Perle qui glousse :

— Alors on s'le prend, ce dernier p'tit dèj ?

23

À L'AUBE d'une nouvelle nuit sans sommeil, Perle est encore assoupie à sa table de travail. La page est restée blanche. Un courant d'air léger la sort du sommeil, elle se redresse, comprend qu'une fois de plus elle n'a pas dormi dans son lit, elle n'en pense rien. Elle arrive à se hisser, souhaite s'allonger à présent que le jour se lève. Quand elle atteint le bord du lit après de si nombreux petits pas de danse khmère au bassin pétrifié, elle est face à ce qu'elle voit, se dit doucement d'une voix qui tremblote :

— Ce n'est pas vrai… Voici donc la dernière épreuve !

Le chat dort en boule sur le lit de Perle, il semble ne rien craindre. Perle se campe très droite comme elle peut sur ses deux pieds face au chat, n'a plus du tout envie de dormir, lui parle d'une voix claire :

— Il n'est pas du tout prévu que je meure en compagnie d'un chat. C'est la meilleure ! Mais comment a-t-il fait pour entrer, celui-là ?

Perle tout à fait interdite se ratatine un peu plus à chaque :

— Mais que faire ? Que faire ?

Ça s'échappe d'elle, elle se tasse sans contrôle :

— Il n'est pas question que j'y touche ! Madeleine. Madeleine ? Et Madeleine qui ne vient qu'à 9 heures !

Perle tente alors de lier conversation :

— Excusez-moi ! J'aimerais mourir seule dans mon lit, vous plaît-il ?

Le chat reste immobile, une vague de poils hérissés parcourt le pelage jusqu'à sa queue, il ronronne. Le rideau transparent vacille à la fenêtre où se tamise la clarté pâle du jour :

— M'entendez-vous ? Ça c'est un comble ! Il ne me répond pas. Il m'arrive des choses bien étranges ces derniers temps. Pour mourir, il me faut l'autorisation d'un chat qui dort. C'est une blague, j'espère !

Des lèvres de Perle s'échappe un soupir flétri, une fuite entre deux dents très espacées, entre deux lèvres de papier pelure. Le vent s'est levé. Par la fenêtre un peu ouverte, un courant d'air colle au flanc droit de Perle la chemise de nuit qui joue à la voile, vacille sur sa gauche. Longtemps perplexe, Perle reste face au lit occupé :

— Je dois me rasseoir à mon bureau pour écrire la nouvelle à Meng. Ce serait : « Mon Meng, c'est à cause du chat… » Ou alors appeler Madeleine qui dort si mal ces derniers temps. Ou encore m'allonger sur la partie étroite du lit laissée par le chat installé au centre de la couverture. *Après tout, il ne s'agit que de mourir, n'est-ce pas, Meng ?* Je pourrais aussi bien m'installer sur la moquette. Je suis si légère que le sol dur me paraîtra doux… Mon Dieu, que faire ? Mourir debout ?

Perle revient au chat. Elle l'a vu, il a bougé, il étire à présent ses pattes de devant, se lèche la patte avant gauche puis colle avec élégance sa queue le long de son arrière-train, s'enroule de nouveau en boule, de façon plus confortable que la dernière fois. Perle immobilisée face au lit depuis trop longtemps supporte une douleur atroce dans ses jambes qui fixent ses pieds à la moquette. Son corps tout entier rebondit à force de tressauter :

— Mais il se fout d'ma gueule, ce ch'napan ! Quel effronté ! D'accord, j'ai milité comme j'ai pu au DAL[1], mais là, mon cher ami, vous charriez ! Vous occupez mon lit mortuaire. Ce n'est pas prévu ainsi. Faut-il vous parler en chinois ? C'est démodé. En syrien ? Je suis trop vieille. Déguerpissez. Allez ouste ! Psch ! Psch !

Le corps de Perle fixé en voûte dans sa colère ne peut rien faire de plus, alors elle crie :

— Dehors ! Sale bête ! Tu pues la misère !

À cet instant précis, rien ne bouge dans la chambre. D'un coup, une lettre à la main, Madeleine s'est jetée dans la pièce, elle reste muette. Perle piétine quelques pas raides de gauche à droite, longe de face le bord du lit. Elle parle seule, sa voix est claire :

— Il me semble que si je veux le convaincre, il faut que je le domine. Oh ! je t'entends, Jean, je t'entends. Dominer un chat ? C'est absurde ! Encore une idée à la Perle. Foutaise ! Toi qui es déjà mort, peux-tu encore me comprendre ? J'ai décidé de mourir à la prochaine aube !

Perle s'est approchée du bureau, empaume à deux mains sèches les décorations du dossier du fauteuil qu'elle traîne jusqu'au bord du lit. Tout cela va lentement, avance par saccades et sursauts de pieds du vieux fauteuil, ça arrive enfin de travers près du lit. Victorieuse, Perle déclame :

1. Association pour le Droit au logement.

— Il ne me reste plus qu'à monter dessus !

Elle entend Jean lui ordonner :

— Je te l'interdis !

Perle lui répond :

— Vous me l'interdisez ? Vous allez voir de quel bois j'me chauffe, monsieur le mari refroidi ! Qui ose encore dormir dans un tel raffut ? Un chat ! Qui est mort ? Vous ! Qui est vivante ? Moi. Non mais alors ! Taisez-vous, vous qui avez préféré ne plus savoir vivre plutôt que de vieillir auprès de moi. Tombeur à la force de l'âge et grand lâcheur devant l'Éternel ! Vous, oui, honte à vous !

Madeleine consternée lui répond :

— Mais je ne vous ai rien dit ! Somme toute, il me semble tout à fait dangereux de monter sur ce fauteuil instable à votre âge. Qu'en pensez-vous, Perle ?

— Vous avez un langage si châtié que je ne vous reconnais plus. Tais-toi, sale gosse ! lui renvoie Perle.

Sa parole siffle et gifle Madeleine qui ne se démonte pas :

— J'ai retrouvé votre lettre !

— Il est trop tard. Beaucoup trop tard ! Jean, je dois mourir. Aidez-moi à monter sur ce foutu fauteuil pour faire peur au chat !

— Elle est en plein délire, je fais quoi, là ?

Madeleine panique, regarde autour d'elle si quelqu'un peut l'entendre. Mais Perle lui demande toute son attention :

— Écoutez-moi bien ! Je m'appelle Walking Woman Wharton. Je m'avance sur le boulevard.

Perle monte sur le fauteuil à quatre pattes presque en boule, puis elle se redresse à genoux, les mains accrochées au dossier – elle marque une pause – inspire profondément – se redresse debout – vacille. Elle se retourne face au lit, au chat, droite et majestueuse comme une reine, elle poursuit son discours triomphal :

— Www s'avance sur le boulevard. Se remarque son corps maigre, modèle féminin d'actualité.

Madeleine est stupéfaite :

— Mais c'est la lettre copiée par Suzanne qu'elle répète là, non... Mais on délire de ouf ! J'appelle le docteur Jacques. À l'aide !

Elle se reprend, écoute Perle qui articule, crie vers le chat :

— Mais son nombril est noir tutsi.

Cependant la peur la ronge dans son ventre. Elle ne veut pas mourir. Elle trône, passe fière, le ventre serré sur sa colline creusée en son centre, fine et ronde, preuve sabrée de son appartenance humaine. Elle croit en Dieu. Patiente, elle se lavera longtemps de cette barbarie. Et lavée, elle mourra sereine. Elle se détache du paysage, n'est pas celle qu'on croit voir : www. Walking Woman Wharton s'avance sur les Champs-Élysées, riche héritière de toutes les vies dont elle revient.

Le silence qui suit est un vertige. Perle tremble de tout son corps, inspire, expire, reprend son vol, termine par un cri suraigu :

— *Now, you dirty cat! Get out of my deathbed*[1]*!*

Le corps de Perle s'affale, grande voile lâchée de son mât. Suit un atroce miaulement coincé entre l'état de rut et la patte brisée net. En un saut, le chat détale, une patte sur le bureau puis une patte par la fenêtre entrebâillée dont il rejoint le rebord extérieur. Madeleine

1. « Et maintenant, sale chat ! Va-t'en de mon lit de mort ! »

bondit vers Perle étendue en travers du lit, le souffle coupé par la chute, mais vivante. Elle n'ose encore rien dire, Perle la rassure :

— Non mais... Parti, n'est-ce pas ?

— Perle, s'il vous plaît, dites-moi que vous allez bien.

— C'est mon lit de mort. Et je veux mourir seule, c'est entendu ? Plus jamais de ma vie un chat dans cette pièce, est-ce bien clair ?

— Oui madame, bien sûr Perle, tout à fait clair. Dois-je appeler le docteur Jacques ?

— Il n'en est pas question. Il a bien trop de travail. Puis-je dormir à présent ? Il fait jour.

— Je vais vous aider à vous tourner.

Perle laisse Madeleine s'occuper d'elle, s'abandonne. Madeleine la roule sous les couvertures, l'installe le mieux possible, puis se précipite sur la fenêtre qu'elle ferme à la hâte :

— Mais pourquoi a-t-elle encore ouvert la fenêtre ? Elle est vraiment désorientée. Où ai-je posé la lettre ? Tant pis, je ferai un double... Ouf ! Elle est là !

Madeleine rassemble les quatre feuillets épars de la lettre, les dépose sur l'aplat du bureau. Elle se rend compte soudain :

— Perle a mis moins de temps à apprendre à écrire une semeuse que Suzanne à scanner un document : quatre jours ! Mais elle aurait pu mourir en attendant ! Et maintenant, Perle saute sans parachute sur son lit pour faire peur à un chat. Mais on délire là, on délire à donf ! Demain, je démissionne.

— Vous ne pouvez pas ! Vous m'aimez trop, grince Perle qui a senti la colère rentrée et légitime de Madeleine.

Mais Madeleine lâche un grand éclat de rire :

— Mais comment j'ai eu peur ! La honte ! Pa'c' qu'en plus, vous savez voler, vous ! Non, mais je rêv' !

Perle grelotte sous les couvertures qui vibrent malgré son poids plume. Madeleine décide de dormir près de Perle. Elle installe une couverture épaisse sur le fauteuil inconfortable pour prévenir tout sommeil profond. Quand il fera jour, elle prendra le temps d'une sieste, juste une heure de sieste.

24

Ne pas se laisser duper par la lettre retrouvée. Ce n'est pas l'original écrit sur du papier pelure. Ce n'est pas la lettre qu'elle a perdue. Perle ne veut plus de dispute stérile avec Madeleine, son ange gardien du dernier instant qui fait tant d'efforts pour elle, sa grande paix. D'ailleurs, rassurer Madeleine dont la tâche est si particulière est pour elle le chemin vers un départ serein. Elle attend le retour annoncé de tous ses enfants. Mais la fatigue de la mort l'abat. Le docteur Jacques appelé par Madeleine impose le repos :

— Vous pouvez écrire en parlant, madame Maine, mais valser, ça... Ce sera sans doute pour demain... Au revoir, madame.

— C'est bien dommage ! Aviez-vous l'intention de m'y inviter ?

— Valser, moi ?

Le docteur s'éclipse dans le salon en compagnie de Madeleine :

— Reposez-vous bien, madame Maine.

À Madeleine seule :

— Reposez-vous aussi, ou vous allez y laisser la peau. Vous avez bien fait de m'appeler. N'hésitez pas une seule seconde à l'avenir !

— À l'avenir... Oui... Bien sûr... Je vous dois combien ?

— Rien. Je vous remercie de m'avoir appelé. J'ai rencontré une grande dame. Vous pouvez apprendre tout d'elle, tout. Dépêchez-vous, ne ratez rien !

— Oui, oui. *I do my best*[1]. J'ai compris trop tard... trop conne comm' d'hab' !

— Ne dites pas cela de vous. Vous êtes sa dernière douceur. Soyez-en fière... Tout va bien pour vous ?

— Oui, oui. Combien vous dois-je ?

— Toujours rien.

— Perle surveille encore mes dépenses... de loin... Elle va m'en vouloir.

— Elle n'en saura rien, n'est-ce pas ? Prenez soin d'elle, c'est tout. Le traitement que je lui ai administré va l'apaiser, lui donner un sursaut d'énergie en même temps. Ne vous inquiétez pas. Au revoir, Madeleine. Attention à vous. Il faut dormir et manger comme une femme allaitante.

— Comment ?

— Sommeil et repas hachés par le temps consacré et répété aux soins d'un nouveau-né ou d'une mourante, c'est la même chose. Vous avez la vie devant vous, pas la mort.

— Au revoir, monsieur - enfin, docteur...

— Appelez-moi Jacques. Ça ira très bien. Rappelez quand vous voulez, même de nuit. Je laisse le portable allumé pour vous. Pour elle, c'est bientôt l'heure.

1. « Je fais de mon mieux. »

— Vous mélangez tout. Mais ça me rassure. Au revoir. Et si j'ai juste peur ?

— Vous n'aurez pas peur, je le sais. Vous êtes la présence qu'il lui faut. Elle a beaucoup de chance de vous avoir. Elle le sait et s'en veut. Appelez-moi pour rien.

— Merci, merci.

— Au revoir, Madeleine.

Le docteur Jacques quitte l'appartement de Perle, y laisse une douce odeur de parfum d'homme, ambrée. Madeleine ferme les yeux et avec discrétion la porte derrière lui. Elle hume l'effluve magique de celui qui lui a redonné toutes les forces nécessaires *Je t'appellerai. Bien sûr. Mais après. Avant, j'ai promis. C'est juste elle et moi. C'est comm' ça.* Madeleine ne fait aucun détour par la cuisine pour y préparer le déjeuner de Perle ou pour y consulter un mail. La batterie de son portable est H.S., elle doit le brancher en permanence à la prise de courant, l'a déposé sur le sol carrelé de la cuisine près de la fenêtre, entre le mur et la poubelle automatique en métal. Elle ne le consulte qu'une fois par jour, s'inquiète du regroupement familial qui tarde à se faire. Elle veut aimer, ne sait pas qui. Elle est prête à tout faire, elle a retenu et noté, du dernier opéra écouté par Perle sur France Musique :

> To die loved is having lived[1].

Elle pénètre dans la chambre sans faire un bruit.

Il est impossible de savoir si Perle dort. Elle est si menue que son corps n'arrondit plus les couvertures comme tout juste repassées. Seul son profil avec une

---

1. « Mourir aimé, c'est avoir vécu » (in Stephen Sondheim, *Passion*, comédie musicale, 1994).

mèche folle émerge du drap brodé à la tête du lit, signe sa présence. Le lit est-il encore occupé ?

— Bonjour ma Perle, êtes-vous sûre de ne pas vouloir vous lever quelques minutes ? Ou bien vous asseoir ? Est-ce que j'ouvre les rideaux ?

Perle n'ouvre pas les yeux :

— C'est danser ou écrire dont je voudrais être capable. Vous parlez à présent avec un grand calme. Vous êtes votre propre miracle, en avez-vous conscience ?

— Puisque vous voulez écrire, racontez-moi un rêve. Je le prends en notes. Voulez-vous ?

— Je ne rêve plus, ma p'tite Madeleine, je ne rêve plus.

— Ah ! bon ? Un vieux rêve alors… comment vous dites déjà… Une espérance ?

— Comment se fait-il, ma p'tite, que vous dormiez si mal ? À votre âge, je dormais n'importe où.

— Je veille sur vous.

— Pas trop, je vous en prie. Il ne faut pas me retenir. Je dois partir. Pour vous, plus de semeuse indélicate ou vulgaire, je vous le souhaite de tout mon cœur.

— Plus aucun appel depuis lors. Je n'ai plus de batterie. Je n'ai plus le temps de surfer. J'ai la haine des Caddie. Vous m'accaparez, Perle !

— Après tout, pourquoi pas.

— Racontez-moi une vraie histoire…

— En ai-je encore la force ?…

— Le docteur a dit que vous devriez aller mieux.

— Alors… Quelle histoire ? *Hansel et Gretel* ? *Le Petit Poucet* ? *Boucle d'or* ? *Le Petit Chaperon rouge* ?… Je les ai tellement racontées, réinventées… C'était une autre vie. Oui, une autre vie.

— Non. Non. Pas du tout, une histoire de Perle.

— *La Perle*[1] ? Il faut lire le livre, c'est initiatique, c'est mieux.

— Pas besoin en ce moment, si ? Choisissez bien.

— Bien…

Les yeux mi-clos, Perle s'apaise, réfléchit sans faire d'effort, son excès de fatigue l'en empêche, se concentre sur son propos, reprend :

— Vous savez peut-être… Non… Vous ne pouvez pas savoir… Vous êtes si proche de moi que j'en oublie votre âge… Il y eut en France les sans-culottes.

— Sans-culottes ?

— Ah ! ne m'interrompez pas. Sinon je perds le fil de l'histoire et c'est fini. Je me sens si faible… C'est bien pour passer le temps qui me reste… C'est étrange, cette immense fatigue.

— Excusez-moi… Alors, les sans-culottes…

— Pourquoi partir d'aussi loin ? Je suis trop jeune pour avoir été un sans-culotte, bien sûr, et je suis une femme, alors…

— Pourtant les culottes, c'est plutôt pour les filles, non ?… Oups, pardon pardon.

— Je vais vous raconter l'histoire des Sans-Gaines. À mon retour de Phnom Penh, mes parents m'ont enfermée dans un foyer de jeunes filles. J'avais fauté, trahi leur confiance. Je devais être redressée, comme on disait à l'époque. Eux s'occuperaient de me trouver un mari. Pendant ce temps, je suis assez vite devenue la tête de file des pensionnaires. Jusque-là, rien ne vous étonne, j'espère ?

Madeleine sourit, se tait, sourit, retrouve *sa* Perle pleine d'humour et d'invention. *Merci docteur, mais pour combien de temps ?* Perle reprend :

1. John Steinbeck, *La Perle*, 1947.

— Sans même que je leur confie quoi que ce soit, elles avaient toutes compris que j'avais une longueur d'avance sur elles, un pli particulier dans ma jupe courte qui la faisait gentiment me trahir. J'étais la seule à ne plus être vierge. Je n'ai pas raconté ma rencontre avec Meng. C'est mon jardin secret. Je n'insiste pas, vous savez tout. Mais cette complicité silencieuse allait leur donner une confiance totale en moi. Elles avaient deviné ma bienveillance à leur encontre. Je n'ai jamais trahi leur confiance. Ce fut une période extraordinaire de ma vie. Enfermée, j'étais la plus libre de toutes les jeunes femmes. Dans ce foyer, il y avait celles qui avaient un droit de sortie et celles qui étaient assignées à résidence. J'étais interdite de sortie, bien sûr. Mais nous passions commande à celles qui sortaient : les magazines *Vogue*, *Elle*... Et plus tard aussi, j'ai lu *Modes et Travaux*, parce qu'il y avait des patrons de robes. C'était gentil comme lecture, on s'évadait. Mais ne comptez pas sur eux pour nous éduquer à autre chose qu'à la beauté standard du moment, à la place attendue de femme, une bonne mère de famille malgré sa place d'homme acquise pendant les temps de guerre. Il y avait quelques livres qui restaient difficiles d'accès, vous pensez bien : *Married Love or Love in Marriage*[1], *Ideal Marriage*[2]... et surtout monsieur le

1. Marie Carmichael Stopes, *Married Love or Love in Marriage*, Fifield & Co., 1918 (ouvrage cité dans la bibliographie de Anne-Claire Rebreyend, *Intimités amoureuses, France 1920-1975*, Toulouse, Presses universitaires du Mirail, 2008).
2. Theodoor Hendrik Van de Velde, *Ideal Marriage: Its Physiology and Technique*, Aravali Books International, 2003 (1re éd. 1926), traduit en français sous le titre *Le Mariage parfait*, Bruxelles, Éditions Studer, 1930 (ouvrage cité dans la bibliographie de Anne-Claire Rebreyend, *ibid*).

docteur Carnot avec son *Au service de l'amour*[1]... conjugal bien sûr. Être enfermée ne me peinait pas. Je lisais tout ce que je pouvais... puis je résumais et j'expliquais à mes camarades. J'avais l'impression d'avoir vingt ans d'avance sur mes copines pensionnaires... Si ce n'est pas d'être à des années-lumière d'elles, puisque j'avais aimé un homme qui avait su me faire jouir autant que lui. Au début, j'avais été très blessée de cette brutale séparation, un abandon, mais, comment dire... j'en étais encore comblée, ce qui me rendait plus heureuse que toutes. Pourtant, combien de fois je me suis aussi sentie seule ! Très seule. Je regrettais d'en savoir trop, je jalousais en cachette leur évanescence, puis très vite, sans les brusquer, je reprenais ma place d'éclaireuse. Mes camarades souffraient beaucoup du carcan familial qui pesait sur elles et dont elles n'osaient pas s'émanciper. Elles obéissaient aux ordres parentaux sans aucune rébellion. J'avais fait bien plus que me rebeller contre les miens, mais j'étais libre. Mes parents, n'ayant que moi, m'aimaient encore. Grâce aux informations que j'avais obtenues de l'extérieur, j'avais imaginé faire venir des préservatifs et des diaphragmes en provenance d'Angleterre. Ce fut Lucienne qui, un jour, revint victorieuse et si fière avec deux exemplaires ! Notre veillée nocturne interdite, éclairée à la bougie entre les rangées de lits, fut extraordinaire. Elle avait, je ne sais plus comment, trouvé un godemichet. Nous avons toutes à tour de rôle appris à poser le préservatif manipulé avec précaution sur l'*engin* en bois. Et puis nous avons joué au ballon. Quelle rigolade ! Je n'ai jamais compris pourquoi

1. Docteur Jean Carnot, *Au service de l'amour*, Éditions Beaulieu, 1939 ; rééd. 1947.

les surveillantes des dortoirs ne nous ont pas mises toutes au mitard, moi la première. Nous faisions trop de bruit pour que la première autorité qui nous surveillait jour et nuit ne se soit rendu compte de rien. Plus tard, j'ai su qu'il existait une cellule d'isolement dans notre internat. Pourquoi n'y étais-je pas allée... moi la meneuse ? Apprenaient-elles quelque chose d'elles-mêmes par-dessus notre épaule ? Et puis on sentait la guerre arriver ; j'espère qu'elles ont au moins souri dans leur solitude de cheftaines.

Madeleine déglutit, se tait, que pense-t-elle ? Sait-elle poser correctement un préservatif sur un pénis en érection ? Elle sait qu'elle cherchera sur son portable le sens exact de « godemichet ».

— La vie était très différente entre celles qui sortaient et celles qui restaient...

Perle tousse, parle lentement, presque à voix basse.

— C'était une injustice impitoyable. Les plus chanceuses partageaient tout ce qui venait de l'extérieur sans exception, un reste de transmission des pénuries communes en temps de guerre sûrement. La guerre allait revenir... Qu'en savions-nous au juste ? L'entraide était totale. Un soir où les dortoirs s'apprêtaient à se vider à moitié pour trois jours, l'humeur en berne qui nous collait à la peau me devint insupportable. J'étais pourtant une internée à temps plein... J'eus une idée tout à fait étrange... Ne me demandez pas d'où elle me vint, je l'ignore. Je proposai un geste de solidarité avec les « sous-clés » et je m'y associai, puisque j'en étais l'instigatrice. La messe de Noël approchait, nous savions que nous nous y retrouverions toutes sans exception. Elle était obligatoire, fête annuelle et rituelle pour la Maison de sainte Marie-Madeleine – c'est ainsi qu'on nous demandait d'appeler notre foyer de jeunes filles de bonne famille : la Maison. Elle n'était pas « close » au sens où l'on pouvait l'entendre. Mais elle enfermait bien les jeunes filles ! Et aussi des jeunes majeures comme moi, déviante puisque j'avais fauté ! Déviante… L'éducation spécialisée, c'était, pour les jeunes filles plus modestes qui devaient être matées, une horreur ! De nos jours, avec ces principes, il n'y aurait plus aucune jeune fille chez ses parents. Mais je m'éloigne. Un jour, je proposai un acte osé de totale solidarité, je ne me suis pas débinée.

Perle tourne la tête, déglutit sans y parvenir, ferme les yeux, reprend :

— Les « libérées » allaient devoir se présenter à la messe de Noël sans culotte ni gaine, donc sans bas. La négociation fut de courte durée, elle s'acheva dans les gloussements complices de jeunes filles qui enfreignaient l'interdit dans la joie d'être plusieurs à le faire. Je tins ma promesse de m'associer à cet exercice périlleux. Qu'auraient-elles pensé si je n'avais pas donné l'exemple ? Nos mères n'y verraient-elles que du feu dans l'église éclairée à la bougie ? C'est ainsi que sont nées les Sans-Gaines, confrérie de jeunes filles curieuses, effrontées, oui, mais surtout assoiffées de liberté, à qui l'avenir échappait encore. Vous ne pouvez pas savoir comme nous avons ri après avoir eu si peur.

— Mais vous avez fait la révolution comm' ça tout' vot' vie ?…

— La révolution, ça ? 1789… ou la Résistance, des femmes et des hommes qui ont donné leur vie pour nos libertés universelles d'aujourd'hui… C'est autre chose ! J'y ai échappé sans fierté, la maternité m'a protégée de cet engagement, je me devais de protéger l'enfance de mes enfants le plus possible. La mienne avait été fabuleuse... Les Sans-Gaines étaient tenues au secret. Personne ne trahit jamais le club... Je suis fatiguée... Vous me fatiguez, Madeleine, avec vos histoires... Pour des jeunes femmes, ce fut très osé. Attention ! Personne n'est mort. Ensuite, il y eut des choses plus scabreuses qui reflétaient notre désir de nous aider à nous émanciper ensemble de toutes nos forces. Un soir, nous avions établi un programme : chacune se masturbe de son côté, puis regroupement dans l'allée centrale auprès de la bougie. Pas une de nous ne s'est esquivée. Nous nous sommes essuyé la vulve l'une après l'autre dans un mouchoir de soie brodé venu tout droit de Venise grâce à Louise. Comme nous étions fières ! Nous savions que nous devions chuchoter. C'était une habitude. Et si une surveillante venait à passer ? J'ai glissé dans l'oreille de Louise à côté de moi : « À la vie, à la mort, à la glaire ! », slogan qui a fait le tour du cercle des pensionnaires. Chacune sans bruit a rejoint son lit dont les ressorts grinçaient moins si l'on y montait à quatre pattes. Les Sans-Gaines furent ainsi lancées vers leur vie de femmes mariées. Nous allions l'être presque toutes, mais avec l'envie, la volonté que le plaisir fasse partie de notre vie conjugale. Cela n'a pas évité les divorces, mais les bons souvenirs nous ont fait nous respecter toujours. Le temps passait, l'ennui menaçait le club qui ne pouvait plus nous apporter davantage. Je proposai donc une dernière séance de caresses, puisque le plaisir est meilleur quand il est partagé...

— Ça va pas la tête ! Mais vous êtes complètement givrée vous !

Madeleine hurle.

— Madeleine, je suis trop fatiguée pour vous effrayer, nous sommes de plus en plus pressées.

Perle déglutit avec une grande difficulté, cherche des forces. Elle sait que ce sera la dernière discussion avec Madeleine, elle doit aller jusqu'au bout de son propos, jusqu'au bout. Après, elle n'exigera plus rien d'elle-même. Madeleine devra poursuivre seule la découverte de son corps et du monde. Perle exige d'elle-même, se le répète encore : *Apprendre l'amour à Madeleine puis mourir*. Très faible, sa voix lui échappe cassée, calme, déposée :

— Madeleine, écoutez, vous n'êtes plus une enfant. Encore moins depuis que vous vous occupez de moi. Mais vous avez encore peur du bonheur. Le porno à profusion sur le net et partout dans la publicité vous apprend-il le bonheur ? À l'époque, on me traitait de dévergondée, j'avais couché. C'était une injure, un amoureux avant le mariage à vingt et un ans.

Madeleine ose timidement :

— Ben c'est un peu vrai non ?

— M'enfin, c'est insensé ! C'est moi qui ai cent trois ans et qui vous demande de découvrir votre amoureux avant de l'épouser ? J'hallucine, comme vous dites ! Vous allez réfléchir, oui ? Écervelée d'enfant ! Je n'ai plus eu aucun rapport avant le mariage, parce que la peur parentale m'avait rattrapée. Aujourd'hui, on m'aurait traitée de…

— … sale pute, ça m'est arrivé, je ne veux pas de ce mot dans votre bouche.

Madeleine tchipe.

— Ça s'dégrade aujourd'hui, Perle, ça s'dégrade. Chez nous, pas de rapport avant le mariage, sinon t'es qu'une sale pute.

— Foutaise !

Perle tente de s'énerver sans pouvoir le faire. Elle parle à voix de plus en plus basse :

— N'ayez pas peur. Vous êtes payée pour le travail que vous faites auprès de moi. Vous n'offrez pas votre corps ici. Soyez sans crainte. Et offrir son corps à l'homme qu'on aime et *vice versa*, c'est merveilleux. C'est la base, même, comme vous dites. Vous allez effacer cette injure de votre esprit. Cela prendra du temps, mais vous y arriverez parce que vous m'avez rencontrée. Votre vie ne peut plus être comme avant. Plus jamais comme avant. Je l'espère. Qu'on ne reprenne jamais le pouvoir sur vous par l'injure ou le geste. Votre plaisir est un vrai cadeau à offrir à l'homme qui le cherche.

— En tout cas, y peuv' courir. J'port'rai jamais l'voile. Jamais. J'préfèr' mourir.

— Vous ne voulez pas devenir bonne sœur ? C'est une bonne chose. Ou bien devenez-le après avoir vécu tout ce que vous aurez souhaité.

— Mais non, Perle !... C'est pas ça du tout !

— Pas de croix, pas de voile, pas de kippa sur l'espace public, que le religieux rejoigne l'intime de chacun et nous serons heureux tous ensemble, c'est ça ? Vous ai-je comprise ?

— Oui. Pardon. Mais là c'est de la science-fiction.

— Non, c'est votre révolution ! Nous avions passé un pacte : toucher l'autre comme soi-même. Chaque geste devait être posé dans le respect et la douceur. Aucune moquerie n'a eu lieu. Il y eut des rires feutrés, de la gêne, oui. On ne se faisait pas n'importe quoi. On découvrait comment le désir fonctionnait chez la femme. Certaines se sont déflorées l'une l'autre. Cela ne regardait qu'elles. Et alors ? Meng ne m'avait pas tout appris, parce que nous étions trop jeunes et trop fougueux. Lui avait reçu une éducation beaucoup plus rigide que la mienne, mais il savait que tous les hommes autour de lui étaient polygames. Louise fut la première à quitter la Maison, le club des Sans-Gaines s'est éteint d'un commun accord. En une année, c'était l'âge, l'une après l'autre, comme au compte-gouttes, nous avons toutes quitté la Maison. Et à chaque départ, je crois me souvenir que se voyait une légèreté inhabituelle et curieuse dans le pli conventionnel de la jupe de la jeune fille bonne à marier. Je fus la dernière à quitter la Maison. Étonnant, non ? J'avais refusé le mari que mes parents m'avaient choisi. Il était vieux et laid, un petit-cousin de surcroît. Meng m'avait rendue exigeante. J'ai passé une quinzaine de nuits seule à dormir dans l'immense dortoir. J'entendais les voix chuchotées de mes compagnes de mauvaise fortune. Je ne me suis jamais ennuyée, Madeleine. Jamais. Je ne me suis jamais sentie seule. Puis je me suis engagée à faire des études de sociologie à l'université et à me trouver le bon parti qu'on exigeait de moi. J'avais comme signé un contrat avec mes parents. J'ai eu la chance inouïe de rencontrer Jean. Toutes les Sans-Gaines se sont mariées, sauf Jacqueline, qui eut à l'époque la courageuse audace de s'installer avec Virginie. Elles ont adopté deux orphelins de déportés.

Perle interrompt son récit. Va-t-elle le reprendre ? Madeleine se tait, espère, approche un verre d'eau des lèvres sèches de Perle qui accepte de boire à la paille depuis peu de temps. Une grande tristesse envahit Perle. Madeleine frissonne. Les épaules de Perle disparaissent dans l'oreiller quand presque inaudible sort de sa bouche :

— La Shoah... Seule dans mon dortoir à la veille de partir à la conquête de ma vie, comment aurais-je pu...

— C'est quoi la Shoah ?

— NON ! Madeleine, non. Dites-moi que ce n'est pas possible... Comment cela... Vous ne savez pas ce que...

Madeleine se cache, enfile d'un geste très brutal sa capuche sur sa tête, essuie sa bouche d'un revers de main. Elle comprend son ignorance sans savoir de quoi il s'agit. Perle reprend sans aucune force :

— Je ne peux pas, Madeleine, je ne peux pas... Vous êtes près de moi... pour que je vous apprenne l'amour... La Shoah... non... Vous chercherez ailleurs... Il le faut... C'est au-dessus de mes forces. Je vous en supplie, non – pas ça – pas ça – pas ça... Vous chercherez. Je vous le demande. Je vous l'ordonne même. Ne m'en veuillez pas, je ne peux pas, je ne dois pas... La Shoah, je ne peux pas. Ce n'est pas à moi de l'enseigner. Vous chercherez, n'est-ce pas ?

Perle s'étrangle les yeux rétrécis au fond des orbites. Madeleine observe Perle qui fixe ses yeux secs au plafond. Elle n'ose aucune pensée, aucun geste. Un frisson traverse le corps de Perle, elle tousse :

— Où en étais-je ?

— La fin des Sans-Gaines, bondit Madeleine.

— Ah ! oui... Quelques Sans-Gaines ne s'étaient pas éloignées de Paris, elles avaient pris l'habitude d'un thé avec pâtisserie au Rostand. Nous continuions à nous donner avec discrétion des conseils pour mieux honorer les efforts de nos maris et en profiter. Jacqueline et Virginie nous avaient été très précieuses. Cyrano ! Nous y avons partagé quelques moments délicieux d'une grande liberté dans le mariage, une chance que tant d'autres femmes n'avaient pas. Nous le savions. Je m'évadais toujours un peu de la conversation : et Meng. Qu'était-il devenu ? « Eh ! Perle ! Tu rêves encore ! » était devenu un refrain. Il faut dire que l'enfance de mes enfants était un délicieux bonbon qui m'enivrait, m'éloignait de tout combat à mener. Dans nos foyers, nous étions fières de nous et fortes ! Nos mains jubilaient et nos yeux pétillaient... Nous savions aller au bal le samedi soir et pas seulement... Le septième ciel n'était pas un vain mot, pour aucune de nous. Il y eut le couvre-feu, les restrictions m'ont obligée à quitter Paris pour la Normandie, la campagne normande. La Sans-Gaine que j'étais est alors devenue une sanguine... les mains en sang, rendues rêches par le travail ménager, les joues rouges cinglées par le vent de la mer. J'ai lutté pour mes enfants qui naissaient malgré la guerre, au rythme des évasions de Jean qui ne supportait pas d'être éloigné de moi. Trois évasions. Trois enfants. Nous nous réchauffions, nous nous rassurions, nous nous aimions. Jean et moi, nous aimions nous aimer. Mais jamais assez d'enfants pour qu'il soit libéré définitivement, et surtout beaucoup trop d'évasions ! Nous dûmes attendre son retour inespéré pour être sûrs qu'il était en vie. Personne n'y croyait. Il m'avait trop aimée pour être encore vivant, disaient mes amis normands. Mais il est revenu... Et de quatre ! Après la guerre, il y eut la Sécurité sociale, le droit de vote des femmes – il était temps –, les Trente Glorieuses, le bonheur, quoi ! Mais Jean vivait encore au temps des privations et des blessures, de l'urgence toujours possible de partir, il faisait des économies... et à force, même en sentiments : « Cela ne va pas durer ! » disait-il... Je m'arrête là, Madeleine. Vous m'avez épuisée... À vous d'être une Sans-Gaine des temps modernes !

— Une sans-voile, ça c'est sûr !

— Encore ? Vous êtes convaincue, il le faut. Se résigner ne sert à rien. Continuez pour les enfants de demain. Apprenez la Shoah, le Cambodge, le Rwanda, Srebrenica...

— Comment voulez-vous que je trouve un amoureux maintenant ? Vous m'avez rendue trop intelligente !

— Oh ! désastre... Comment pouvez-vous dire une telle ignominie. Mais vous l'étiez déjà ! J'ai juste allumé la mèche de votre magnifique bougie. Continuez à brûler à présent. Trop exigeante en amour ? Jamais. Vous aurez assez de compromis à faire par ailleurs. Protéger la liberté d'avorter ou lutter contre l'obscurantisme religieux quel qu'il soit, quelle est la différence ?

— Je n'aurai jamais d'enfant. Le monde est mauvais.

— Voulez-vous cesser de réfléchir à l'envers, s'il vous plaît ? L'important n'est pas de faire des enfants ! Pas en 2016 ! Vous me faites répéter, je suis fatiguée.

Perle tousse, fait une pause. Madeleine la regarde, s'étonne : de quoi s'agit-il ? Perle tousse encore, râle et parle à voix basse :

— Prendre le risque d'aimer, de découvrir son corps, de le partager avec l'homme, la femme qui vous aimera et partagera le sien avec vous. C'est le même don pour l'homme, mais on ne l'y autorise pas... en 2016 ? Où suis-je ? Tomber amoureux, expression qui date des années 1920, si j'ai bonne mémoire... Madeleine, suis-je une *has been* ?

— Mais non, bien sûr.

Perle a le front couvert de grosses gouttes de sueur que Madeleine ne voit pas, elle est concentrée sur le propos de la discussion, elle réfléchit :

— Bref, j'y connais rien à mon corps. C'est la honte.

— Bravo, souffle Perle tout doucement.

— C'est malin. Je répète : le plaisir sexuel monte jusqu'à l'utérus quand il est plein. Pour faire monter le désir, que ce soit chez l'homme ou chez la femme, il faut avant tout frotter, plutôt que d'attendre la lune !

— Merci Dolto ! répond Perle à voix inaudible.

Les lèvres décharnées de Perle plissent un sourire radieux qui emporte ses oreilles vers l'arrière. Ses yeux, deux lignes sans cils, s'échappent vers ses tempes. Perle disparaît dans son lit. Madeleine s'en veut de l'avoir autant fait parler. Y a-t-il encore quelque chose à voir ou à entendre ? *Apprendre l'amour à Madeleine puis mourir*. Était-ce la dernière leçon ? Perle glousse :

— Si Camille m'avait entendue, elle m'aurait fait taire ou serait partie. Peut-être qu'elle m'aurait traitée de… dévergondée…

Le silence se dilate dans la chambre, soulage le temps, les âmes, les murs et les rideaux. Tout s'assouplit. Tant de mots échangés planent encore, libres à eux de flotter à jamais. À chacun son filet à papillons, sa conquête. C'est bientôt le printemps. Perle a mal partout. Elle est heureuse, sa tâche est terminée. Tranquille, elle repose sur son lit de mort, y est à son aise. Madeleine s'éloigne de Perle à reculons, elle ne pourra pas soutenir son prochain regard. Perle l'entend déglutir la gorge sèche. Elle termine doucement sa leçon dans une grande lenteur :

— Touchez-vous, Madeleine, touchez-vous. Ni votre portable ni Internet ne vous connaît mieux que vous ni ne remplacera la douceur de votre main sur votre peau. Puis il sera l'heure de guider votre amant vers votre plaisir. Cela ne peut pas être autrement. Que croyez-vous ? Les hommes portent aussi leurs histoires d'interdits qui les brident. Ne vous méprenez pas sur l'avance qu'ils auraient sur vous à propos du corps de la femme. Surtout s'ils ont été élevés dans l'idolâtrie de leur genre, donc de leur sexe... L'épouse leur donnait la descendance obligatoire et exigée par la famille dans l'alcôve conjugale, ils allaient chercher la douceur de l'amour ailleurs. Leurs épouses souffraient le martyre. Pour eux, nous sommes toujours un mystère, toujours. Ne l'oubliez pas. Il nous faut apprendre ensemble et jamais contre... Jamais contre, Madeleine... Jamais... Ou alors... tout contre.

L'insistance de Perle gêne Madeleine qui en même temps se sent pleine et heureuse. Elle voudrait dire : « Ça suffit. » Elle pense : *Je suis bluffée. C'est qui la femme moderne, là ?* Perle n'a pas encore fini son propos :

— Touchez-vous d'une main et tendez l'autre à l'homme... ou à la femme...

— Ça va pas là, non ? Chuis pas lesbienne !

— Vous verrez bien, vous verrez comme le désir se dresse vers vous et vous l'accueillerez.

Madeleine s'éloigne de Perle, se colle à la porte.

— Vous partez déjà ?

— Non, non.

Madeleine s'approche de la fenêtre, lâche son regard vers le ciel gris, uniforme. Le crachin fait briller la pelouse que personne n'a taillée depuis le début de l'automne. Madeleine frotte gentiment ses pieds l'un sur l'autre, les agite sur la moquette qui les réchauffe. À travers le coton épais de son jogging, elle s'étonne de toucher entre ses cuisses sa vulve humide. Le souffle coupé, elle patiente, profite de la présence de Perle un peu éloignée. Rester seule un instant.

— Vous êtes toujours là ?

— Oui, oui…

— Veuillez m'excuser, je suis allée trop loin… C'est que nous manquons de temps, voyez-vous… Nous manquons de temps ! Et si j'étais morte hier ?

— Non ! Non.

Le soupir bruyant de Perle rapproche Madeleine du lit :

— Madame, je voulais juste la lire. Je l'ai mise dans ma poche, quand nous…

— Et le p'tit liftier vous l'a piquée… Pour vous donner un rendez-vous… Vous croyez que je ne vous avais pas sentis, tous les deux ?… Vous savez, ma lettre est perdue dans les limbes de ma mémoire. Je ne peux plus savoir si je l'ai écrite. Je ne sais plus…

— J'suis bluffée.

— Mes petits-enfants m'ont très tôt appelée Miss Marple à cause de mes lunettes à brillants et aux branches basses. Perdre m'a toujours angoissée. Le hasard ne vous a pas fait choisir la lettre la plus érotique…

— Non, c'est vrai… Mais je suis une Walking Woman… Au début, je vous croyais raciste. Votre lettre m'a rassurée.

— Raciste, moi ? J'ai été déflorée par un Khmer, je vous le rappelle !

— L'essentiel…

— Faites-vous confiance, ma p'tite Madeleine, la coupe Perle. Cœur, esprit et sexe forment une ronde, où vous serez invitée à valser, j'en suis sûre à présent.

N'oubliez pas de vous choisir un métier qui vous révélera au monde entier. Il ne vous reste plus qu'à choisir votre robe de ballerine bleue.

Long silence.

— Puis-je me reposer à présent ? Je suis épuisée. Sauter à cinquante centimètres du sol est devenue une illusion qui me fait rêver, c'est étrange, je n'ai plus faim du tout.

— Je me retire, madame. Appelez-moi quand vous le souhaitez.

— C'est bien... c'est bien... c'est bien.

Perle se laisse emporter dans un sommeil qui l'emmène jusqu'au lendemain. Madeleine ne la réveille plus au bout de deux heures. En cette fin d'après-midi interminable, Madeleine s'ennuie. Elle se campe avec mesure devant la bibliothèque à papillons, ferme les yeux, choisit au hasard un livre de poche qu'elle ouvre en même temps que ses yeux. Une feuille tombe, elle la déplie et lit :

> Ils n'ont pas changé le matelas de laine reçu de leurs parents à leur mariage. Angèle avait insisté auprès de Félix son fiancé. Félix n'en voulait pas. Elle y tenait. Elle se souvenait d'avoir veillé sa grand-mère Pauline au visage éclairé chaudement de deux bougies déposées sur les tables à gauche et à droite du lit de mort. Elle avait pressé les langes de coton d'eau chaude sur le front de tante Lucille qui accouchait de Benjamin, son fils unique attrapé au hasard. Sa mère avait failli mourir de la scarlatine. Angèle avait manqué l'école tous ces jours pendant que son père Charles-Marie allait au champ. La fièvre si forte de Françoise avait définitivement teinté l'enveloppe du

matelas de laine. Angèle l'avait aéré tout l'été qui avait suivi la maladie. Elle le déposait chaque après-midi dans l'herbe verte puis le rentrait chaque soir pour le préserver de l'humidité de la nuit. Une semaine avant leur mariage, Angèle avait raconté à Félix l'histoire du lit, mais surtout du matelas de laine. Elle sourit quand elle se souvient de son entêtement : elle ne quitterait pas la maison de ses parents sans son matelas. Félix comprit qu'il devait accepter l'obstination d'Angèle comme un grain de son caractère qui la faisait plaire. Félix avait cédé : leurs enfants naîtraient sur un matelas de laine enveloppé des craquements du bois du lit dont la tête fut sculptée pour eux par Charles-Marie d'un magnifique bouquet de roses. Angèle entend encore la voix de son père : « N'aie crainte, mon p'tit. Ce bouquet-là ne fanera jamais. »

Félix est mort avant Angèle. C'est mieux ainsi. Angèle paisible se ratatine de jour en jour. Elle dort encore à l'étage, prépare ses repas toujours simples. Et tous les soirs, elle se glisse dans le creux du lit, où les souvenirs des siens tant aimés l'entraînent dans un sommeil délicieux.

Madeleine replie la feuille jaunie dont elle respecte le pliage en son milieu percé d'une croix. Il est difficile pour elle de déglutir. Elle attrape au hasard un petit Folio à 2 euros : *Lettres* d'Edith Wharton, qu'elle glisse dans sa poche droite. Pour elle, il n'est pas encore tout à fait l'heure de se mettre à lire.

25

Le lendemain matin, Madeleine est installée sur un matelas au pied du lit de Perle. Quand elle se réveille, elle a très froid. Elle ne compte plus le nombre de nuits passées entre le fauteuil où elle lutte contre le sommeil et le sol où un infime courant d'air vient la saisir, arrivant de sous le lit de Perle. Toutes les nuits hachées par une veille intermittente marquent sa marche le jour, la font tituber, chalouper un peu plus la nuit. Le corps de Perle toujours en vie disparaît dans la surface du matelas. Le sommeil perd petit à petit du terrain sur la mort. Les jours et les nuits se succèdent, perdent leur tenue, se confondent, cisaillent les heures pour lutter contre le temps. Les tête-à-tête entre Perle et Madeleine montent en silence. Les corps-à-corps ne s'encouragent plus de mots, se parlent autrement, raideur et lassitude à l'unisson. Immobile, Perle se meurt sans mourir. Madeleine occupe ses journées de petits pas entre les menues tâches indispensables, de va-et-vient habituels et quotidiens qui ne la lassent pas. Elle veillera la nuit jusqu'au dernier souffle de Perle qui ne s'échappera pas sans elle. « Se décourager » : elle apprend aux côtés de Perle qu'elle n'en connaît pas le sens, entre le silence de mort qui envahit l'espace et les gestes minuscules posés muets. *J'écoute la vie s'en aller*. Madeleine a pris ses habitudes. Cela fait plusieurs jours qu'elle n'a parlé à personne. Ce matin, après *Ça y est* – pensée rituelle qui entame chaque journée –, elle ne prend pas le temps de s'étirer, se redresse vite, cherche à savoir d'où lui vient ce frisson. La fenêtre est une nouvelle fois ouverte sur le lever du jour comme la porte de la chambre sur la pénombre du salon au rideau tiré. *Qu'est-ce qui s'est passé encore ?* Madeleine se précipite sur la fenêtre qu'elle ferme, puis sur la porte qu'elle tire. Les rideaux translucides et gris comme usés ne virevoltent plus, la moquette mauve s'est ternie, la mer irisée d'écailles argentées au lever du soleil est bien loin. Instinctive, Madeleine se tourne vers le lit de Perle, *ça y est*. Elle reste bouche bée, mâchoire au sol. Son regard halluciné lui impose un mouvement de pendule entre le bureau et le lit de Perle. *Qui peut comprendre à part moi*. Elle n'entend rien. *Ça y est*. Elle observe ce qu'elle ne peut pas entendre. *Ça y est*. Tout est silence. *Ça y est. Mais qu'est-ce que c'est que ça ?* Son corps psalmodie pour lui-même d'avant en arrière, d'un pied sur l'autre. Comment savoir vers où aller ? Être utile comme d'habitude n'est pas le moment. Madeleine tangue, secoue sa tête en tous sens, cherche à casser le rythme de sa litanie muette qui la balance. *Ça y est*. Elle fait un pas vers le corps de Perle, s'arrête, fait volte-face vers le bureau près de la fenêtre. La lumière d'un jour uniforme étale un reflet argenté dans la chambre. Elle n'en revient pas de ce qu'elle voit, il n'est pas possible d'en revenir. Une ribambelle immobile de billets jaune paille autocollants s'égaille dans tous les sens devant ses yeux.

Perle en a collé partout : le mur couleur cendre claire, les doubles-rideaux terreux, les voilages de percaline blanche grise en transparence, le fauteuil au velours vert bouteille, le prie-Dieu au velours lie de vin. *Ça y est. Ça y est.* Qui pourrait savoir si Perle vit encore dans ce silence azimuté ? Une centaine de papiers paille sont collés les uns près des autres, une farandole sur le bord du bureau qui fait la file indienne, un collier de pierres précieuses. *Ci-gît*, une lettre au centre du bois. La page blanche ne l'est plus, elle se tend vers Madeleine aux yeux embués de larmes. *Ça y est. Vous ne m'avez pas attendue, madame Perle, vous m'aviez promis.*

Ma chère petite Madeleine,

Au-delà, Madeleine ne peut rien lire. *Ce n'est pas juste. Ça y est.* Elle s'efforce de déglutir, sa gorge l'étouffe, les larmes déferlent sur ses joues, noient son âme au bord de l'asphyxie. Elle se précipite à la fenêtre qu'il faut rouvrir pour ne pas mourir, elle aspire l'air gris du ciel à pleins poumons, file à la porte pour rétablir le courant d'air du premier instant ce matin. Elle couvre le corps de Perle d'un geste large avec le dessus de lit aux boutons de camélias. Elle hésite à se rapprocher du bureau, à poursuivre sa lecture, se laisse happer par la multitude de phalènes jaune paille qui battent des ailes en plein jour. Les pleurs de Madeleine abondent, mouillent son cou jusqu'au pli entre ses seins. Les phalènes cliquettent, papillonnent à vive allure. Après un soupir précis qui insiste, Madeleine s'efforce de se ressaisir. *Arrête de pleurer.* Retrouver la vue, lever les yeux au plafond blanc noirci par le temps. Madeleine baisse la tête. *Mais je n'ai rien entendu. C'est grave, ça.*

Elle découvre ce qu'elle peut lire : une myriade de pensées du jour écrites pendant la nuit. Les phalènes de paille flirtent avec le vent léger, attendent une lecture pour s'envoler vers un destinataire dont chacune a le secret. *Perle aimait tellement les étoiles.* Madeleine aux yeux tout à fait limpides, aux joues brûlantes du sel de ses larmes séchées s'approche de ce qu'elle doit lire. Elle s'avance – quiétude qui la porte avec sûreté sans la brusquer. *Je dois lire à haute voix*[1]. Et cet instant dure une éternité. Madeleine ose penser : *On dirait qu'elle s'est déchargée comme une pile, elle a craché tout dans le désordre, désordre qu'elle écrit pour être sûre de ne rien oublier avant de mourir.* Madeleine hurle en pleurs, elle tourne le dos au lit :

— On doit trier, c'est ça, hein Perle ? Mais comment tu veux qu'j'y arrive ?

Madeleine baisse les yeux. Elle n'a pas pu tout lire, ou bien elle n'est pas sûre d'avoir bien lu. Il y a beaucoup trop de phalènes en partance. Elle n'a pas compris les « Ps[2] ». Au sol, quelques-unes ont tenté un dernier envol avant de choir en plein jour sur la moquette. Madeleine les ramasse, les colle sur les vitres glacées :

> Nos peaux à l'étale de l'amour en état de vie, le silence souffle la voie.
>
> Mes lèvres vous seront mortes à minuit. Je mange des larmes d'amour, je pense à vous. Venise ! Ne vous inquiétez de rien. Je suis partie.
>
> Lâche la bride à ton âme, puisqu'elle s'envolera sans toi !

1. Cf. « Les Post-it-phalènes jaune paille », p. 315.
2. Psaume.

Madeleine va au-delà de ses forces, elle entame la lecture de la lettre que Perle lui a adressée. Elle s'éclaircit la voix :

Ma chère petite Madeleine,

Je n'ai pas pu dormir cette nuit. Sans doute une très mauvaise habitude de mourante qui veille, je vous l'accorde. J'aurais pu comme toute personne sénile effeuiller les rouleaux de papier toilette pour passer le temps dans la réserve toujours très bien garnie par vos soins minutieux. La nuit eût sans doute été plus courte. Malheureusement, mon cerveau m'autorise de moins en moins à être sénile. J'ai profité du temps qui passe si lentement la nuit pour utiliser tous vos petits carrés jaune paille autocollants. Quelle belle invention ! On peut les coller partout, n'est-ce pas ? C'est très amusant ! Cela coûte-t-il cher ? Servez-vous dans mon porte-monnaie, comme d'habitude. J'ai usé toute votre réserve. Vous écrire quelques modèles de semeuses d'amour fut un plaisir, j'espère qu'à votre lecture le plaisir sera partagé. Cueillez-les ! Elles sont toutes pour vous ! Oserez-vous me dire ce que vous en pensez ? Quelques chansons me sont revenues aussi. J'ai tellement aimé chanter... des chansons d'amour de toutes les époques, je les apprenais par cœur ! Laissez-moi donc dormir toute la journée, puisque nous n'irons plus jamais à la mer ni sur le canal Saint-Martin. J'ai tellement aimé la promenade aux bambous[1] près de la gare de Lyon. Écouter les bambous frémir à Paris me rappelait le Cambodge. Vous irez pour moi, c'est certain. Moi, j'ai perdu mon amoureux !

Madeleine tourne très lentement sur elle-même, manque de chanceler vers le lit de Perle. Sous le

1. Une promenade chère à Henry Bauchau.

couvre-lit jeté pêle-mêle, Perle serait-elle vivante ? *L'ai-je étouffée comme une idiote ? Ça veut dire quoi « Ps » ? Tu vas m'le dire ?* Elle devine la position en boule de Perle. *Une boule rouge sans poil. Elle arrive encore à se plier ?* Ne pas réveiller Perle. *Est-ce qu'on rêve encore juste avant de mourir ?* Aucune phalène pailletée sur le qui-vive ne quittera l'instant de son envol avant la mort de Perle. C'est le dernier vœu de Madeleine. Toutes volettent sans décoller jusqu'à nouvel ordre. Cela frétille comme en eau douce. *On dirait des boules de Noël carrées. Ça brille !* Madeleine ne fermera plus la fenêtre. Elle gardera précieusement sa collection de phalènes, comme les avions en papier d'une enfance heureuse, combien de petits bleus pliés et lancés vers le ciel en attendant de grandir ? *Le chat n'osera plus jamais entrer par là. Il a eu trop peur !* Elle sourit, hausse une épaule, entend :

— Pourquoi pleuriez-vous, ma p'tite ?

26

DANS la chambre, l'air est à l'arrêt. Perle vacille, une bougie en manque de cire. Ce soir-là, Madeleine l'a aidée à se coucher, n'a pas encore déroulé son matelas sur le sol au pied du lit de Perle. Un rictus serré, figé au coin de la lèvre gauche, elle assume dans le calme les corvées de linge sale qui se rapprochent, la rattrapent plus vite chaque jour. C'est insidieux, inévitable. Changer les couches de Perle est une tâche qui ne cesse de l'abattre davantage. Pour protéger l'environnement, elle a décidé de revenir aux couches en coton bio. Dans un silence ouaté, étriqué, l'heure cogne, la couche est changée. Les odeurs sonnent, étranglent. Les tulipes pâles perdent leur couleur dans l'eau renouvelée tous les jours, leurs tiges coupées à la même cadence, leurs fleurs prennent un teint de cire, étrange, vivent encore, leurs pétales s'écartèlent pour une dernière séduction. Demain, sans doute, il ne faudra plus toucher au vase. Tous les matins, il fait jour.

Perle n'est plus Perle sous le poids de la couverture et du couvre-lit épais rouge vif aux boutons de camélias qui explosent, la tête perdue dans l'oreiller moelleux, le nez dans la fraîcheur du drap dont l'odeur s'obstine à envahir l'âme de Perle d'une douce volupté. Madeleine ajoute de l'assouplissant dans chaque lessive, remonte le lit de Perle au moins une fois par jour. À cet instant, seules dépassent du drap blanc et repassé les longues phalanges de Perle aux ongles longs, encore entretenus. Ses mains sous le menton ressemblent à deux pinces qui ne lâcheront plus le drap :

— Je suis bien, ma p'tite. Je suis si bien grâce à vous. Je sens que je vais dormir. Il fait bien chaud. Merci.

— Je vais ranger la cuisine. Vous n'avez rien mangé. Une compote maison au beurre salé ?

— Non, non. Tout va très bien je vous assure.

— Je reviens vous voir juste après. Je vous mets l'adagio n° 23 en attendant ?

— Non, non… Ce soir, plutôt le largo largo largo. Que lui… Que lui… Que lui… C'est possible, n'est-ce pas ?

— Ah ! oui… Je vous retrouve ça… C'était de qui déjà ? Euh…

Madeleine cherche sur le MP3 de Perle :

— C'était le *BWV 975* ? Le *Concerto pour piano* de Schumann ?… Grrr… Le *Concerto n° 3* de Rachmaninov… Le *n° 13* de Mozart… Hélène Grimaud, Martha Argerich, elles sont belles !… La *Septième* de Beethoven, c'est trop beau ça… Non, Alexandre Tharaud… Euh… le *BWV 975*… on dirait que…

Perle lui sourit sans la voir, hausse à peine ses épaules légères, répond sans répondre :

— Si vous l'dites…

Madeleine se tourne vers Perle, fronce les sourcils, une oreillette du MP3 dans son oreille, l'autre dans celle de Perle, dont le visage d'un coup s'illumine. Madeleine s'exclame :

— Ça y est. J'ai ! Largo *BWV 975* de Bach en boucle pour vous servir, avec la *Septième* de Beethoven. Quand même, il vous faut du volume.

Madeleine installe cette fois les deux écouteurs dans les oreilles de Perle qui la retient par le poignet d'une main raide :

— Pourquoi... Pourquoi ne dire son amour qu'allongé dans la mort ? Madeleine, savez-vous que je vous aime depuis le premier jour ?

La *Septième* de Beethoven commence, grésille. Madeleine se fige, les deux mains sur les oreilles de Perle, elle triture les petits câbles blancs sans les déplacer, semble les démêler – il n'y a rien à démêler –, tente de garder son équilibre :

— Ce n'est pas à moi qu'il faut dire ça, madame Perle. Je ne suis pas votre enfant. Vous vous trompez. Ils ne vont pas tarder, soyez-en sûre.

— C'est bien à Madeleine que je parle ? Vous avez beaucoup grandi. Je suis fière de vous. Mais que font-ils ?

— Ils arrivent.

— Croient-ils que je suis en état de les attendre ? C'est fini, le temps où j'organisais tout. Il est peut-être temps qu'ils le sachent, vous ne trouvez pas ?

— Personne n'est parti avant vous, sauf monsieur Jean.

— Alors, où sont-ils ? Je vous l'demande.

— Ne vous inquiétez pas, ils arrivent.

Perle a lâché le bras pressé de Madeleine qui se frictionne, patiente avant de quitter Perle, retient ses larmes, déglutit – *Aïe ! Ma gorge !* –, quand elle entend :

— Je vous le répète : vous êtes ma dernière douceur. Entre Bach et Beethoven, une vraie apsara des temps modernes !

Perle sourit à sa blague, à présent Madeleine la comprend, se tait, refoule loin en elle toute son émotion. Elle attrape les deux mains de Perle par ce qui dépasse du lit, les quatre bouts de doigts gelés, les pouces sont restés cachés sous le drap. Madeleine n'ose pas un baiser tendre sur le front, non, elle n'ose pas, elle y pense, se penche un peu vers Perle, c'est tout.

— Ma dernière douceur, puisqu'il n'est plus l'heure de me masser.

— Voulez-vous que je vous masse les mains ?

— Non, Madeleine. Non. Bach va s'en charger. Ne me touchez plus. N'insistez pas, s'il vous plaît. Mais priez, priez pour moi, s'il vous plaît !

— Je ne sais pas. Vous m'en demandez trop là ! Et puis on n'a pas le même Dieu quand même !

— Vous voulez bien essayer de prier votre Dieu pour moi, dites ?

— Je ne sais pas non plus.

— Essayez juste une fois. Je vous prête mon prie-Dieu. Si vous n'y arrivez pas, je ne vous demanderai plus rien. Je me débrouillerai.

— Que dois-je faire ?

— À côté de votre portable éteint, allumez une bougie et après vous inventez.

— Inventer ? Ce n'est pas un blasphème, ça ?

— Vous inventerez votre prière comme vous inventerez votre vie. Essayez.

— Perle, pourquoi vous m'faites peur comme ça ?

— Je vous dis que vous méritez le bonheur et je vous fais peur ? Madeleine, vous êtes libre. Totalement libre ! D'allumer ou d'éteindre votre portable, d'allumer ou s'éteindre la bougie. Mais je vous interdis de taire votre vie. À quoi bon vous l'interdire, elle vous rattrapera toujours. Vous risquez juste de perdre du temps. Plongez dans la vie comme dans une eau douce à souhait.

— Je ne sais pas nager.

— Apprenez.

— Je n'ai pas d'argent.

— Gagnez-le.

— C'est ce que je fais.

— Alors continuez. Cette conversation m'a épuisée. Allez vous entraîner à prier dans la cuisine.

— Non.

— Si.

— Demain.

— Je serai morte.

Perle a fermé les yeux. Madeleine éloigne ses mains des oreilles de Perle, la musique qui déborde des oreillettes l'accompagne. À travers le dessus de lit, Madeleine caresse Perle de ses deux mains rondes mises à plat puis elle se penche vers l'arrière, la laisse partir vers une nuit apaisée, s'éloigne d'elle. Elle se met à genoux sur le prie-Dieu et entend en elle la voix de Perle lui dire : *À qui parlons-nous quand nous nous taisons*[1] *?* Madeleine sursaute. Elle se relève face au prie-Dieu, s'agenouille sur le sol et se penche en avant, le front collé à la moquette. Elle entend de nouveau Perle lui dire : *Écoute et tu parviendras*[2]. Madeleine se redresse, s'éclipse dans la cuisine où elle n'est pas longue à tout ranger, le repas qui en sort est de plus en plus frugal. Tous les appareils sont éteints. Aucun mail n'est attendu, plus aucune

1. Phrase de Tarjei Vesaas.
2. Extrait de la loi de saint Benoît.

lettre en partance, plus aucune semeuse en instance d'arriver.

C'est bientôt Noël. La famille s'est très vite entendue : se rassembler à Paris, puisque c'est le dernier Noël de Perle. Il n'y a eu aucune hésitation. Il se passera quelque chose. Tout le monde attend l'événement. Le chat ronronne aux pieds de Madeleine, caresse ses mollets tendus comme des boulets de canon prêts à la mettre sur orbite. Elle est épuisée, décide de laisser la corvée de linge pour le lendemain. Elle prend une douche très chaude, pose un masque à l'huile de ricin sur ses cheveux qu'elle démêle longtemps avec un peigne en plastique noir aux dents larges. Enfin, après un shampooing doux, elle les nourrit avec son huile de coco au parfum d'ylang-ylang. Les mouvements de ses mains sur son cuir chevelu sont lents, profonds, comme si elle ne pouvait arrêter ni de se masser la tête ni de soigner ses cheveux qu'elle laisse pousser en boule comme une couronne de reine, une auréole noire pour la vierge noire. Quand elle entre dans la chambre de Perle, elle porte sur elle un doux parfum de noix de coco, huile qu'elle a aussi appliquée sur sa peau. Perle a le visage serein, serti par les deux fils des oreillettes qui lui offrent le largo à l'infini. La *Septième* n'est passée qu'une seule fois. Madeleine ne s'en est pas aperçue, elle déroule son matelas au pied de Perle, fait son lit sur le sol. Elle ne s'allonge pas tout de suite. Elle pousse la fenêtre sans la fermer, les phalènes jaune paille virevoltent toutes. Il fait nuit. Le chat, sphinx assis derrière la fenêtre les yeux plissés, reste immobile. Madeleine s'installe dans le fauteuil confortable de la chambre, qu'elle a tourné face au lit, face à Perle. Elle s'enveloppe tout entière dans une grande et épaisse couverture de laine orange, adapte sur ses oreilles un casque branché sur son MP4. Pour l'instant, sa musique ne regarde qu'elle, balance un grésillement rythmé de basses assez discrètes à l'extérieur du casque. Cela grésille dans toute la pièce. Les oreilles du chat battent par réflexe à intervalles réguliers, chacune à son tour. Madeleine s'est acheté quelques revues féminines parce qu'elle adore les horoscopes, la mode et les conseils de maquillage. La revue *Aime* consacre son numéro du mois de décembre à la couleur bleue. Les pages blanches et brillantes du magazine se suivent, présentent à Madeleine les plus belles pierres bleues : l'aigue-marine, le lapis-lazuli, le diamant bleu, l'opale de feu, le saphir de Ceylan, la topaze de mer, le saphir étoilé, la turquoise, la tanzanite, la calcédoine, la tourmaline bleu vert. Elle tourne les pages dans un sens, dans l'autre, nage sans le savoir en compagnie de Perle entre les pierres précieuses et les brillants qui ont passionné la vieille dame toute sa vie. Madeleine essaie de comprendre comment la lumière passe à travers les pierres, chacune à sa façon, elle tord les pages. Elle parcourt le dossier « mode » comme un catalogue, elle s'achètera une veste en daim bleu jean azur dès qu'elle aura un peu d'argent. Elle apprendra plus tard à nager. Madeleine semble rythmer le largo que Perle écoute. À pleines mains, à intervalles réguliers, elle écarte de ses oreilles les coussins épais de son casque, elle s'assure qu'aucun bruit ne l'alerte. C'est juste, rien ne bouge en direction de Perle dans la pénombre tamisée de la pièce. La lampe de chevet rouge et la bougie chauffe-plat dans un petit bougeoir aquarium éclairent le lit. Alors du crépitement amplifié du casque s'échappe dans la chambre une musique rythmée, une langue scandée :

Roméo kiffe Juliette, Juliette kiffe Roméo[1].

La phrase a le temps de s'évader dans la pièce. C'est une volute de mots cloués au silence, elle se dilate, y résonne, s'ajuste, y trouve sa place en suspension quelque part dans l'air. Madeleine réajuste son casque, pose ses mains à plat sur chaque accoudoir. Elle a lâché l'*Aime* bleu. Elle ferme les yeux, le menton porté haut, le visage à la verticale, elle ressemble à un chef sioux presque mort tant elle est immobile. Un mouvement de cou et de menton vers l'avant lui donne vie. La tête coiffée d'une casquette à la visière inversée, elle bat la mesure, son menton lui sert de métronome. Madeleine rythme l'amour brisé de Roméo et de Juliette. Elle se laisse guider par le chant du slam qu'elle écoute en boucle pour l'apprendre par cœur. Comme sur l'autre berge du fleuve, de la chambre, Perle à plat au fond de son lit disparaît au fur et à mesure que l'envahit le largo. Son corps si diminué vibre de moins en moins aux ondes graves et régulières de son cœur, du largo en fête et c'est l'éternité. Perle laisse son cerveau lutter seul de toutes ses forces contre l'oubli. Madeleine ne s'aperçoit de rien, elle se concentre sur son slam qu'elle veut mémoriser. Perle résiste au sommeil malgré elle, son souffle chuinte une psalmodie, elle siffle des bribes infimes de mots. Des kyrielles de vers inachevés, retournés, inversés, coupés, entiers, rassemblés s'échappent de sa mémoire qui se vide. Ce sera le dernier temps. Le cerveau de Perle décharge ce qui lui reste ou ce qui lui

1. Grand Corps Malade, « Roméo kiffe Juliette », chanson, 2010.

revient de l'ailleurs de l'ailleurs, de l'intime de l'intime, du Chant des chants. C'est alors que ses lèvres déposent au bord du drap comme une risée à fleur d'eau :

> Je suis noire et magnifique. [...] C'est le soleil[1].

La phrase s'étale à la surface du drap de lit comme une huile, le vent léger du plaisir. Une source jaillit pour la dernière fois. Le couvre-lit s'enfle d'un souffle inouï. Perle lâche tout sans se presser :

> Oh des baisers de sa bouche ! [...] Il passe la nuit entre mes seins[2].

Meng à son bras, Perle disparaît, s'éloigne dans un sommeil apaisé, très profond. Les mots déposés à fleur de drap diffusent sur le couvre-lit rouge en soie comme des couleurs nouvelles. Ils se perdent, se retrouvent, se marient, s'inversent, drapent la soie autour de *La Valse*[3] élancée sur le lit face à Perle endormie. Est-ce un dernier songe ? Les amants se mettent en route, ne se quitteront plus. Qu'ils naissent de l'argile du Géyn, du bronze ou de la soie, qu'importe ! Ils brillent à la ronde, émergent noirs de la nuit noire dont ils s'enveloppent, s'envolent. Pour l'éternité, ils dansent, les sexes l'un en l'autre. Quelle honte ? Quelle beauté ! Censure assurée ? Ils en échappent, un drap les couvre là où tout doit être caché. Perle revient :

> Mon amour est à moi et moi à lui, celui qui m'emmène au pré entre les lys[4].

---

1. Ct 1, 5-6, *La Bible, nouvelle traduction*, Bayard, 2001.
2. Ct 1, 2 et 1, 13, *ibid.*
3. Sculpture de Camille Claudel.
4. Ct 6, 3, *La Bible, nouvelle traduction, op. cit.*

Perle repart. Son cerveau tente de la faire revenir autant qu'il peut à chaque verset déposé au bord du drap vers le couvre-lit. C'est une vague absence, une douce folie de vie, un nouveau pas de valse qui achemine Perle vers la mort. Devant Perle alitée, les amants se dressent, dressent leur désir qui jaillit du couvre-lit. Ils ne se quitteront pas, valsent à l'infini moulés dans un linceul rouge camélia, qui glisse tout à coup. Un courant d'air s'installe dans la pièce :

> Roméo kiffe Juliette, Juliette kiffe Roméo
> C'est au premier rendez-vous qu'ils franchissent le pas
> Ils s'embrassent comme des fous[1].

Une nouvelle fois, Madeleine à deux mains pleines a décollé son casque de ses oreilles : rien ne bouge. Mais elle s'inquiète à intervalles réguliers *Ça y est ? Ça y est ! Qu'est-ce qui se passe ? Vas-y – Perle – Vas-y – Va-t'en – Va, Perle.* Au même instant, Perle et Madeleine déploient le même sourire. En miroir, face à face, elles se sourient, *La Joconde* et *La Jeune Fille à la perle*. Qui est l'image de l'autre ? À cet instant, Perle vit son dernier moment de lucidité, le regard lancé au-delà de la blancheur du plafond :

— C'est une expérience extraordinaire[2].

Le casque arraché, Madeleine a bondi, a entendu, attendu une seconde phrase. Pour rien ni personne, cela grésille dans la pièce :

> R… k… J… J… k… R…

---

1. Grand Corps Malade, « Roméo kiffe Juliette ».
2. Propos de Ernest L., 95 ans, quelques heures avant de mourir.

Puis :

> Vas-y – Perle – Vas-y – Va-t'en – Va, Perle.

Perle est repartie hors d'elle-même, une prière lui échappe :

> Ne réveillez pas – ne réveillez pas Amour – Avant envie – c'est sa voix – le voilà – C'est mon amour qui vient[1].

Madeleine garde en mémo sur son portable ces mots comme un chant venu se mêler au creux de ses oreilles avec l'amour fou qui la rappelle. Elle lâche le casque sur ses oreilles qui résonnent :

> Un amour dans l'orage, celui des dieux, celui des hommes,
> Un amour du courage et[2]...

Madeleine chaloupe jusqu'au fauteuil, la couverture orange lui sert de traîne de reine.

Elle ne se retourne pas, derrière elle debout, les amants redressés, leurs corps abandonnés, lovés l'un en l'autre, ivres de leur rencontre, inventent leur propre valse. Leurs têtes ne se tiennent plus, s'abandonnent, se penchent l'une vers l'autre, vers le plaisir qui les emportent, inventent un berceau au lange si doux pour le nouveau-né qu'est leur amour. Ils s'échappent, s'échappent de l'écharpe de bronze qui les retient à terre en train de fondre à leur feu. Qu'ils naissent de l'argile du Géyn, du bronze ou de la soie des corps, qu'importe. Le linceul peut-il retenir la peur ? Que

1. Ct 2, 7-8, *La Bible, nouvelle traduction, op. cit.*
2. Grand Corps Malade, « Roméo kiffe Juliette ».

la vie s'évade ! Les amants ne se quitteront pas, ils s'envolent vers leur nudité.

Madeleine répète à voix basse, presque par cœur :

> La famille de Juliette est juive, tu ne dois pas t'approcher d'elle[1].

Perle s'allège de toute prière, Madeleine apprend Shakespeare par cœur. Les mots dégorgent de la bouche de Madeleine et de celle de Perle, de sa peau comme un torrent qui grossit la rivière. Perle n'est plus un ruisseau. Sa couche est un estuaire où les eaux, les mots se brassent avant de prendre le large d'une mémoire qui s'efface. Un vent de mots, une cascade insiste dans sa chute :

> Allez ! Reviens, la Sulamite. Comme une danse. Que tes pieds [...] Oh ! Ton ventre – tes seins – ton cou – tes yeux oh – ton nez – ta tête – tes tresses – si belle si douce – amour dans jouissance[2].

À voix basse, Madeleine scande comme un slogan, le poing levé au-dessus de la visière de sa casquette inversée dans le cou :

> Mais on s'en fout qu'elle soit juive ! Regarde comme elle est belle[3] !

Les amants ne se quitteront pas, enlacés sur le dessus de lit aux camélias. Ils valsent à l'infini, ne savent pas qu'ils respirent l'un pour l'autre. Ils se respirent, c'est tout, jouissent l'un par l'autre, nés du désir de leurs chairs unies et libres. Dans le drapé soyeux et rouge

---

1. *Ibid.*
2. Ct 7, 1-7, *La Bible, nouvelle traduction, op. cit.*
3. Grand Corps Malade, « Roméo kiffe Juliette ».

fusent leurs arabesques fugaces, signent leur passage au fusain, déborde leur amour qui déroule à l'infini la liberté de leurs sens réinventés à chaque tour de valse. Une carte, un paysage intime se dessine à plat au-dessus du corps de Perle. Madeleine tend l'oreille, décolle un écouteur :

> Ils se fabriquent un décor
> Ils s'aiment au cinéma, chez des amis, dans le métro[1].

Perle qui n'est plus Perle s'entête :

> Un bouquet de myrrhe – C'est mon amour à moi – Il passe la nuit entre mes seins – Une grappe de henné – C'est mon amour à moi dans les vignes[2].

Les mots jaillis de toutes parts rejoignent le dernier paysage de Perle qui remonte à la source, se vide au rythme de plus en plus lent d'un largo largo largo qui est la vie.

> Avec les moyens du bord, pour elle c'est sandwich au grec et cheese chez McDo[3].

Les amants ne se quitteront pas. *Ça y est ? Vas-y – Perle – Vas-y – Va-t'en – Va, Perle.*

Bach répète la vie, le largo, largo, largo : sentiers, ruisseaux, chemins, vases et rivières. Perle s'efface. Largo – *Ça y est ? Vas-y – Perle – Vas-y – Va-t'en – Va, Perle. Qu'est-ce qui se passe ?* Elle ouvre le monde vers le possible, des reliefs escarpés de paysages invisibles se dessinent au-dessus d'elle, prennent vie sur son corps

1. *Ibid.*
2. Ct 1, 13-14, *La Bible, nouvelle traduction, op. cit.*
3. Grand Corps Malade, « Roméo kiffe Juliette ».

qui s'efface. Des désirs ardents et humains se dressent, la valse des amants les cueille à la ronde l'un en l'autre. La vie bat à jamais. Largo – largo. La vie bat le désir à flanc des chairs soyeuses, des vaisseaux tortueux, des montagnes escarpées et des mers furieuses.

Perle hoquette :

> La myrrhe de mes doigts coule sur la serrure [...] J'ouvre à mon amour[1].

Madeleine connaît par cœur :

> Pas de fiole de cyanure, n'en déplaise à Shakespeare[2].

Perle sourit comme aux anges, Bach en boucle dans les oreilles. Entre les camélias sur le lit, tout cela se brise, se déroule, s'allonge, monte, s'envole, s'affaisse, volette dans le tourbillon de la valse. Puis tout se pose un instant. Perle disparaît. La vie insiste si fort, la valse des amants passe encore. Ils ne se quitteront pas. *Ça y est ? Ça y est ! Vas-y – Perle – Vas-y – Va-t'en – Va, Perle.* Il est l'heure de partir. Largo. Leurs corps enveloppés parlent de leur amour nu qui se trouve et se cherche au creux du lit de Perle. Terre – bronze – feu – argile du Géyn – soie rouge – pierres et chairs. Monte l'intime de l'intime, le Chant des chants, s'ouvre le monde, emporte les amants vers d'étranges contrées de monts, de crêtes, de gorges et de cols ignorés, de vallées qui résonnent. Perle implore :

> Il frappe. Ouvre-moi ma sœur, mon amie. Ma colombe. Ma parfaite[3].

---

1. Ct 5, 5-6, *La Bible, nouvelle traduction, op. cit.*
2. Grand Corps Malade, « Roméo kiffe Juliette ».
3. Ct 5, 2, *La Bible, nouvelle traduction, op. cit.*

Madeleine gronde :

> Un chat Internet... La sanction est tombée, elle ne doit plus sortir[1].

Perle divague, se dresse :

> Mon amour tend sa main par l'ouverture – Dedans – Je frémis à cause de lui – Moi je me lève pour ouvrir à mon amour[2].

Elle se croit debout face au chat :

> Si vous trouvez amour – Qu'allez-vous lui dire ? Que je suis malade d'amour – Ton amour est-il si différent des autres ? Toi, la plus belle des femmes ? Mon amour est éclatant et vermeil[3].

Perle lâche tout, se vide, c'est incessant. *Ça y est ? Ça y est ! Vas-y – Perle – Vas-y – Va-t'en – Va, Perle.* Largo. Largo. *BWV 975.* Bach chante en boucle le Chant des chants, creuse l'intime de l'intime à l'âme de Perle. Ça essouffle, s'essouffle, ça s'éteint, ça valse encore, le largo tarde à partir. Ils vont partir. Orphée et Eurydice. *Ça y est ? Vas-y – Perle – Vas-y – Va-t'en – Va, Perle.* Perle gratte dans la soie quelques rimes de plus :

> Allez viens, mon amour, on se lèvera tôt pour les vignes[4].

Perle tire à elle, gratte le drap, tire encore à elle le drap à la fraîcheur de lavande. Encore. *Ça y est ! Vas-y*

---

1. Grand Corps Malade, « Roméo kiffe Juliette ».
2. Ct 5, 4-5, *La Bible, nouvelle traduction, op. cit.*
3. Ct 5, 8-10, *ibid.*
4. Ct 7, 12-13, *ibid.*

– Perle – Vas-y – Va-t'en – Va, Perle. Elle s'en va. Largo. Largo. Largo. Encore. *Ça y est ? Vas-y !*

> Roméo kiffe Juliette. Juliette kiffe Roméo
> Et si le ciel n'est pas clément, tant pis pour la météo[1].

Il faut partir, Perle. Assez. *Ça y est ? Vas-y ! Ici gît.* Largo. Largo. Largo. Perle gratte encore largo largo le drap qui borde à présent ses narines. Elle disparaît sous le paysage de camélias, de bronze et du Géyn, de chairs soyeuses et d'amour. Elle se vide. Largo. *Ça y est ?* Amen. Elle se vide. Il faut partir :

> Un parfum s'impose, c'est ton nom[2].

Il faut partir. Partir. C'est l'heure. *Ça y est ? Vas-y – Perle – Vas-y – Va-t'en – Va, Perle.* À force de crisper le drap, les ongles de Perle d'une longueur d'après la mort se sont teintés de rouge, fine poussière de soie brisée sous les doigts qui semblent creuser la terre. Ses mains plus légères qu'une feuille disparaissent dans un nuage de fibres rosées, il n'y a plus de rouge. Oui, elles creusent le drap. Perle retient entre ses doigts d'étranges plissés d'ombres et de paysages. Les amants ne se quitteront pas :

> Mais Juliette et Roméo changent l'histoire et se tirent[3].

Ça bat, ça chante, ça danse à la surface de la glaise et du bronze. La parole d'un nouveau monde naît des

1. Grand Corps Malade, « Roméo kiffe Juliette ».
2. Ct 1, 3, *La Bible, nouvelle traduction, op. cit.*
3. Grand Corps Malade, « Roméo kiffe Juliette ».

corps dans le plié de l'étoffe comme un suaire. Il suffit de tendre la main.

> Roméo kiffe Juliette, Juliette kiffe Roméo
> Sous un ciel d'automne où il pleut sur leurs corps[1].

Perle crie sans crier :

— Venez à moi, tous mes morts ! Je vous emmène avec moi, vous m'avez tant manqué !

Largo. Il faut partir. *Ça y est ? Vas-y – Va-t'en – Pars, Perle.* Poser la vie telle qu'elle est, la musique, un ressac repousse Perle vers la vie un instant de plus. La litanie des versets semble inépuisable :

> L'amour est plus fort que la mort – Passion – Dure – Comme l'enfer[2].

Ça y est ! Vas-y – Va-t'en – Pars, Perle. Qu'est-ce qui se passe ? Elle se vide. Largo. Combien de mots encore ? Ses ongles rougis, blanchis sont bleus, la bave blanche à la bouche sèche. Elle creuse encore un peu la terre du paysage, s'enfonce dans le lit, le bord du drap sur son front, ses doigts déroulent encore sans elle des arabesques et des tourbillons de poussière au pied de la valse éternelle. Les amants circulent parmi les camélias en fleur, parmi les cendres noires. Ils plissent à l'envi leurs chairs soyeuses dans un désir sans fin. Sur la table de nuit, la flamme fragile de la bougie vacille. Les amants cachés dans le même linceul valsent au rythme de leur chant, un intime d'intime qui cache un monde nouveau, un Chant des chants qui se dévoile. Le largo rythme toujours leurs ébats. Perle s'évanouit

1. *Ibid.*
2. Ct 8, 6, *La Bible, nouvelle traduction, op. cit.*

dans les failles plissées de *La Valse*, sombre dans un chant d'amour qui la couvre d'un drap net :

> Là mon amour parle et me dit : Allez ! Lève-toi ! Mon amie, ma belle, en avant[1] !

Perle tousse, tousse. Il faut partir. Largo, *La Valse*, « Roméo kiffe Juliette, Juliette kiffe Roméo », le turban bleu, la ballerine, *Ça y est ? Vas-y !*

Madeleine sourit, connaît le chant par cœur et s'encourage :

— Ça y est, vas-y ! « Un amour dans l'orage, celui des dieux, celui des hommes / Un amour, du courage et deux enfants hors des normes [...] Un amour dans un orage réactionnaire et insultant / Un amour et deux enfants en avance sur leur temps[2]. »

Perle hoquette, s'étouffe, se noie : la valse s'évapore. La chimère s'évanouit. Une dernière parole s'élève :

> Allez, disparais, mon amour – Des montagnes – Parfums[3].

Largo. *Ça y est ? Va-t'en, va, Perle.* Cachée sous le drap, inerte, Perle n'est plus. Sur les camélias rangés, le bronze fondu de la valse abattue se durcit. Les amants se sont envolés. Le Chant des chants n'est plus chanté. Le largo *BWK 975* de Bach chante à jamais à la mémoire de Perle qui ne peut plus l'entendre, je l'aimerai pour elle. Enveloppés d'amour et de beauté, nous pleurerons de joie. Le lit est vide. Perle est morte.

---

1. Ct 2, 10, *ibid.*
2. Grand Corps Malade, « Roméo kiffe Juliette ».
3. Ct 8, 14, *La Bible, nouvelle traduction, op. cit.*

Plus loin dans les campagnes, les coqs chantent encore le lever du jour. Ce matin, à Paris, le chat miaule près de la fenêtre ouverte, s'étire, frotte son poil de tout son long sur le bois nu de la fenêtre. Il siège sur son rebord de fenêtre. Veilleuse de la dernière heure, la lampe de chevet rouge illumine encore la pièce. Le chat miaule tout ce qu'il peut. Ça miaule. Ça y est. Ci-gît Perle.

Madeleine ouvre des yeux hagards, se dresse d'un bond dans le fauteuil, les bras tendus en appui sur les accoudoirs, ses fesses sont décollées du siège, ses jambes tendues vers le lit, les talons fléchis pointent. S'échappe d'elle :

— Perle ! Tu sais, Perle ? Personne ne m'avait jamais dit « je t'aime » !

Madeleine écoute un chant venu d'ailleurs :

> Largo – Roméo – Bach – Valse Juliette – Chant de Meng – Dresse ma glaise en jean – Seins et fruits des vignes – Lève mes lèvres – Sous le soleil ma peau de bronze illumine le monde. Debout la nuit, vas-y !

Elle retombe dans le fauteuil, ses bras pendent le long des accoudoirs, frôlent le sol, ses yeux fixes s'embuent. *Ça y est. Il se passe que ça y est.* Elle fixe le lit refait à neuf, bordé très serré comme tous les matins après ses soins. Le couvre-lit aux boutons de camélias est blanc.

27

UNE souplesse immense, une paix profonde enveloppent la chambre, le lit carré blanc. Madeleine ne quitte pas l'appartement jusqu'à l'arrivée de toute la famille, presque un à un. Après tant de mots mêlés qui l'occupèrent, l'espace s'apaise. Un gouffre de silence s'offre sans limite à la venue au compte-gouttes d'âmes normales qui chuchotent. Madeleine renouvelle la bougie de chevet. Que la veilleuse vacille témoigne de la vie tout juste soufflée au creux du lit jusqu'au dernier venu des vivants. Elle laisse la fenêtre entrouverte pour le battement d'ailes des phalènes dans l'imminence perpétuelle de leur départ. D'un balcon plus éloigné de la foule qui enfle, le chat impassible surveille les allées et venues feutrées. Les enfants, les petits-enfants et les arrière-petits-enfants se recueillent les uns après les autres ou par petits groupes, se retrouvent auprès de Perle apprêtée, au visage paisible. Madeleine devenue masseuse pour la vie fut présente aux soins mortuaires sans y participer. Elle voulut tout voir, rester auprès du corps de Perle. Au-dessus du lit, on s'interroge : à quand remonte le dernier repas de famille avec Perle ? Personne ne s'accorde. La conversation gonfle, retombe.

Le ton chuchoté lance une dernière parole sur le pont entre la vie et la mort. Personne ne prend garde à la lettre aéropostale déposée avec la plus grande précaution sur le bureau de Perle, espace lustré, un tableau noir où écrire à la craie blanche serait encore possible, un espace vertigineux ouvert en son centre par une lucarne au reflet de lune intense et pleine. C'est une lettre fermée destinée à Perle qui semble ouvrir l'avenir du monde par une dernière voltige. Aucune feuille de papier pelure ne pourrait résister au courant d'air entretenu pour les phalènes que le petit monde de Perle pour l'instant craint, ignore, interroge. Les épaules contractent les corps, pointent une certaine désapprobation. Les âmes les plus peureuses soufflent un air souffrant :

— Voilà bien une dernière lubie à la Perle Maine ! Et une lettre posthume, qui plus est…

Camille et Suzanne se parlent avec discrétion. Camille commence ainsi :

— Depuis quand est-elle arrivée ?

— Je ne sais pas exactement. Madeleine m'a dit, après sa mort.

— Qui peut encore écrire de Phnom Penh ?

Suzanne pince les lèvres, se tait un temps, puis :

— Veux-tu l'ouvrir pour savoir ?

— Non. À toi l'honneur après tout…

— Pourquoi moi ?

— Le privilège ne revient à personne. Jetons-la dans la fosse.

— Maman ne voulait pas être enterrée, elle ne le sera pas. D'ailleurs, ce n'est pas prévu, je te le rappelle.

— Qu'allons-nous faire des cendres ? C'est interdit de…

— Respecter un interdit de ce genre pour la mémoire de Perle Maine ?

— Oh ! je t'en prie ! La règle est la même pour tous. Est-ce le moment de faire encore ta révoltée ? Et puis taisons-nous. Je voudrais l'écouter pour voir si elle arrive encore à prier après sa mort.

— Camille... Tu es ignoble. Si c'est pour dire de telles ignominies, alors souffre en silence, s'il te plaît.

— Tirons au sort celle qui lira la lettre.

— Il n'en est pas question. Et pourquoi pas Guillaume ou Paul ?

— Donnons-la à Mathis, alors.

— Et pourquoi lui ? Le notaire s'en occupera.

— Oh ! pitié ! Camille, cesse ton sarcasme ! Tais-toi.

Quelqu'un frappe à la porte de la chambre, n'entre pas :

— Qui cela peut-il être ?

— Madeleine sans doute.

— Elle n'ose pas entrer sans frapper ?

Camille perchée sur de très hauts talons qui tordent ses chevilles âgées dans la moquette muette avance et ouvre la porte :

— Mais Madeleine, pourquoi frappez-vous à la porte ?

Madeleine jette un regard en biais vers Perle, pousse un cri pincé et puissant, chancelle vers Suzanne qui la retient à la porte :

— Venez vous asseoir, Madeleine.

— Non. Je la veillerai ce soir et toute la nuit. C'est mon rôle. Je le lui ai promis. Laissez-nous, moi et les petits-enfants. Vous parlez trop. Je reviens tout de suite. Pour l'instant, laissez-moi partir.

Camille interrompt l'échange entre Madeleine et Suzanne :

— Un appel du 9-3, je suppose ?

Suzanne pince la peau du bras de sa sœur :

— Tais-toi !

Madeleine est saisie par le propos sifflant de Camille, elle sort de la chambre à reculons, fixe Camille comme une bête furieuse qui pourrait la mordre, mais elle s'adresse à Suzanne :

— Ne vous inquiétez pas, madame Suzanne. Je pars juste en commissions. Puis-je garder les clés ?

Madeleine fixe encore Camille, Suzanne lui répond avec tristesse :

— Madeleine, ne vous effrayez pas. Bien sûr, aussi longtemps que vous le souhaitez.

Camille pour elle-même :

— Ben voyons, faites comme chez vous !

Puis, vers Madeleine :

— Attendez !

Elle se retourne vers ses frères et sœur, lance un regard vide vers ailleurs, elle souffre tant, s'approche du bureau où elle saisit la lettre en un éclair :

— Prenez la lettre, Madeleine. Elle vous revient.

— Cette lettre est adressée à Perle. Personne ne peut la lire.

— Vous seule le pouvez. Vous seule en avez le droit, le privilège, vous seule avez veillé sa mort.

Madeleine cesse sa marche en arrière vers le salon, le buste tordu, les jambes en compas, le pied gauche pointé vers la lettre et le droit vers l'embrasure de la porte, elle ne comprend pas l'élan soudain de Camille :

— En êtes-vous tous sûrs ? interroge-t-elle d'un regard appuyé et doux pour chacun des enfants de Perle en cercle autour du corps.

Tous acquiescent de la même manière : Madeleine la connaît si bien. Ses yeux s'embuent de larmes gonflées, lourdes d'émotion : les enfants de Perle ont tous le même regard aimant, celui de leur mère. Madeleine enroulée sur elle-même accepte à deux mains la lettre que Camille lui remet, elle la contemple comme une relique. Elle ne se relève pas en guise de merci, reste concentrée sur ses mains. Suzanne, Camille, Guillaume et Paul se retirent discrètement de la chambre de la défunte, laissent Madeleine debout, seule avec une offrande en forme de lettre. Vite, elle enlève ses chaussures, s'approche de Perle qui semble endormie, s'agenouille auprès d'elle. Les pieds retournés, elle les frotte l'un sur l'autre, se rassure. Elle regarde l'enveloppe en papier pelure bordée de tirets obliques bleus et rouges – *D'où elle sort, c't'enveloppe ?* –, la tourne et la retourne avec la souplesse des mains qui savent masser – *Qui est-ce ?* –, ferme les yeux, la caresse, frissonne. Sur la pulpe de ses doigts à l'écoute, le papier ondule, accroche sa peau. *Du sable ?* Elle approche l'enveloppe de ses mains qui se dilatent, cherchent une odeur, les yeux fermés. *De l'encens ? De la myrrhe ? Arrête de délirer, Mad' ! Tu sais même pas c'que c'est qu'la myrrhe !* Elle presse l'enveloppe contre ses lèvres, l'ouvre au plus près des oreilles de Perle et des siennes. Le léger bruit de papier lui souffle ce qui doit être dit :

— Perle, il vous a répondu !

Les coudes très avancés sur le lit où elle s'enfonce, Madeleine ouvre les yeux, se penche très près de Perle qui lui donne l'impression qu'elle s'approche d'elle. Madeleine se gratte la gorge, ouvre la lettre pliée en quatre :

Ma bien chère Perle,

Jour...

Madeleine arrête sa lecture, la reprend et ose dire à voix haute :

Ma bien chère Perle,

Jour après jour s'effacent en ma mémoire vos rides une à une, si vous êtes morte, vous si belle et à jamais aimée...

Madeleine poursuit sa lecture en silence, puis souffle :

À ma Ballerine,

Votre prince et votre éléphant bleu sont toujours vos plus dévoués serviteurs.

Votre Meng,
qui aime toujours la salade aux pommes
de terre persillées.

Madeleine est calme, très calme. Elle laisse la sarabande de la lettre se développer dans la chambre au-dessus du corps de Perle. Elle la regarde partir en volute. Son cœur s'apaise. Elle est prête à l'amour. Meng vit-il encore ? Perle avait-elle raison d'attendre de toutes ses forces ? A-t-il écrit la lettre ? Arrive-t-il demain comme dit dans la lettre – mais à combien de jours remonte le demain dont il parle ? Alors demain... Demain quand ? Faut-il faire une salade de pommes de terre persillées ? Mathis ! Suzanne ! Perle elle-même a-t-elle écrit la lettre pour tous ceux qu'elle aime et qui restent après elle ? *Pour moi ?* Qui parle ? Pour Madeleine ? Avec les outils modernes, un fac-similé est si facile à fabriquer. La lettre est-elle bien partie de Phnom Penh ? *Merci Perlélotus !* Qui parle ? Tout s'échappe. Madeleine la plie avec délicatesse, la glisse de nouveau dans son enveloppe. Elle ouvre le lit de Perle comme elle l'a fait tant de fois. Elle ne veut plus jamais toucher la peau de Perle qu'elle sait froide. Elle place la lettre dans la poche droite du gilet bleu marine de Perle. Elle est heureuse de cette lettre secrète, la dernière destinée à Perle à qui elle sourit. *Bon repos à vous.*

Qui ne voit pas que tout le corps de Perle respire encore ? Elle ne peut pas mourir. Madeleine referme le lit, les draps lui semblent si lourds. Puis elle souffle la flamme de la bougie plate dans son mini-aquarium transparent. *À présent il est temps de partir.*

28

Les yeux déformés lui zèbrent la lumière de la rue : l'humanité n'est plus qu'une bande passante entre ses paupières tuméfiées par les pleurs incessants. Face au soleil, Madeleine s'est adossée au guichet de la porte cochère de la cour pavée. Épuisée, elle retournerait bien se réfugier dans la chambre mortuaire, pénombre triste, immobile et bienveillante. Tout à l'heure, le corps de Perle sera levé. Madeleine a refusé d'assister à la scène malgré l'insistance des quatre enfants, de Mathis aussi. Auraient-ils tous besoin d'elle une dernière fois ? Qu'avait donné Perle à Madeleine qu'ils n'avaient pas reçu de leur mère, qu'ils espéraient qu'elle leur transmît ? Elle a résisté à l'injonction du monde de Perle dont elle sait ne pas faire partie et qui a cédé à son désir d'absence, de désert. Elle a salué chaque enfant, vieilles personnes dans la peine, apaisés, silencieux, amoureux. Perle les a-t-elle précédés de peu ? De loin ? Un courant d'air puissant pèse sur la porte-guichet qui force Madeleine à poser son second pied au-delà du pas de porte côté rue. Le bois lourd la maintient debout comme si elle luttait contre le poids de la porte cochère tout entière. *Pas fermer la porte – Pas entendre le clic – Pas tout de suite le clic de la porte dans mon dos – J'ai peur.* Un filet d'air de la rue s'engouffre derrière Madeleine dans la cour, frôle la loge de la gardienne, file par l'entrée de l'escalier, en suit la spirale de plus en plus rapide en colimaçon jusqu'au cinquième étage. Un courant d'air sort de l'ascenseur au même étage. Ça frappe à l'appartement 52 occupé par la mort depuis quelques jours. Les rideaux des fenêtres ouvertes se sont figés. Le chat entre sans prévenir par la fenêtre, traverse l'appartement avec la discrétion d'un chat. Auprès de son arrière-grand-mère qu'il pleure à chaudes larmes, Mathis chuchote :

— On étouffe ici.

Il se lève, ouvre la porte de la chambre, traverse le couloir dont il fait grincer les lames de parquet avec ses souliers pointus, noirs et brillants, glisse, évite une chute, fait un grand écart au sol, se redresse, s'approche de la cuisine, boit un verre d'eau à toutes petites gorgées.

— Tiens, j'avais demandé à rester seul. Qui frappe ?

Quand la porte s'ouvre, un violent courant d'air traverse l'appartement, s'engouffre vers la chambre de Perle d'où vient Mathis, ressort par la fenêtre du chat qui claque plusieurs fois sur ses montants.

Les deux jambes bien parallèles sur les pavés du trottoir, en angle d'équerre avec la porte, Madeleine prend le temps qu'il faut, se redresse lentement contre le bois du guichet qui se rapproche de son loquet. À quinze mètres de Madeleine, un chien teigneux aboie, Madeleine sursaute. Le bois du guichet a rejoint discrètement son loquet. Clic. La porte est fermée dans son dos. *Ça y est. Vas-y.* Elle titube au soleil, saoule d'une fatigue aux nuits sans sommeil. Elle récite :

— R. k. J. J. k. R.

Elle sursaute quand elle entend :

— Lucifer ! Lucifer ! Attends-moi, j'te dis !

Madeleine regarde autour d'elle sur le trottoir. Le cabot de tout à l'heure est au bout de la rue, au bout de sa laisse. Avec les yeux et le cerveau d'un automate, elle observe ce qu'elle voit en bande étroite : un platane, un landau tourné vers un banc vide, une jeune femme sort de la boulangerie, elle court vers le landau, la canne vert pomme d'un vieillard qui ne mange plus de viande depuis très longtemps, la tête de cheval de la boucherie chevaline, le panneau publicitaire lumineux qui annonce en boucle trois promotions : le *Kama-sutra* à Paris, *Je m'envoie en l'air en trois secondes, et vous ?* dit une jeune hôtesse de l'air en tenue de vol, et aussi : *L'amour ne tombe pas du ciel !* Pour les célibataires en quête d'une vraie rencontre sur la toile. Madeleine sursaute :

— Lucifer, tu fais chier à la fin, t'écoute rien !

Une petite fille noire, cheveux aux papillotes multicolores, fonce tête baissée dans Madeleine qu'elle ne peut pas voir. Madeleine reconnaît le chat du balcon de Perle, lui se frotte avec insistance à ses mollets.

— Mais qu'est-ce que tu fais là ? C'est mon chat !

Tout à fait désorientée, Madeleine reste figée, se tait. Elle apprécie la chaleur du chat qui ronronne et qui la réconforte de nouveau avec ses caresses. Elle se dit : *Il me reconnaît.* Elle lui sourit, s'agenouille auprès de lui. Elle entend encore :

— C'est mon chat.

— Bonjour Boule de suif, comment t'as fait pour descendre d'aussi haut ?

— C'est pas Boule de suif, c'est Lucifer. C'est mon chat.

Aux caresses et à l'odeur de Madeleine, le chat ronronne de plus belle.

— Pourquoi tu l'as appelé Lucifer ? Il est pas noir !

— T'as pas l'droit, j'te dis. Pourquoi y ronronne avec vous et moi j'peux pas l'toucher ? Vous êtes pas du quartier. J'vous ai jamais vue. Vous êtes qui ?

— Je m'appelle Madeleine. Madeleine. J'ai vingt et un ans aujourd'hui.

— Et alors ? Ça n'a rien à voir avec mon chat.

— Je connais bien ton chat.

— Il était chez toi ? Toi t'es pas gentille. Il a disparu depuis trois semaines. J'croyais qu'il s'était fait écraser par une voiture. Mes parents ont mis des affichettes partout. Tu sais pas lire ou quoi ? Tiens, regarde autour de toi, ma parole – l'enfant pointe du doigt une affiche à un mètre d'elle sur un tronc de platane. Madeleine s'explique :

— Je ne suis pas beaucoup sortie ces derniers temps. Quand je sortais, j'étais préoccupée et très pressée de rentrer chez moi. Enfin…

— C'est ça… Tu sais même pas lire ! C'est pas la peine d'avoir honte… Faut qu't'apprennes, c'est tout !

— Mais non, pas du tout ! Tu vas m'écouter un peu, oui ? Ton chat s'est installé sur notre balcon… Enfin… Sur le rebord de fenêtre de mon amie. Il m'a beaucoup aidée. Il a senti que j'avais besoin de lui. Je ne savais pas que tu existais. Je croyais que c'était un chat errant.

— Y en a plus, des chats errants en ville. Y a des pigeons errants. Mais tu sors d'où, toi ?

— Ils ne volent pas, les pigeons ?

— Ben ceux qui n'ont plus de pattes, non. Pourquoi tu l'as appelé Boule de suif, mon chat ?

— C'est mon amie… Enfin… Je ne sais pas.

— Elle te l'a pas dit ?

— Elle lisait beaucoup.

— Attends, je regarde sur mon portable.

— Tu as un portable, toi ? À ton âge ?

— Ben quoi ? C'est normal. Tiens : *Boule de suif*, nouvelle de Maupassant. Connais pas.

— Mon amie lisait beaucoup, je te dis.

— Moi, je m'appelle Prêle. Prêle tout court. Et ne me fais pas répéter. C'est le nom d'une plante médicinale. Ma mère est médecin.

— Prêle ?

— Ah ! non ! Ça ne va pas recommencer !

— Excuse-moi. C'est que…

— Mais sur quel balcon il était, Lucifer ?

Prêle lève les yeux vers le ciel, tourne sur elle-même, observe le nez en l'air les quelques immeubles autour d'elles. Elle recule vers la chaussée sans la voir. Madeleine lui crie :

— Attention, enfin !

Une voiture pressée klaxonne. Comme si de rien n'était, Prêle revient vers Madeleine :

— Comment il est rentré et comment il est r'ssorti ?

— Je ne sais pas.

— Tu sais pas ?

— Quand on s'est rencontrés, il était sur le rebord de la fenêtre.

— C'est ça.

Madeleine se ressaisit et s'adresse au chat. C'est plus facile pour elle :

— Comment t'as fait, Boule de suif ? Euh, pardon : Lucifer ?

— Parc'que tu crois qu'il va t'répondre ? C'est un chat sauvage ! Il est comme moi. Pourquoi tu lui parles comme à un prince ? J'ai passé l'âge du grand méchant loup, tu sais.

— Et pourquoi vous vous ressemblez ?

— On a tous les deux été abandonnés. Moi j'ai été adoptée. Ça baigne !

— Et *Le Petit Prince*, tu connais ?

— Oui, je l'ai vu au cinéma. C'est pour les mioches. Ton Suif, tu peux t'le garder. Y s'casse tout le temps. Il est trop asocial. J'ai besoin de quelqu'un de fiable, tu comprends ? Redonne-le à ton amie. J'dirai rien à mes parents. Y vont m'acheter un chien. Tu comprends ?

— Oui. Enfin... Je crois.

Madeleine lève la tête au-dessus de celle de Prêle et poursuit :

— T'as raison, j'aurais dû voir les affichettes. Ils en ont mis partout, tes parents ! On dirait des phalènes !

— Des quoi ?

— Des... Rien...

Madeleine tourne sur elle-même, découvre des affichettes par dizaines sur les troncs des platanes, les portes cochères de la rue, les vitrines des magasins et les énormes poubelles municipales. Elle continue de tourner sur elle-même. *C'est pas vrai ! Ça y est. Vas-y. Clic.* Puis, confuse, elle s'arrête face à Prêle :

— Je me suis beaucoup occupée de mon amie.

— Pourquoi t'es triste ? J'lui donne, mon chat, j'te dis !

Madeleine hésite, réfléchit sans pouvoir le faire, répond :

— Mon amie vient de déménager à l'étranger, très loin. Je le savais depuis longtemps, mais ça fait bizarre.

— Ouh là ! Très loin, c'est quoi ? Aux States ?

— Oui, c'est ça, aux States.

— C'est pas d'bol… Enfin, c'que j'sais surtout, c'est que quand quelqu'un meurt, on sait pas trop où il s'en va, tu crois pas ?

Madeleine serre son poing dans les poils du dos de Suif, qui, plaintif, sort ses griffes des coussinets, miaule enfin et cherche à s'échapper. Elle plonge les fentes de ses yeux boursouflés dans les yeux écarquillés de Prêle qui pince sa lèvre à l'aplomb de sa parole. Madeleine s'explique sans se presser :

— En fait, ton chat, mon amie ne l'a jamais aimé. Elle le détestait même. Elle aurait pu le tuer, si elle en avait eu la force. Surtout quand il s'est installé à sa place sur son lit de mort.

— Il a fait ça ? Il exagère, j'avoue…

— Elle lui a sauté dessus pour l'écraser.

— Elle est malade, ton amie ? C'est comm' ça qu'elle est morte, en sautant sur mon chat ? Mais elle a quel âge, ton amie ?

— Elle avait cent trois ans.

— ' vache…

— Moi, je l'aime bien ton chat. Je lui ai beaucoup parlé.

— J'ai compris, va.

— Il ne va pas te manquer ?

— Ben non, mon père va m'acheter un couple de cockers. Je vais les appeler Blanc et Noir. Allez ! Ciao, Mad' ! J'vais m'faire tuer si j'suis en r'tard !

Madeleine n'a pas le temps de lui répondre, Prêle s'est déjà éloignée, sautille d'un pied sur l'autre. Ses papillotes font des pirouettes multicolores dans ses cheveux tressés comme des rubans de gymnaste en compétition. Madeleine l'observe de dos. Prêle porte une veste bouffante en coton noir sur lequel est inscrit en lettres blanches TAKE CARE[1]. Les yeux toujours très douloureux, Madeleine sourit pour elle-même. *Ça y est. Vas-y. Clic. Take care.* Encore accroupie auprès de Suif, elle se déplie, fait l'effort de se redresser sur ses pieds fourbus et ses jambes gonflées. Elle regarde Suif avec une grande douceur :

— Allez, Suif, on rentre.

Madeleine et Suif s'éloignent dans la même direction que Prêle, l'enfant lumière. Ils ne tournent pas à la première à droite. Suif se précipite en avant, revient sur ses pas, sautille, chasse un moustique qui vole bas, s'arrête, attend Madeleine épuisée. Suif ressemble à un chien bien apprivoisé tout excité. Madeleine décide de quitter les bruits stridents de la ville trop vite retrouvés. Il n'est pas encore l'heure pour elle de vivre. Elle met son casque sur ses oreilles, commence à marcher au rythme d'un andante, celui dont Meng aurait parlé dans la lettre posthume, un de ceux des *Pêcheurs de perles* de Bizet. Elle se laisse emporter par la voix ténor d'un chanteur très connu qu'elle ne connaît pas. Pour Madeleine, Nadir l'amoureux de Leïla se souvient de Leïla :

Je crois entendre encore
Cachée sous les palmiers

1. « Prends soin de toi. »

Sa voix tendre et sonore
Comme un chant de ramiers[1].

Suif reste auprès d'elle, l'andante pousse Madeleine vers sa vie.

1. Georges Bizet, *Les Pêcheurs de perles*, 1863.

29

MATHIS s'est installé à la place de Perle dans son fauteuil face à la fenêtre de la chambre. Il tourne le dos au lit carré, paré de frais par Suzanne après le départ de Perle. Les boutons de camélias brillent comme neufs, tout est blanc, tiré à quatre épingles. Les franges de soie lourdes pendent immobiles tout autour du sommier, frôlent à peine la moquette. Personne n'a encore touché à l'armoire pleine des derniers vêtements de Perle. La robe brillante de soie orange est en boule – retour à l'état sauvage de la soie –, chiffonnée dans un coin d'une étagère, cachée derrière une pile de dix chemisiers fins aux couleurs parme. La boîte à bijoux est à sa place sur la table en demi-lune près de laquelle Perle aimait boire son thé de 17 h 15. Perle n'a pas connu le Japon. C'était presque hier. Toutes les phalènes se sont envolées. Personne ne sait que les cent quatre lettres à Meng, exemplaires photocopiés et sous enveloppes Vergé ivoire, reposent à l'envers, empilées dans le sens inverse du temps. Pas une ne manque dans le tiroir gauche du bureau de Perle. Mathis l'ignore, il est assis les avant-bras sur le bois brillant du bureau, les mains à plat grandes ouvertes, les doigts effilés et souples, allongés comme posés sur les touches d'un piano qui attendent la première note. Les veines sous la peau jeune et diaphane des mains de Mathis pulsent leur jeunesse jusqu'à la pulpe des doigts qui connaissent peu de chose en amour, déjà prêts à l'aventure, pleins de tant de partitions en mémoire. Son pouls lent bat fort à ses poignets immobiles. Par la fenêtre au rideau ouvert, il porte un regard élargi vers la lumière diffuse et douce sur la ville. C'est sans voir et sans entendre bruisser le champ de toits qui s'étend devant lui et au-dessous duquel, pour qui sait tendre l'oreille, émanent les bruits de tant de vies qui s'agitent au bonheur et quoi d'autre. Mathis cherche l'apaisement. Le manque de Perle lui pique la peau, le brûle, la pièce garde encore son odeur. *Elle n'est pas morte. Je ne veux pas qu'elle meure.* Il avance vers ce paysage qui lui est familier, champ d'ardoises rangées, de cheminées aux fumées hivernales, courtes, vacillantes, éphémères. C'est un ruisseau qui lui chante l'enfance. Mathis ne cherche pas à descendre au plus près des humains sous les toits. *Est-ce que tu m'aimes ? Non ! Alors tombe ! Tombe au fond de l'eau avec les poissons !* Cette comptine lui revient : il a l'oreille et la joue collées au buste de son arrière-grand-mère qui le serre très fort et le bascule en arrière, la tête dans le vide, lui à cheval sur les genoux de sa bisaïeule. Il a les yeux fermés et respire l'odeur de Perle entre ses seins. *Est-ce que tu m'aimes ? Oui !* Avec Perle, dite Mamette, ou avec Suzanne, sa grand-mère, il se souvient du jeu du *Est-ce que tu m'aimes ? Oui ! Non !* Dans le jeu, Mathis enfant avait alors le droit d'aimer ou de ne pas aimer sa grand-mère, son arrière-grand-mère. Ses yeux très mobiles nagent, voguent à la voile parmi toutes les nuances de gris des ardoises et de zinc, sur les reflets éblouissants des quelques grandes façades de verre. À force de naviguer seul, il entre en lui-même face à ce qu'il désire – quoi au juste ? Il écoute la voix de Mamette, jeune Perle intrépide au Cambodge. Il est tout de suite face au bocage qu'il ne peut pas voir avec ses yeux. Il s'apaise tout à fait. *Il fait bon ici.* Il baisse les yeux vers le bureau de Perle. Devant lui, il a aligné huit portables. D'abord celui de Perle et le sien. Puis ceux de Madeleine, Suzanne, Camille, Guillaume, Paul et Jonas qui ont tous accepté de les lui confier pendant deux jours. « Deux jours max ! » lui avait dit son père. Chacun dépouillé s'en est allé entamer son deuil dans l'ancien silence d'un ailleurs perdu, hors de la chambre de Perle. Pour tous, se taire au monde un temps était une évidence. Par sa demande, Mathis les soulage d'une présence obligatoire et conventionnelle au monde dont ils se retirent un temps grâce à lui. Le téléphone de Perle serait le dernier lieu vivant, par les semeuses ultimes échangées avec elle. La présence de leur ancêtre flotte encore, s'échappe, s'installe dans leurs cœurs amoureux à jamais. Ainsi, personne n'a cherché à comprendre la lubie de Mathis. Chacun a accepté qu'il ait ses raisons et que, inconnues de tous, celles-ci soient tout à fait bonnes. Comment en douter ? Mathis lui-même très affecté aurait-il pu à l'instant éclaircir son projet ? Il souffrait de n'avoir pas su revoir Perle à temps, encore en vie. Il avait juste promis, juré même :

— Juste les semeuses qui vont et viennent entre chacun de nous et Perle. C'est tout. Je vous demande quarante-huit heures… deux jours seulement… S'il vous plaît.

Le silence qui avait suivi laissait entendre : « Mais pour quoi faire ? » Mathis avait ajouté, sans que personne ne lui demande quoi que ce soit :

— Je ne sais pas... S'il vous plaît.

Le silence de tous signait sa bonne foi, la bienveillance de ses proches désarmés, endeuillés.

À l'instant, la main droite de Mathis, celle d'un jeune homme bon et honnête, émotif et visionnaire, repose sur une pile de papier pelure blanc. Le regard fixé sur le bois brillant et noir du bureau, il répète sa promesse :

— Je vous l'jure.

Perle lui avait offert une ramette de papier pelure mauve MAE satiné de cinq cents feuilles, une rareté de nos jours, commandée par Perle et achetée par Madeleine. Cette ramette revenait sans conteste à Mathis qui n'attendait rien de son arrière-grand-mère aimée, aimante. Il aurait pu exiger sa correspondance, il s'est tu. Face à la table de travail de Perle, Mathis caresse sa ramette de papier. Dès le jour où Perle cessa d'écrire, les semeuses prirent le chemin vers les êtres aimés qu'elle s'apprêtait à quitter, qu'elle retenait ainsi auprès d'elle le plus longtemps possible. Grâce à Madeleine, les semeuses partaient au fil de l'humeur heureuse et apaisée de Perle et pas une fois par jour de tempête. Madeleine fut son soutien dévoué dans cette dernière envie d'aimer. Comment Mathis peut-il savoir s'il réussira dans son entreprise ? Il tient dans sa main droite peu assurée le dernier stylo-roller de Perle qui avait fini par abandonner la plume trop lourde pour elle. Il s'apprête à recopier toutes les semeuses à la main sur le papier pelure. Face à lui, les huit téléphones rutilent, l'appellent, restent muets, en rang d'oignons. Au pied de chaque écran, il a installé un petit papier décoré d'un bord de mer avec un phare où est inscrit *De la part de Perle*, puis suit le prénom de chaque propriétaire et son code d'accès. Mathis les contemple l'un après l'autre. Son regard est doux, plein de l'amour souffrant qu'il porte à son arrière-grand-mère. Pas un modèle identique au précédent ou au suivant. Celui de Jonas a l'écran cassé, celui de Madeleine porte une coque rose pailleté et un mini-nounours jaune poussin. Trois sont blancs, cinq noirs, deux n'ont pas de coque de protection, l'un est dans une chaussette arc-en-ciel, l'autre dans une housse en cuir noir à rabat. Quatre portent des oreillettes, deux un casque. Il déshabille les portables de leurs options : casques, oreillettes, étuis, coques, housse, chaussette. Il branche celui de Madeleine dont la batterie est hors service. Il respecte l'ordre précis des portables toujours en ligne sur le bureau de Perle. Il en essuie les écrans avec une application qui varie en fonction des téléphones. Il veille à la chronologie des messages, note les dates d'envoi et de réception, leur contenu bien sûr, l'expéditeur, le destinataire. Organiser son travail autour du téléphone de Perle est une évidence : seules comptent les heures d'émission et de réception des semeuses lues sur le portable de Perle. Puis il allume chaque portable avec précaution : ne pas se tromper de code plus de trois fois. Les uns après les autres, ils se mettent tous à clignoter. Le bois du bureau tremble. Mathis attend la dernière vibration pour commencer son décryptage. Le calme revenu, une contrainte s'impose à lui : déconnecter tous les Internet et les messageries pour travailler dans le silence, hors du monde et de l'intime de ceux qu'il aime. Plus aucune nouvelle semeuse d'amour ne peut partir du portable de Perle ou y arriver. Mathis se met à la tâche hors ligne. Les six autres propriétaires ont accepté d'être en mode silencieux pendant deux jours, Mathis s'apprête à déconnecter les portables, quand les huit palpitent ensemble, reçoivent tous la même semeuse d'un numéro inconnu :

Merci pour tout, Mathis. Reçois tout notre amour.

Mathis sourit, les yeux embués de larmes qu'il essuie, qui coulent, troublent sa vue, coulent, qu'il essuie encore. Il lâche un grand soupir vers tant d'autres soupirs, souffles pleins de vie nés dans cette pièce. Il sait qu'il se concentre mieux le soir que le matin. Travailler de toutes ses forces quand le monde s'apprête à dormir. Cette fois, les portables sont déconnectés de toute fonction de communication pour les prochaines quarante-huit heures.

Madeleine entre comme une furie dans la chambre de Perle :

— Mais Mathis, il faut manger !

— Madeleine, je ne peux pas vous rendre votre portable maintenant. Vous m'avez promis…

— J'avais gardé la clé sans vous le dire. C'est trop dur. Dois-je vous la rendre ?

— Oui… Non.

— Bon, de toute façon, je vais l'attendre. Je ne peux pas vivre sans lui.

— Moi non plus.

— Oui mais vous, vous l'avez.

— Il est éteint comme les autres.

— C'est comm' ça pour tout l'monde ?

— Pour tous les amoureux de Perle, oui.

— Je vais vous faire à manger.

— Non, Madeleine. Lassez-moi seul, s'il vous plaît.

— Si j'comprends bien, vous m'virez ?

— Madeleine, vous êtes plus chez vous dans cette chambre que quiconque. Mais je vous demande de me laisser seul. Tout à fait seul.

— Et moi alors, hein ? Tout le monde s'en fout ! J'vais où ?

Mathis ne répond rien, il sent le temps lui échapper, il n'a aucune réponse à donner. Il lâche son regard vers la moquette en même temps qu'il se tourne de nouveau face au bureau, le regard tendu et inquiet vers les toits. *Elle doit partir tout de suite.* Madeleine s'éloigne sans dire un mot, recule une fois de plus vers le salon. Le regard suppliant et trouble vers le dos courbé de Mathis immobile, elle ose :

— Ne me chassez pas, je vous en supplie. Je ne peux pas partir.

— Oui, bien sûr. Je vous demande juste de ne pas vous occuper de moi. Je sais cuisiner. Je n'ai pas faim. Je n'aurai pas d'horaire.

Madeleine se ressaisit :

— Je fais deux trois courses et puis chacun s'débrouille. Ça vous va comm' ça ? Et votre père ? Il doit être dans un sale état.

— Camille accueille tout le temps les siens proches et ceux des autres. Ah, la Sainte Famille ! Il est avec elle, c'est bien pour mon père, je ne peux rien pour lui. Suzanne a besoin de dormir. Guillaume et Paul auront tout le temps qu'il leur reste pour…

— Chut ! Perle est encore là, vous savez. À vous aussi, il faudra du temps. Mais vous, vous avez toute la vie !

— Voulez-vous de l'argent pour les courses ?

— Vous m'prenez pour qui ? Je gagne ma vie, vous savez ! Je peux m'installer dans le salon.

— Et votre chambre ? Comme vous voulez. Mais pas ici. Pas ici ! termine Mathis qui laisse échapper son irritation.

Madeleine insiste :

— Vous savez que nous avons presque le même âge ?

— Pas tout à fait, non.

— On se dit « tu » ?

— S'il vous plaît, Madeleine…

— OK, OK. J'me casse !

— À bientôt, Madeleine. Ne vous occupez pas de moi. Ne vous inquiétez de rien.

Dans le salon, Madeleine attrape le plaid léger, très chaud, quadrillé rouge et jaune que Perle remontait jusqu'à son encolure de chemisier, bordait très serré sous les aisselles par crainte des courants d'air. Assise sur la méridienne, d'un coup sec d'un pied sur l'autre, elle retire ses baskets qui rebondissent mollement sur le tapis, s'immobilisent retournées les semelles en l'air. Elle enveloppe ses épaules dans le plaid qui lui sert de deuxième peau, puis elle se recroqueville sur le côté en position fœtale. Elle est épuisée, lâche son corps affaibli mais confiant vers le sommeil ; il a gardé ses repères en ce lieu bienveillant où, tout entier et de toutes ses forces, il a veillé la mort. Comme il a ses habitudes, Madeleine s'endort dans l'instant.

Pendant deux jours, Mathis mange peu, fume fenêtre ouverte, boit du café, croque des morceaux de sucre qui répandent leurs cristaux sur le bureau : ça brille la nuit comme des vers luisants, ça crisse sous la plume de Perle sur le papier pelure. Mathis écrit comme il entend Perle lui éplucher les semeuses.

Pour cela, un silence absolu lui est nécessaire. Dans l'appartement, rien ni personne ne bouge. Madeleine ne s'occupe pas de Mathis. Elle en est incapable. Quand Mathis passe, discret, vers la cuisine ou les toilettes, il ne la voit pas, elle ouvre un œil, il lui refuse tout contact, se tait. Au pas traînant de Mathis dans le couloir, Madeleine entend *J'ai pas fini*. Alors elle se retourne sur la méridienne trop petite pour elle, couvre son visage avec le plaid pour se protéger du jour, se rendort. La première fois que Mathis traverse le salon, Madeleine tente de montrer bonne figure. Elle se lève d'un bond, s'approche de la bibliothèque à papillons, applique quatre doigts sur l'étagère à hauteur d'épaule, sa main ne touche aucun livre, elle en choisirait un pour Perle, mais sa main tombe dans le vide, se balance à flanc de hanche. Mathis ne s'est aperçu de rien, il n'a fait que passer. Madeleine revient vers la méridienne, ses jambes flageolent. Son corps lourd s'affaisse, elle abandonne son âme endolorie à sa peine qui la guide vers des pleurs évidents, justes. Un sommeil prévenant l'emporte. Pour elle, il est beaucoup trop tôt, beaucoup trop tôt pour lire sans Perle. Quand elle somnole, elle entend Nadir chanter en elle pour Leïla :

Dans un espace immense
Brille un jour plus pur
Notre âme s'élance
Au sein de l'azur.

Puis en elle Leïla répond à Nadir :

Un palais splendide
S'entrouvre à nos yeux

Notre essor rapide
Nous emporte aux cieux[1].

Le jour se lève pour la troisième fois quand Mathis quitte l'appartement de Perle. Il n'y a plus ni coq ni chat pour sonner l'aube ou la mort. Sous son bras, Mathis serre quelques feuillets de papier pelure froissés, pressés comme un feuilleté. Sur le bureau de Perle étincellent les huit portables dans l'ordre d'origine, chacun son prénom sur sa phalène. Il a laissé un seul petit mot :

> Merci à vous tous pour votre confiance. Je travaille le texte en pensant à vous et à notre amour pour Perle. Je reviens vers vous dès que possible. Mathis.

Il dépose une demande exprès pour Madeleine sur la table de la cuisine :

> Madeleine, merci pour votre discrétion. Vous pouvez à présent reprendre votre portable. Envoyez un SMS à tous : portable dispo sur le bureau de Perle. Si vous pouviez être là et attendre que tout le monde passe, ce serait une chance pour eux. Pour moi. Ne me cherchez pas. Gardez les clés. Je préviens Suzanne. Merci beaucoup d'être restée. Je vous appelle en premier. Très vite.
>
> Le toujours petit Mathis de Perle.

Pour ne pas réveiller Madeleine, Mathis ne ferme pas la porte principale de l'appartement derrière lui. Il n'appelle pas l'ascenseur, descend tranquillement les cinq étages à pied, titube sur le tapis rouge carmin

---

1. Georges Bizet, *op. cit.*

de l'escalier, perd l'équilibre, rate cinq marches, se rattrape d'un violent craquement d'épaule contre le mur gris en courbe de la cage d'escalier. Les feuillets toujours froissés sous son aisselle, il se tient l'épaule, finit sa course, descend les dernières marches quatre à quatre. Quand le guichet de la porte cochère se ferme derrière lui, il s'y adosse les yeux fermés, respire à pleins poumons l'air très frais du matin. Il est très tôt, le soleil est timide. Sa douleur dans les jambes minimise son épaule abîmée. Sur le trottoir d'en face, en diagonale, le café À la Bonne Graine est ouvert comme d'habitude depuis 6 h 30. Mathis traverse la rue désertée tête baissée, il s'installe à l'intérieur du bistrot près d'une fenêtre. L'odeur du café torréfié sur place l'accueille, l'apaise. De loin et d'une voix douce, il passe commande au cafetier : un grand crème, un petit noir, un double jus d'orange, deux tartines avec confiture d'abricot et beurre salé, deux croissants. *J'enverrai la note à Perle.* Il sourit. Quand il se renverse vers l'arrière, la tête en bas, l'épaule douloureuse, il cambre son dos de toutes ses forces, la chaise est sur ses deux pieds arrière. Ses cheveux mi-longs pendent dans le vide contre le dos de la chaise. Le serveur lui dit en riant :

— Vous avez travaillé toute la nuit, vous. On l'attend ou on l'attend pas ?

Mathis crispe un sourire qu'il espère complice. *On attend qui ? La mort au p'tit dèj ? Réponse de Perle : « Il n'en est pas question ! Mange, mon p'tit ! Et si tu lui répondais : "Oh ! non ! Elle va dormir jusqu'à midi !" »* Mathis se tait, remercie le cafetier d'un hochement de tête pour la rapidité de son service. L'homme lance un clin d'œil à Mathis, lâche :

— Ah ! Elle est belle, notre jeunesse ! Une nuit d'amour et y a plus personne !

Il s'éloigne, disparaît derrière le comptoir, les yeux rivés à un écran géant qui diffuse la misère du monde sans le son.

Alors Mathis entame sa lecture à voix basse.

Une seule et même semeuse, un dernier chant d'amour, une danse-requiem.

Landévennec, Paris, Rupont, Sceaux,
février 2009, octobre 2016, mars 2023.

Les Post-it-phalènes jaune paille

Et je dis : qui me donnera des ailes comme à la colombe que je m'envole et me pose ? (Ps 37.)

Oups ! Oublié d'acheter du pain ! Stop. Compte sur toi ! Stop. Biz. Stop.

Mon rêve : que mes yeux dansent dans les yeux à l'abandon de l'homme.

Parlez-moi d'amour, redites-moi des choses tendres. Pourvu que toujours vous répétiez ces mots suprêmes : je vous aime.

Au matin, j'ai vu s'échapper ton ombre. Et les fleurs ont blanchi.

N'oublie pas chérie, ce soir fête chez Mamette. Je pense au vin.

On s'est connus et on s'est reconnus, on s'est perdus d'vue et on s'est r'perdus d'vue, on s'est retrouvés, on s'est réchauffés, puis on s'est séparés !

Mon rosier, mon âme, ne laisse pas le sang du monde tacher ma nuit.

Tombé du ciel à travers les nuages, quel heureux présage, pour un aiguilleur du ciel !

Alerte à la bombe dans le métro. J'aurai du retard. Tkt.

Pourquoi moi élue de ton sexe épanoui mon panier pourquoi ?

On est loin des amours de loin. On est des amours de loin. Madame rêve au ciel. Madame rêve.

Je jubile à l'ombre de tes ailes. Mon âme se presse contre toi (Ps 63).

Dans l'oreille d'un sourd qui venait de tomber en amour la veille d'une hôtesse de l'air fidèle.

M'aimes-tu ? Je ne sais plus. Ne réponds pas. Stop.

Et moi par la grandeur de ton amour, j'accède à ta maison (Ps 55).

Bonne journée mon amour à ce soir.

Alors tous les deux on est r'partis dans l'tourbillon d' la vie. On a continué à tourner tous les deux enlacés, tous les deux enlacés !

Caresse celle qui nage dans le bleu juste où elle écrit.

Suzon malade. Un jour d'enfant malade posé. Elle dort. Je suis au lit. Je lis *M.* Elle est pas belle la vie ?

Une valse à mille temps...

Mon cœur a frémi de paroles belles : je dis mon œuvre pour un roi, ma langue est le roseau d'un scribe agile (Ps 45).

J'ai longtemps marché seule. Des bouts d'histoire enracinée. J'ai moi-même des ailes.

Madame rêve d'apesanteur, des heures des heures de voltige à plusieurs, rêve de fougère.

Baisers. Baisers. Baisers. Et quelques bigeades à ta sœur.

Tombé d'sommeil, perdu connaissance, retombé en enfance au pied du grand sapin de Noël voilé de mystère sous mon regard ébloui par la naissance d'une étoile dans le désert.

Quand je pense à toi sur ma couche au long des veilles je médite sur Toi. Toi qui fus mon secours (Ps 63).

Beaucoup d'amour et beaucoup d'eau, comme toutes les roses.

On est loin des amours loin. On est loin des amours loin. Madame rêve *ad libitum* comme si c'était tout comm' dans les prières.

J'viens d'épouser mamz'elle Mimi la pâtissière, un beau p'tit chou un beau p'tit loup qu'a tout pour plaire. Eh ! Bien ! D'puis que j'suis son époux ; je sais combien, oh ! oui, combien l'amour est doux.

Le cœur me bat, ma force m'abandonne et la lumière même de mes yeux (Ps 38).

Pas là ce soir : tarte au gruyère salade verte avocat compote de pommes à volonté. Ça ira ? Ton chéri.

Blue eyes, laughing in the sun, laughing in the rain, baby's got blue eyes. And I'm home, and I'm home again[1].

Une couche blanche froissée de rêves à la chaleur de mes pieds. La mer descend, faut-il se lever ?

Une lampe sur mes pas, ta parole une lumière sur ma route (Ps 119).

Car tous ces beaux joujoux, les fleurs et les bijoux, le mobilier, les bracelets, les colliers. Tout ça n'vaut

---

1. « Des yeux bleus, riant au soleil, riant sous la pluie, ma chérie a les yeux bleus. Et me voici rentré à la maison, me voici de nouveau chez moi » (Elton John).

pas l'amour, les p'tits bécots qu'on met autour. Voilà pourquoi je chante toujours l'amour, l'amour, l'amour.

Tombé comme un météore dans les poches de Balthazar et Melchior, les trois fameux rois mages trafiquants d'import-export.

Caresse-moi. Que les mots naissent comme diamants. Je ne t'appartiens pas.

Elle était pâtissière dans la rue du Croissant. Ses gentilles petites manières attiraient les clients.

Semeuse n° 1 : « Sortie de l'école à 16 h 30. Cours de danse de Margot à 17 h 30 à la MJC. Merci. » Semeuse réponse : « Oh ! qu'tu m'agaces... pour rester poli ! »

Faire l'amour avec vous. Soie. Mucus. Mystère. Prière. Ne t'en va pas.

On l'aimait à l'extrême. Ses yeux de puits d'amour, sa peau douce comme la crème, et sa bouche, un petit-four, et du soir au matin dans son petit magasin.

Semeuse n° 2 : « Très froid, très froid ce matin, réchauffement climatique oblige, couvre-les bien ! » Semeuse réponse : « Oh ! qu'tu m'agaces... pour rester poli ! »

Vos lèvres m'attendent au vent de la mémoire, les miennes sèchent, vous attendent sous ma pluie.

Arrête de me biper. Arrête de faire siffler ton portable. T un chien en laisse ? Mais bige-moi tous les soirs si tu veux.

Il est si doux mon cher trésor d'être un peu fou et la vie est parfois trop amère si l'on ne croit pas aux chimères.

Tombé à terre pour la fille qu'on aime. Se relever indemne et retomber amoureux.

Pour Madeleine : « Seigneur éternel est son amour, n'arrête pas l'œuvre de SES mains (Ps 137). » Et ce n'est pas blasphémer, c'est aimer.

Pour tous les couples qui aiment s'aimer : l'amour à ton cou mes jambes t'apprennent. L'amour a nos âmes, Mozart et l'océan.

Petit glossaire des mots conçus pour le roman

BALUCHONNER : voyager beaucoup avec son baluchon.
COQUINER : synonyme de « chatouiller ».
ENCIELER : mettre du ciel partout.
MAIM (n. m.) : le mail d'amour.
MAIMER (v.) : écrire un mail d'amour.
PERLEMENT (adv.) : qui se rapporte à Perle, évoque son caractère fantasque.
SEMEUSE (n. f.), nouveau sens : substantif pour définir en langue française le SMS dont le contenu a un caractère bienveillant, voire aimant pour son destinataire. Une semeuse est écrite au mieux entièrement en français comme une carte postale. Elle n'est jamais de caractère agressif.
www, nouveau sens : Walking Woman Wharton.

Remerciements

Amour et reconnaissance infinis à Christine Minthe,
à la Compagnie de tous les POSSibles.

Toute ma gratitude à Gilles, Jacques, Jean-Michel et Martin, frères amis, pour leur accueil bienveillant, attentif et calme qui a protégé mon travail d'écriture en leur lieu de prière.

Des remerciements en bouquets pour mon comité de lecture et ses justes critiques :

Gilles Baudry, Sandrine Beloni, Claire Coq, Guy Coq, Françoise Cazard, Sonia Ceccaldi, Pauline Darcel, Guiomar Hautcœur, Béatrice Justum, Christine Minthe, Astrid Noteris, Sylvie Patte, Anne-Claire Rebreyend, Marc Schlicklin, et Jean-Pierre et Lucie Turbil, hôtes aimants et aimés du comité de lecture.

Pensée sincère et particulière pour Isabelle Duval, dont le travail initial m'a permis de présenter *Bleu ballerine* à l'édition ; pour Hélène Marquié, dont les conseils de lecture autour du travail de Pina Bausch ont été indispensables ; pour Corinne Mercier, qui m'a fourni de précieuses précisions sur les soins des cheveux crépus ; pour Anne-Claire Rebreyend, dont la lecture critique d'historienne fut une chance et une richesse.

Enfin, avec une évidence simple, je remercie toute l'équipe du Passeur : Jean-Yves Clément pour avoir élu Perle ; Bernard Chevilliat pour la confiance qu'il m'a faite en choisissant de publier *Bleu ballerine* ; Fabien Laforgue pour son efficacité dans le travail au quotidien sur le texte ; Marianne Colombier pour sa précision inébranlable tout au long de notre travail de correction à deux voix : ce temps-là aura posé sur nos vies un voile léger, un souffle de liberté, comme une confidence entre femmes.

CET OUVRAGE A ÉTÉ MIS EN PAGES
PAR NORD COMPO
À VILLENEUVE-D'ASCQ.

ACHEVÉ D'IMPRIMER EN AVRIL 2023
PAR SEPEC NUMÉRIQUE À PÉRONNAS
POUR LE COMPTE DU PASSEUR ÉDITEUR.

Dépôt légal : mai 2023
N° d'imprimeur : N28084230349
Imprimé en France

PEFC 10-31-3532 / Certifié PEFC / Ce produit est issu de forêts gérées durablement et de sources contrôlées. / pefc-france.org